# Notizen einer Verlorenen

Heike Vullriede

Roman

Verlagsprogramm (Auszug):

Horror / Phantastik:

Mit Zähnen und Klauen
Graues Land
Graues Land - Die Schreie der Toten
Kaltgeschminkt
172,3
Die Saat der Bestie
Katzendämmerung
Gläsern
Pax Britannia: Unnatural History

Thriller / Mystery:

Der Narr
Das Nazaret-Projekt
Töte John Bender!
Fida
Töten ist ganz einfach

Drama / Schicksal:

Der Tod kann mich nicht mehr überraschen

Anthologie:

BRAINFUCK
STYX - Fluss der Toten
TERRA PRETA - Schwarze Erde
DIABOLOS

FSC
www.fsc.org
MIX
Papier aus verantwortungsvollen Quellen
FSC® C083411

Deutsche Erstausgabe

Satz: Steffen Janssen
Umschlaggestaltung: Timo Kümmel
Gedruckt auf säurefreiem Papier, FSC-Zertifiziert

ISBN: 978-3-943408-22-5

Printed in Germany

Bibliografische Information der Deutschen Nationalbibliothek:
Die Deutsche Nationalbibliothek verzeichnet diese Publikation in der Deutschen Nationalbibliografie; detaillierte bibliografische Daten sind im Internet über http://dnb.d-nb.de abrufbar.

# Sarah

Ihr Unterkörper war unversehrt, bis auf die abgeschürften Füße, doch Kopf und Brustkorb ruhten deformiert über ihrer restlichen zierlichen Gestalt. Erst das Licht einer Petroleumlampe offenbarte ihm den grausamen Fund. Als er sie dort liegen sah, auf dem Boden der verlassenen Scheune, wurde ihm schlecht, und er hätte sich fast über ihrem Blut erbrochen, in das er im Dunkeln getreten war. Schon krochen die ersten Fliegen über ihren Leichnam. Wusste der Teufel, woher die Viecher in dieser kalten Jahreszeit kamen.

*Hast du das wirklich so gewollt, Sarah? Ist das die Erfüllung, das Lebensende, das du geplant hast?*

Glauben konnte er das nicht.

Nur das Summen der Insekten und sein eigener stockender Atem in der fäulnisschwangeren Luft zeugten in der Stille von Leben.

Sie lag unter einer makabren Tötungsmaschine, deren Funktion aus einem Comicheft hätte stammen können. Irgendwo zwischen Zeichentrick und ernst gemeinter Physik fand sich die Kettenreaktion dieser Maschine wieder. Es war nicht ihr Werk, das wusste er, es musste von Alexander stammen. So etwas Monströses hätte sie sich niemals ausgedacht und ohne Hilfe hätte sie das nicht zustande gebracht. Schon wegen des schweren alten Ofens, der an einem Seil hängend letztendlich ihren Oberkörper zerschmettert hatte. Comics und Graphic Novels ... nein das passte nicht zu Sarah.

Sie lag da, als hätte sie sich einfach darunter schlafen gelegt und mitten in dem ganzen Blut und der grauen Masse am Boden lagen ihre braunen gewellten

Haare, wie eben noch glatt gestrichen. Mit den Augen folgte er dem Aufbau vor und über ihm. Ein metallenes Blasrohr, in der Länge etwa zwei Meter messend, schien ihm der Auslöser der todbringenden Kettenreaktion. Sie hielt das Metall noch, ganz wie nebenbei, locker in ihrer blassen Hand. Eine zielgerichtete Luftbewegung aus dem Rohr hatte den einfachen, aber einfallsreichen Mechanismus in Gang gesetzt. Ein leichtgängiges Windrad war angetrieben worden, nur eine halbe Umdrehung vielleicht. Ausreichend, um etwas in einen großen Kaffeebecher zu Fall und die darin enthaltene Flüssigkeit zum Überlaufen zu bringen. Ein Kaffeebecher, wie es ihn an jedem Frühstückstisch gab ... Der Überlauf der Tasse hatte anscheinend für den Fortgang der Kettenreaktion gesorgt. Ein schmales Brett auf einer Wippe war gekippt, ein Zylinder herabgerollt, der eine Kerze verschoben hatte, gar nicht weit. Es reichte ein leichter Ruck von zwei, drei Zentimetern. Jedenfalls stand die Kerze genau unter einem nun abgebrannten Seil, an dessen Ende dieser zentnerschwere Ofen hing, der sie schließlich zermalmt hatte. Das also war Alex' großartiges Kunstwerk.

Er fragte sich, wie sie während so einer Prozedur einfach still hatte daliegen und auf ihren Tod warten können. Entweder, sie war betrunken gewesen oder komplett ihrem Verstand entrückt oder aber, man hatte sie bereits tot hier abgelegt. Wie gebannt umrundete er bereits zum siebten Mal ihren Leib und er vermied es dabei, die Fliegen und vor allem ihren Kopf anzusehen, der unter der Last des Ofens hervorquoll. Bei diesem Rundgang jedoch sah er etwas Rotes unter ihrem Oberschenkel hervorblitzen, kaum erkennbar

... ein rotes Stück Pappe vielleicht. Er ging in die Hocke. Mit zwei Fingern zog er an dem roten Karton unter ihrem Körper, bis er schließlich ein Buch in der Hand hielt. Ein Notizbuch, wie es schien, Din A5, etwas beschmiert von Sarahs Blut, aber nur äußerlich. Die Blätter selbst waren unbeschadet. Er ließ die zerknitterten Seiten durch seine Finger gleiten. Das Buch war bis zum vorletzten Blatt in kleiner geschwungener Schrift beschrieben – mit blauem Kugelschreiber. An manchen Stellen allerdings waren die Wörter unleserlich, als hätten herabgetropfte Tränen sie verwischt. Neugierig blätterte er zum Anfang zurück. Ganz oben, in der ersten Zeile, stand: *Notizen einer Verlorenen.*

Allein diese kleine Überschrift zerrte sofort an der Mauer aus Selbstlügen, die er sich in den letzten Wochen und Monaten zugelegt hatte. Sollte er das wirklich lesen? Unentschlossen ließ er sich auf einen der verrotteten Strohballen an der Seitenwand der Scheune fallen, stellte die alte Lampe neben sich und überflog, halb gebückt darüber kauernd, die ersten Seiten. Er war fast schon gehemmt bei dem Gedanken, auf ein noch grausameres Geheimnis zu stoßen, als das, was ihn bereits jetzt an die Hölle knebelte.

Sarah war tot. Trotzdem fühlte er sich wie ein Voyeur, weil er in diesem Buch herumschnüffelte. Wirklich sicher war er sich nicht, ob sie tatsächlich nichts dagegen hätte, wenn ausgerechnet *er* es las.

## Notizen einer Verlorenen

Ich schreibe dies, weil ich Teil eines Geheimnisses bin. Ein Geheimnis, das mich am lebendigen Leib gnadenlos Zelle für Zelle erdrückt. Ich bin schuldig! Das muss ich jemandem mitteilen, deshalb schreibe ich es auf. Wissend, dass ich damit einen Schwur breche ... eine besondere Gemeinschaft verrate ... sie der verständnislosen Normalität aussetze und gleichzeitig unbeantwortete Fragen einer ahnungslosen Welt hinterlasse. Wer sollte das alles verstehen? Wer sollte uns verstehen? Alex, mich und die anderen?

Trotzdem will ich niederschreiben, was mich belastet. Dass meine Schuld damit nicht getilgt sein wird, weiß ich. Vielleicht wird das hier niemand lesen. Vielleicht wird man mir nicht glauben. Mag sein, doch es muss raus aus meinem Kopf und raus aus meinem Herzen!

# Jens

Alles begann am 25. Juni 2011, zehn Tage nach meinem dreiunddreißigsten Geburtstag, mit einem verfluchten braunen Briefumschlag, den ich in meinem Briefkasten vorfand.

›An Sarah‹, ohne Absender oder Briefmarke.

Ich war ziemlich gereizt an diesem Tag. Wahrscheinlich lag es an meiner Verabredung mit Jens in der Stadt, denn ich wusste zu diesem Zeitpunkt längst, dass ich meine Zusage bereuen würde. Meine verschwendete Zeit auch. Was er wohl von mir wollte? Sein geheimnisvolles Getue war der einzige Grund, weshalb ich ihm überhaupt zugesagt hatte. Ich bin eben doch neugierig, muss ich zugeben, und Jens hätte sowieso keine Ruhe gegeben. Immerhin wollte er nicht bei mir auftauchen. Ein Treffen in der Essener City – das war mir auf jeden Fall lieber, als bei mir Zuhause. Gott, war ich froh, dass er mich seit ein paar Wochen in Ruhe ließ. Endlich gab es wieder eine Aussicht auf meinen stinknormalen einsiedlerischen und stummen Alltag, wenn man von der Zwangsgemeinschaft im Büro absah. Keine nächtlichen Anrufe mehr, kaum noch Gejammer am Telefon über sein schrecklich einsames Leben, als wäre das meine besser gewesen. Keine Vorwürfe, weil ich ihn verlassen hatte. Verlassen? Verlassen klingt viel zu harmlos! Geflüchtet passt wohl eher.

Ich fuhr mit dem SB15 von Burgaltendorf aus zum Essener Hauptbahnhof und wie immer hoppelte der Bus so grauenhaft über die Ruhrallee, dass es mir unmöglich war, irgendetwas auf meinem Smartphone zu lesen. Aber wer, außer Jens oder meinen Eltern, hätte mir auch schon eine Nachricht gesendet? Wichtig war es also nicht.

Leider hatte ich diesen Umschlag Zuhause in einer anderen Jacke vergessen. So ist das Leben. Man missachtet die Kleinigkeiten, weil man ihnen zu wenig Bedeutung beimisst. Dabei sind es oft genug die Geringfügigkeiten, die sogar Leben kosten können.

Am vereinbarten Ort in der Stadtmitte, an unserem Lieblingskino *Lichtburg*, wartete Jens und begrüßte mich, indem er wie immer todernst auf mich herabsah. Mit diesem Blick, der in mir all die unguten Gefühle aufkommen ließ. Erinnerungen an eine furchtbar anstrengende Zeit in meinem Leben. Mir fiel wieder einmal auf, wie groß Jens war. Stand ich vor ihm, ohne den Kopf in den Nacken zu legen, reichte ich ihm gerade mal bis zu den Warzen seiner mageren Brust, über denen an diesem Tag ein schwarzes T-Shirt mit der seltsamen Aufschrift *Verloren* Knitterfalten bildete. Jens erfasste mich mit anklagend zusammengezogenen Augenbrauen. Nicht die Spur eines Lächelns zur Begrüßung in seinem fahlen Gesicht. Mit einem Auge zwinkerte er nervös.

»Da bist du ja endlich!«, sagte er, als wäre ich zu spät gekommen.

Jens hatte es gleich eilig. Flüchtig drückte er mir einen Kuss auf die Wange, der nichts von den kurzlebigen Gefühlen von damals in mir zurückholte. Ein Kuss, wie der eines Bruders, für den ich mich verantwortlich fühlte.

Von ihm am Arm gepackt wunderte ich mich über seine heute ungewöhnlich zielstrebige Art. Ich wusste auch nicht, warum er so viel Wert darauf legte, gerade jetzt und ganz pünktlich, von unserem Treffpunkt aus loszulaufen, ohne vorher wenigstens das Kinoprogramm der *Lichtburg* anzusehen. Morgen: *Die Nordsee von oben,* mit einem Meet&Greet der Filmemacher vor Ort. Aber Jens wollte nicht. Ich nahm es hin. Wenn man so jemanden kennt, wundert einen irgendwann nichts mehr. Und *mich* nannten die Leute *komisch*!

Er schob mich die Fußgängerzone auf der Kettwiger entlang in Richtung Hauptbahnhof, mitten durch das Gewühl der Kaufsüchtigen.

»Aber Jens, von da komme ich gerade. Lass uns doch erst mal durch die Geschäfte hier unten bummeln, ja?«

»Nein.«

»Nein? Warum nicht?«

»Das wirst du noch sehen. Komm mit.«

Seine Bestimmtheit verdutzte mich. Tatsächlich suchte ich nun doch nach einem Grund für sein Verhalten. Vielleicht wollte er mir etwas Besonderes kaufen, aber das wäre wahrhaftig das erste Mal gewesen. Besser, ich spekulierte gar nicht erst. Ich ließ mich stumm weiter ziehen, während Jens scheinbar versuchte, unsere Laufgeschwindigkeit zeitlich abzustimmen. Manchmal schlenderte er mit mir fast in aller Ruhe an einigen Schaufenstern entlang, dann wieder drängte er mich nach einem Blick auf die Armbanduhr zur Eile. Während wir gingen, sah ich auf seine langen Beine, in enge Jeans gepackt, die unablässig und mit viel größeren Schritten als meine vorwärts staksten. Ich musste stets zwei Schritte laufen, um einen von seinen aufzuholen. Auf den Oberschenkeln seiner ehemals blauen Hose fand ich eine feine, aber deutliche Schicht schmierigen Drecks. Typisch Jens – keine Zeit für das wahre Leben.

Unvermittelt blieb er stehen und packte mich bei den Schultern. Seine Finger kniffen schmerzhaft in meine Haut. Wollte er mir einen Antrag machen? Außer meinem Hirn lehnte sich sofort auch mein Magen auf. Eine derartige Verbindung mit Jens wollte ich mir keinesfalls mehr vorstellen ... nicht noch einmal das Leben mit einem so schwierigen Menschen teilen. Jens sollte nur ein Freund bleiben. Von mir aus, ein guter Freund, aber mehr nicht. Wie aber sollte ich das diesem hochsensiblen und ständig suizidgefährdeten jungen Mann jetzt beibringen?

»Das hatten wir doch schon mal, Jens ... bitte ...«

Aber von einem Antrag schien nicht die Rede zu sein.

»Was?«, fragte er. Jens sah so verständnislos aus, dass ich mich fast für meine Verdächtigung schämte. Er eröffnete mir, dass ich Post von ihm erhalten würde.

»Diese Post ...« Seine Stimme klang feierlich zitternd. »... diese Post darfst du erst heute Abend öffnen!«

»Warum das denn?«

»Mach' es so, wie ich es dir sage ... bitte!«

»Was hast du vor?«

»Frag nicht! Es muss alles genau so ablaufen. Wirklich alles! Machst du es so, wie ich es dir sage, ja?«

»Also gut, heute Abend. Aber dann hast du mir alles zu erklären, okay?«

Jens sah zu Boden. »Ja, ja.«

Ich wusste ja nicht, was er vorhatte. Man könnte es mir zum Vorwurf machen. Doch seltsame Andeutungen und geheimnisvolle Untertöne von ihm ließen mich schon lange nicht mehr aufhorchen.

Wieder sah er auf die Uhr.

»Komm, wir müssen los!«

Ohne sonstige Kommentare zog er mich mehr, als dass ich selbst lief. Und so eilten wir im strammen Gang durch den Hauptbahnhof. Ich immer hinter ihm her. Hinter seinen langen dürren Beinen in der schmutzigen Hose. Kaum noch vorstellbar, dass ich diese Beine zwischen meinen eigenen Beinen geduldet hatte. Dafür verachtete ich mich inzwischen … und ja – dafür hasste ich Jens! Dafür, und weil er mich nicht in Ruhe ließ, wo ich doch kaum mit mir selbst klar kam, und er mir jetzt auch noch die Schuld an seinem weiteren Unglück aufbürdete!

Wir eilten bis zum Ausgang ›Freiheit‹ und von dort auf diesen neu gestalteten Platz hinter dem Bahnhof, der die A40 überbrückt. Hier blieb er mit mir stehen und von hier aus blickten wir nach unten auf den fließenden Verkehr.

Jens beugte sich über das Geländer und fixierte die in unsere Richtung kommenden Fahrzeuge, als wartete er auf ein bestimmtes. »Es steht eine Adresse darin«, sagte er, ohne mich anzusehen.

»In deiner Post?«

»Ja.«

»Aber warum gibst du sie mir nicht einfach jetzt?«

»Das ist eine ganz besondere Geschichte, weißt du. Schwierig, zu erklären.«

Er verlor während der ganzen Zeit nicht einmal die mit mäßiger Geschwindigkeit anfahrenden Autos aus den Augen. Nur ab und zu schwenkte sein Blick für den Bruchteil einer Sekunde auf seine Uhr. Warum konnte er nicht einfach nur einen unkomplizierten Bummel durch die Stadt mit mir machen? Was hatte ich nur erwartet? Nun stand ich mit ihm auf dieser Brücke, wusste – wie so oft – nicht, was er eigentlich wollte und sehnte mich nach bescheidener Normalität.

Auf einmal richtete sich Jens auf und riss hektisch seinen Kopf zu mir herum. »Jetzt ... jetzt ...«, rief er und seine Stimme kippte in einen aufgeregten Tonfall, wie ich es noch nie bei ihm gehört hatte.

Mit einem Satz sprang er auf das Geländer der Brücke. Er wäre fast sofort vornüber gekippt, bevor er einen Stand fand, die Schuhe teils frei schwebend, nur in der Mitte der Sohle von dem schmalen Stahl getragen. Unsicher ruderte er noch mit den Armen, um die Balance zu halten. Bedenklich schwankend drehte er sich auf seinem begrenzten Halt in meine Richtung. Doch bald beruhigte sich sein Körper.

»Jens! Was machst du?!«

Ich schrie ihn an! Die Brücke führte mehr als haushoch über die Straßen hinweg. Mir selbst blieb die Luft zum Atmen weg vor Angst, doch in seinen Augen sah ich keine Furcht, eher so etwas, wie – ja, Tatendrang. Es klingt unwirklich, aber genauso kam es mir vor. Erwartungsvoll begeistert und doch aufgeregt ängstlich blickte er mich an, als wollte er sich gleich in nichts weiter, als in eine irre Achterbahnfahrt stürzen.

Im nächsten Moment aber biss er sich auf die Unterlippe, sog sie ein, während er mich noch immer ansah. Dabei verlor sich seine Begeisterung in einem Ausdruck, der direkt in mein Herz griff. Ich spüre es jetzt noch. Sein Gesicht vor mir – in jedem Detail seiner Hautfältchen, seiner Lippen und seiner Augen, lagen die Erinnerungen an unsere gemeinsame Zeit, seine verlorenen Träume und alle Anklagen gegen mich. Ein Gesicht, das ich nie mehr vergessen werde.

Jens schwankte nicht mehr auf dem Geländer. Er stand still, bewegungslos im vollen Gleichgewicht.

Nun sah ich nur noch seine Augen.

Traurige Augen.

»Geh hin! Du bist es mir schuldig«, sagte er ruhig und leise.

Er wandte sich schwankend um und blickte noch einmal auf die Autobahn unter ihm, vielleicht drei Sekunden lang, während ich tatenlos hinter ihm stand.

Dann sprang er.

Einfach so.

Ohne etwas zu erklären. Ohne sich zu verabschieden. Er sprang einfach so aus unserem Leben.

Ich weiß nicht mehr, was ich dachte, als ich ihn dort unten liegen sah, mitten auf der A40, zwischen den Autos, die ineinander gefahren waren. Ob ich ihm bestürzt und wie gelähmt hinterher blickte, oder vielleicht sogar froh darüber war, dass er mich endgültig verlassen hatte – dass sein Sturz mich davor bewahrte, ihn eines Tages eigenhändig hinunterzustoßen – ich weiß es wirklich nicht. Ein Fahrzeug hatte nicht mehr bremsen können und ihn nach seinem Aufschlag auch noch überfahren. Sein Körper zuckte und krümmte sich unter dem Wagen. Ich sah es von der Brücke aus und konnte nichts dagegen unternehmen. Es war unbeschreiblich.

Einige Leute sahen zu mir nach oben und starrten mich an. Dieses Angaffen – als wüssten sie von den heimlichen Mordgedanken in meinem Inneren. Sofort erzeugten meine Finger diesen Schweiß, der vergeblich versuchte, sich wie eine Schutzglasur gegen die Ächtung menschlicher Blicke über meine Haut zu legen.

Die Rettungswagen kam fast gleichzeitig mit der Polizei. Sie nahmen Jens auf einer Trage mit.

Unten im Menschengewirr sah ich die Silhouette eines Mannes, der mir bekannt vorkam. Er blickte zu mir hoch und ich hätte schwören können, dass es Marc gewesen war. Ich war mir nicht ganz sicher. Es wäre ein unglaublicher Zufall gewesen. Doch dieses Gesicht in der Ferne, sein langer Blick zu mir nach oben, schien mir, als erkannte die Person da unten auch mich.

Die Polizisten fragten nicht, warum ich nicht nach unten gelaufen war. Sie nahmen meine Aussage verständnisvoll entgegen. Anscheinend fanden sie es auch nicht verwunderlich, dass ich zitterte und mich immer wieder verhaspelte. Ich denke nicht, dass sie mir misstrauten. Ich hatte ihn nicht gestoßen, nicht einmal mit dem Finger berührt!

Als ich später wieder im Hausflur stand, dort wo mein Ausflug begonnen hatte, dachte ich, wie sinnvoll es doch ist, die Ereignisse des kommenden Tages nicht vorhersehen zu können. Am Morgen fingert man ohne jede Ahnung unbekümmert im Briefkasten herum, beginnt unschuldig und naiv seinen Weg in den Tag und ein paar Stunden später schon fühlt man sich schuldig und schlecht. Wehe dem, der wüsste, welche Unglücke ihn erwarten. Er würde sich weigern, morgens aufzustehen und sein Leben hassen.

Ich warf mich auf mein Bett. Jens war noch nicht tot, aber doch so gut wie. So etwas konnte er nicht überleben. Niemand überlebt so etwas! Wollte ich, dass er zurückkommt?

Wie oft hatten Jens und ich darüber gesponnen, es gemeinsam zu tun. Einfach springen und diese verlogene, uns quälende Welt loslassen. Gemeinsam in der Badewanne unsere Arterien aufschneiden, unser pulsierendes Blut der Leichtigkeit des warmen Wassers übergeben, und dann in unserem erträumten Paradies aufwachen. Ein Paradies, in dem alles Vergangene vergessen sein würde, in dem wir beide geliebte Menschen waren. Doch jedes Mal hatte einer von uns gekniffen – meistens ich. *Du lässt mich im Stich* – noch immer höre ich sein Heulen. Nie im Leben hätte ich damit gerechnet, dass er es gerade heute wahr machen würde.

Ich wollte schlafen, mitten am Tag, wenigstens für ein paar Stunden vergessen, doch schon bald erwachte ich wieder. Es ging mir schlecht. Mein Kopf schmerzte, wie eine kurz vor dem Platzen gärende Melone. Dazu war mir übel, als müsste ich das ganze Elend dieses Tages auskotzen. Ich wollte eine von diesen starken Tabletten gegen Migräne nehmen – Triptane – und kramte in der Medikamenten-Schublade, wühlte erst schwitzend dann fröstelnd in sämtlichen Futteralen meiner Handtaschen, aber ich fand nicht einmal die Notreserve. Verzweifelt schluckte ich ein gewöhnliches Schmerzmittel und verzehrte mich noch Stunden hinter zugezogenen Vorhängen nach Besserung.

Dieser Tag übertraf alles, was ich mit Jens je durchmachen musste. Jens hatte keine engeren Verwandten mehr. Somit war ausgerechnet ich die Einzige, die sich um ihn kümmern konnte. Ich rief im Krankenhaus an, es machte aber keinen Sinn, ihn zu besuchen, denn er war ohne Bewusstsein und lag auf der Intensivstation. Das Letzte, was die da brauchten, war eine leidende Besucherin, die jeden Moment umkippen konnte – ganz sicher. Für alle Fälle hinterließ ich jedoch meine

Telefonnummer. Dann saß ich in meinem Bett, so steil wie möglich, damit das Blut aus meinem Kopf nach unten sackte, und starrte im Dämmerlicht den Buddha auf dem Bild vor mir an der Wand an. Der schloss wie immer die Augen vor dem Leid.

Ich unterrichtete niemanden von Jens' Unglück, oder wie man es nennen mochte. Wen auch? Höchstens Marc, den ich ja anscheinend unten am Unfallort gesehen hatte. Hatte Jens vor seinem Sprung auf Marcs Auto gewartet? Aber warum?

Für wenige Stunden nickte ich ein, doch dann riss mich das Telefon aus dem Schlaf. Wahrscheinlich war es schon länger aktiv, denn der Anrufer verlor die Geduld und legte auf. Mit heraushängendem Oberkörper angelte ich den Wecker unter dem Bett hervor. Da war es wieder, das Drücken in meinem Hirn. Bloß nicht nach unten beugen!

Samstag, 7.06 Uhr! Mein Blick hinter die Vorhänge ließ eine viel zu helle Morgensonne in meine Augen.

Leider erinnerte ich mich nach wie vor an gestern. Jeden anderen Mist vergisst man.

Wieder läutete das Telefon. Ich nahm ab.

Jens war tot! Genau um 5.28 Uhr war sein Hirntod festgestellt worden.

Nach dem ersten Schock machte ich mich fertig, um ins Krankenhaus zu fahren. Vorher rief ich in der Firma an und nahm mir für die nächsten Tage Urlaub. Meine Chefin schien nicht gerade glücklich über meinen Anruf zu sein.

Es ist ein seltsames Gefühl, zu jemandem ins Krankenhaus zu fahren, von dem man weiß, dass er bereits tot ist. Was sollte ich anziehen? Schwarz? Ich wusste es nicht.

# Das Haus der Verlorenen

Vom Auto aus blickte ich noch lange auf den Krankenhauseingang und wäre am liebsten den verdammten Tag lang dort sitzen geblieben. Ich wollte da nicht rein. Was würde mich erwarten? Wie würde Jens aussehen? Abermals hasste ich mein Leben!

Außer den Ärzten und Jens' Körper warteten im Krankenhaus noch zwei unbekannte Männer auf mich. Die Kripo! Ich fand es erschreckend, dass man mich verhörte. Man fühlt sich sofort schuldig, obgleich man genau weiß, dass man nichts verbrochen hat. Allein die Frage danach, ob ich etwas geahnt hatte! Was hätte ich denn gegen seine so oft geäußerten Selbstmordabsichten unternehmen können?! Nein, er hatte nichts hinterlassen, keinen Abschiedsbrief oder ähnliches. Die beiden Männer nahmen meine Personalien auf, obschon das alles ihren Kollegen bereits vorlag. Sie kündigten mir einen Brief an.

In dem Moment, als die Beamten mir den Rücken zukehrten, fiel mir Jens' seltsamer Hinweis auf Post für mich ein.

*Geh hin!*, flüsterte es in meinem Kopf. Warum ich den Polizisten nicht davon erzählte, weiß ich nicht. Selbstschutz vielleicht, wahrscheinlich wollte ich einfach nur meine Ruhe haben.

Jens' Körper war mit einem Tuch bedeckt, aber nicht sein Kopf. Als ich vor diesem Bett im Keller des Krankenhauses stand, war ich nicht sicher, ob ich das schaffen würde. Warum bringen sie die Toten in den Keller? Hinter mir standen ein Arzt und eine Krankenschwester und ich wusste nicht, was sie von mir erwarteten. Die dünne weiße Decke reichte Jens bis zum Hals. Darüber ruhte sein Kopf und sein Gesicht war … schief! Es war verformt, so als hätte man ihn zertreten. Seine rechte Kieferseite war derartig geschwollen, dass das, was man als die Wange bezeichnet und das nun nicht im Mindesten danach aussah, blau und schwarz bis über das rechte Auge reichte. Sein unnatürlich zur Seite verschobenes Kinn machte aus seinem Mund eine Grimasse. Eine offene Wunde konnte ich nicht erkennen. Vielleicht hinten am Kopf? Oder bluten Tote nicht mehr? Hätte Jens gedacht, dass sein Gesicht so entstellt sein würde nach seinem Sprung?

Ich hätte ihn umarmen sollen, ungeachtet seines schockierenden Aussehens, ihn drücken, wenigstens streicheln, ein letztes Mal. Stattdessen zog ich meine eben noch ausgestreckte Hand zurück und ließ ihn kalt liegen. So schnell ging es also, dass aus Jens ein Toter für mich wurde, den anzufassen ich zögerte. Wenn ich jetzt darüber nachdenke, schäme ich mich dafür.

Der Arzt sprach mich an. Jemand sollte Jens' Angehörige informieren.

»Sicher«, sagte ich nur.

Danach ging ich mindestens drei Stunden spazieren, zu Fuß bis in den Stadtgarten. Hier lief ich eine flache, breitstufige Treppe hinab. Eine von denen, die zwei oder drei Schritte pro Stufe verlangen, bevor man die nächste erreicht. Die Treppe führte tief in den Park hinein. Lichtspiele auf einer alten Mauer blendeten mich, bevor ich ganz in den Schatten eintrat. Ein Wegstück weiter setzte ich mich auf diese graue kalte Bank, die vor drei Jahren mein Schicksal besiegelt hatte. Ab und zu schloss ich die Augen und lauschte der Umwelt. Man konnte Vögel hören und von Weitem die Fahrgeräusche der Autos. Rollläden wurden hochgezogen. In einem nahe liegenden Haus öffnete jemand ein Fenster. Geschirr klimperte und Kinderstimmen wehten herüber.

Überall war dieses zufriedene Leben der anderen, das unerschüttert weiterging.

In meine Nase stieg der Geruch sich aufwärmenden, feuchten Rindenmulchs, leicht süßlich und leicht säuerlich-modrig. Für mich roch es nach Tod.

Hier hatte ich mit Jens gesessen, damals, vor drei Jahren. Ich erinnerte mich an seinen Redeschwall über seine katastrophale Kindheit und all die völlig übertriebenen Ängste. Ich hatte ihn nicht wirklich verstanden an jenem Tag, war viel zu sehr mit mir selbst beschäftigt gewesen. Aber seine Einsamkeit, die meiner eigenen glich, die hatte ich begriffen. Wir hatten fast schon zu viel gemeinsam. Ich glaube, genau deswegen konnte das mit uns nicht gut gehen. Das war der Tag, an dem ich eine Beziehung zu ihm eingegangen war und ich weiß heute, ein guter Funken Mitleid und ein ebenso dicker Funken Selbstmitleid hatten ihren Teil dazu beigetragen.

Meine Finger erwischten beim Graben in den Jackentaschen den noch immer ungelesenen Brief von gestern. Der Umschlag war längst zerknittert und ich wunderte mich erneut über die einfache Anschrift ›*An Sarah*‹ in Druckbuchstaben und den fehlenden Absender. Wie viel Trägheit meinen Körper beherrschte, zeigte sich in meinem Bemühen, den Absender und den Inhalt des Briefes zu erraten, bevor ich ihn öffnete.

In dem Briefkuvert steckte ein weiterer verschlossener Umschlag und ein beschriebenes Blatt aus Rechenpapier. Gleich beim Auseinanderfalten erkannte ich die spitze und ständig unterbrochene Handschrift von Jens. Und dieser Brief schmachtete seit fast zwei Tagen bei mir Zuhause in der Jackentasche! Sogar schon vor unserem Treffen in der Stadt.

Bedenkt man, welche Schritte Jens ankündigte, lasen sich seine Worte fast sachlich. Genau genommen war es auch keine Ankündigung, sondern viel mehr eine Verabschiedung.

Liebe Sarah,

ich weiß nicht, ob du mir überhaupt nachtrauerst. Ich glaube, eher nicht. Aber das ist jetzt egal.
Auch wenn wir häufig Probleme miteinander hatten, unsere Beziehung leider nicht von Dauer so eng sein konnte, wie ich es mir gewünscht hätte (du meinst ja, es lag an mir): Du warst die einzige Frau, die ich je liebte.
Ich habe inzwischen verstanden, dass du mich nicht mehr brauchst und das ist auch gut so. Ab heute hatte ich dich nicht mehr fest. Du bist frei. Denn heute bin ich tot. Aus und vorbei! Trotzdem wollte ich, dass du mich nicht vergisst und ich wählte einen Tod, an dem du teilhaben solltest. Bitte verzeih mir dafür. Für mich war das wichtig.
Hoffend, dass alles wie geplant geklappt hat, bitte ich dich um einen letzten Gefallen. Es ist ausgesprochen wichtig für mich: Überbringe den inliegenden Umschlag bitte persönlich an folgende Adresse in der Stadt:

Haus der Verlorenen
Weberstraße 9c

Um alles weitere, Beerdigung, Kosten und so Ähnliches, wird man sich dort kümmern. Es sind gute Freunde von mir, die mir sehr geholfen haben. Wenn mein Tod einen Sinn haben soll, ist es unbedingt nötig, dass dieser Umschlag seine Empfänger erreicht.

*Du darfst mich nicht vergessen – niemals*
*Ich werde irgendwo auf dich warten*

*Dein Jens*

Mir wurde klar, dass ich seinen Tod vielleicht hätte verhindern können, hätte ich diesen Brief nur eher gelesen. Aber andererseits wer wusste das schon, vielleicht hätte ich trotzdem nichts tun können. Wahrscheinlich war alles nur eine Frage der Zeit gewesen. Was mich ebenso erschaudern ließ, war der Gedanke, dass Jens nach meinem eigenen Tod irgendwo im Jenseits auf mich warten könnte. Und das dann für alle Ewigkeit! Was, wenn er alle Geister da oben oder da unten davon überzeugte, wie sehr wir seiner Meinung nach zusammengehörten? Egal wo, selbst der Himmel würde mir zur Hölle werden, wenn ich Jens in der Endlosigkeit begleiten müsste; mein Geist gefesselt an seinen Geist.

Ich versuchte, solche Gedanken zu verdrängen und sachlich zu bleiben.

Jens' Vorbereitungen zu seinem Selbstmord stellten sich wie ein regelrechter Plan dar. Das muss man erst einmal nachvollziehen! Jens verabredete sich mit mir, stimmte unseren Weg durch die Stadt zeitlich ab und sprang, minutiös geplant, von der Brücke – nicht, ohne mir vorher eine Botschaft zu übermitteln. Er sprang vor ein Auto in den Tod. Vor Marcs Auto. Marc – unser gemeinsamer Schulfreund – auch er spielte eine Rolle in Jens' Plan. Warum? Ich musste unbedingt Kontakt zu ihm aufnehmen. Noch heute wollte ich ihn anrufen und Licht in den dunklen gestrigen Tag bringen. Marcs Nummer musste ich noch irgendwo haben, obwohl wir uns seit mindestens zwei Jahren nicht mehr getroffen hatten. Nicht allein deshalb, weil ich seit geraumer Zeit kaum noch jemanden in meine Wohnung ließ.

Es kostete mich einige Überwindung, Jens' verschlossenen Umschlag, der seinem Abschiedsbrief beigefügt lag, nicht einfach zu öffnen. *Haus der Verlorenen* – das klang wie ein Heim für Obdachlose oder verlorene Seelen. Ich versuchte, durch den Umschlag hindurchsehen, indem ich ihn gegen das Licht hielt. Zwecklos! Was tat ich hier eigentlich? Ich war im Begriff, den Wunsch eines verstorbenen Freundes respektlos zu übergehen. Ich hatte das Gefühl, Jens seinen letzten Wunsch erfüllen zu müssen und den Umschlag an den genannten Ort zu bringen. Und ich war neugierig. Wer verbarg sich hinter dieser seltsamen Einrichtung, von der ich noch nie etwas gehört hatte?

Weberstraße – das lag irgendwo in diesen uralten Häuserblöcken der Stadtmitte, die ich sonst eher mied. Vom Stadtpark aus war es ein ganzes Stück bis zur City, aber ich brauchte sowieso frische Luft. Also stopfte ich den Brief in die Tasche zurück und ging los, überzeugt, das Richtige zu tun. Abseits des wilden Einkaufsrummels der Fußgängerzone und vorbei an den Junkies am Kopstadtplatz bog ich in die Weberstraße ein. Schon deshalb, weil dort keines der größeren Geschäfte seinen Sitz hat, erinnerten mich diese Straßen hier auch an diesem Tag an eine dunkle, verruchte Gegend. Ich rechnete mit den finstersten Gestalten und verdächtigte innerlich jeden, der mir begegnete, eines Verbrechens. Die Häuser waren alt, hoch, grau und teilweise mit Graffiti beschmiert. Was hatte Jens überhaupt in diese Gegend getrieben? Und *was* hatte er hier getrieben?

Eher zufällig entdeckte ich von Weitem die Aufschrift hinter einem verdreckten Fenster: *Treffpunkt Weberstraße 9c*. Doch dieses Fenster gehörte zu einem leer stehenden Ladenlokal im Erdgeschoss. Nur zögerlich wagte ich mich an das alte Gebäude heran, mit dem Gefühl, dass sich diese Schritte auf mein weiteres Leben auswirken könnten und ich war mir nicht sicher, ob ich das wollte.

Ein paar über Jahrzehnte hinweg ausgetretene Steinstufen führten mich zu einer massiven Haustür mit einem kleinen Vordach und einem gusseisernen Gitter vor einer längst blinden Glasscheibe. Ich drückte auf den verrosteten Klingelknopf für die erste Etage und wischte meinen Finger gleich danach an meiner Hose sauber. Weder ein Türschild noch eine sonstige Beschriftung deuteten darauf hin, wer hier wohnte.

Es dauerte lange, bis der Summer ging und ich sah mich mehrfach um, weil ich jemanden hinter mir auf dem Gehweg vermutete. Mit ganzem Körpereinsatz stemmte ich die schwere Tür auf und betrat ein unbeleuchtetes Treppenhaus.

Muffiger Geruch empfing mich und auf den Wänden prangte in der Düsternis eine gelbliche Tapete mit braunen Ornamenten. Ein deutscher Altbau-Hausflur, wie es ihn in Essen noch zu Hunderten gibt, irgendwann in den Siebzigern renoviert, mit einer steilen blutbraun lackierten Holztreppe, die nach oben führte. Alles war still in dem Haus. Ich blieb unten stehen und hoffte, dass mir jemand entgegenkommen würde, um mich zu empfangen.

Dann jedoch hörte ich doch etwas im Dunkeln. Allerdings keine Menschenschritte, sondern viele Beine und Pfoten trabten von oben über die Treppenstufen auf mich zu. Ein tiefes Grummeln und ein Hecheln begleiteten jeden der schnellen Schritte und mir wurde mehr als unwohl. Aus der Dunkelheit tauchten zu meinem Schreck zwei Rottweiler auf. Groß und schwer verstellten sie mir mit ihren breiten Köpfen den Weg nach vorne. Hunde! Ausgerechnet! Auf bedrohliche Gesten von Menschen wusste ich vielleicht noch zu reagieren – aber Hunde? Hektisch riss ich mich herum und drehte an dem Knauf der zugefallenen Tür. Doch er rührte sich nicht. Ich rüttelte wie wild! Die Tür blieb zu. Hinter mir schwoll das Grummeln der Tiere immer mehr zu einem gefährlichen Gemisch aus Knurren und Bellen an, aber ich blieb hoffnungslos gefangen zwischen ihnen und dieser elenden Tür. *Ruhig bleiben*, ermahnte ich mich, *nachdenken und bloß nicht in die Augen sehen!* Langsam, ganz langsam, um sie nicht noch mehr zu provozieren, wandte ich mich ihnen zu, kaum gewillt, die Augen auf sie zu richten. Nur wenige Zentimeter von meinem Leib entfernt fletschten sie ihre spitzen Zähne, knurrten und sabberten bis in die äußersten Falten ihrer fleischigen Mäuler. Mir brach der Schweiß aus! Wer wusste, wie lange sie sich noch beherrschen konnten?

»Zeus! Odin!«

Eine laute Stimme lenkte die Tiere ab. Gleichzeitig ging das Licht im Hausflur an. Sie verstummten und wendeten ihre monströsen Köpfe zur Treppe hinauf, wo ich zu meiner Erleichterung einen Mann stehen sah. In diesem Moment war mir völlig egal, wer er war, Hauptsache er schaffte mir die Viecher vom Leib.

Als er sie erneut zurückrief, ließen sie endlich von mir ab und stürmten nach oben.

»Ihre Tür klemmt«, rief ich zitternd hoch.

Der Mann antwortete nicht.

Ich versuchte noch einmal vergeblich, die Tür hinter mir zu öffnen. Es war zwecklos.

»Ich wollte hier nur etwas abgeben«, ergänzte ich mit brüchiger Stimme und gab meinen Fluchtversuch auf.

»So? Dann kommen Sie hoch!«

Mein Blick fiel von unten nach oben auf einen der Hunde, der neben ihm am Geländer der Treppe stand und mich erbost fixierte.

»Was ist mit den Hunden?«

»Odin! Zurück! Los, ab mit dir!«

Augenblicklich zog sich das Tier hinter dem Mann in die Räume zurück.

»Kommen Sie hoch!«

Er verschwand hinter seinem Hund.

Dass ich tatsächlich nach oben ging, obwohl ich dort nichts Angenehmes vermutete, lag allein an der verschlossenen Haustür. Was sollte ich sonst tun?

Schritt für Schritt nahm ich die etwas zu hohen Stufen bis zur ersten Etage. Unter mir knackten uralte Holzdielen. Vor der Tür wagte ich nicht einzutreten, sondern klopfte nur kurz an den Rahmen.

Daraufhin tauchte der Mann wieder auf. Ich schätzte ihn auf Mitte fünfzig. Er trug einen dunklen Anzug mit schwarzem Hemd darunter. Die altmodischen Bundfalten seiner Hose stießen auf seine Schuhe, die wiederum glänzten, wie täglich poliert. Auf die Schnelle fand ich nichts Ungewöhnliches an ihm, außer, dass seine Brille an einer goldenen Kette vor seiner Brust baumelte. Eine Art Brillen zu tragen, die ich nicht mag. Mich überfiel gleich das Gefühl, dass ich besser nie hier aufgetaucht wäre. Nicht nur wegen der Hunde. Sein Blick schien mir ungehalten – nein – ärgerlich! Als hätte ich ihn aus einem wichtigen Gespräch gerissen oder aus einem Nickerchen. Am liebsten wäre ich direkt umgekehrt.

»Ja, bitte?!«

Er musterte mich von oben herab, ohne zu lächeln. Nervös wühlte ich in meiner Jackentasche und förderte Jens' verschlossenen Umschlag zutage. Ich ärgerte mich über diese Nervosität, doch das Erlebnis mit den Hunden zerrte immer noch an meinen Nerven und ich wurde dieses Beben in meinem Körper nicht mehr los. Außerdem hatte der Mann vor mir etwas an sich, was mich einschüchterte. Eine gewisse Autorität in seinem harten Gesicht, in seinem Auftreten und in seiner Stimme. Etwas Herrschendes, was ich im Moment nicht genau ausmachen konnte, bei mir aber dieses unangenehme Gefühl von Unterlegenheit auslöste. Während ich ihm den Umschlag entgegen hielt, hoffte ich inständig, jetzt nicht peinlich zu zittern. Aber das Kuvert flatterte verräterisch vor seiner Nase und seinem strengen Blick herum.

»Ich bin hier um … ich meine … diesen Umschlag soll ich hier abgeben.«

Meine unbeholfenen Worte weichten die Starre seiner Augen etwas auf. Nicht, dass ich seinen Blick nun als freundlich empfunden hätte, nur ein wenig interessierter.

»Ich glaube, ich weiß, was Sie mir sagen wollen.« Er wies mit einer gewandten Armbewegung in Richtung der Innenräume. »Aber bitte, gehen wir doch rein.«

Während ich mich an ihm vorbeidrückte und betete, dass die Hunde neben ihm mich nicht zerfleischen würden, nahm er mir den Umschlag aus der Hand. Gerade jetzt, als ich das Gefühl bekam, diese letzte Erinnerung an Jens nicht abgeben zu dürfen, bevor ich sie selbst gelesen hatte. Doch dafür war es nun zu spät. Der feste Griff des Mannes zog mit einem Ruck Jens' Nachricht aus meiner Faust. Dann schloss der Kerl die Tür hinter mir und machte mich endgültig zu einer Gefangenen des Hauses. Ich sah, wie er den Schlüssel umdrehte, ihn abzog und in seiner Hosentasche verstaute.

Wo war ich hier nur hineingeraten?

»Warum schließen Sie ab?« Ich hatte Mühe, meinen Atem zu kontrollieren.

»Wegen der Hunde!«

Fast schmückte ein kleines, aber unschönes Lächeln seine steinernen Lippen. »Sie sehen ängstlich aus! Keine Sorge, die Hunde gehorchen mir aufs Wort.«

Mein Magen begann zu drücken und ganz allmählich meldete sich der Puls in meinem Kopf. Diese Kopfschmerzen – es ging schon wieder los!

Er wendete den absenderlosen Briefumschlag neugierig um.

»Lassen Sie mich raten: Von Jens Klein?«

Woher wusste er das?

Ich wollte fast schreien, als er plötzlich seine Hand auf meine Schulter legte, eine große Hand, der ich das Fremde in ihr anfühlte und ich spürte förmlich, wie es in mich hineinkroch. Statt zu schreien, zuckte ich zusammen und mein Zucken schien dem Mann zu gefallen. Es löste ein flüchtiges Lächeln auf seinem Angesicht aus. Mit barschem Griff schob er mich weiter in den Raum hinein. Ein Raum, dessen Ausmaße ich nicht erwartet hatte. Ich stand in einem Saal, an dessen Vergangenheit als getrennte Altbauzimmer nur noch ein paar tragende runde Säulen erinnerten. Altmodischer Stuck zierte die hohe Decke. An einer Wand stand eine große Bar mit Barhockern und sehr vielen Flaschen. Die schwache Beleuchtung aus einem gusseisernen Kronleuchter reichte nicht aus, um alle dunklen Nischen und Hinterräume um mich herum so auszuleuchten, dass ich mich beruhigt gefühlt hätte. Wer wusste schon, wie viele abgerichtete Köter noch in diesen Winkeln lauerten?

Mitten im Raum ließ mich mein ungemütlicher Begleiter los und nahm einen Brieföffner von einem Sideboard zur Hand. Er nahm ihn ganz langsam aus der Halterung. Man hätte zusehen können, wie er die Luft damit durchschnitt und sein Gesicht wirkte dabei fast gehässig. Der Öffner selbst sah aus wie ein kleiner Dolch. Ich zog mich zurück, machte ein paar Schritte rückwärts und landete unabsichtlich in einer dieser finsteren Nischen, wo ich mir schmerzhaft die Hüfte an etwas stieß. Nur langsam gewöhnten sich meine Augen an die Dunkelheit und sie offenbarten mir einen Tisch, gegen den ich gelaufen war, ein Sofa und zwei Sessel. Auf dem Tisch stand ein Tablett mit Teegeschirr. Aus zwei halb gefüllten Tassen daneben dampfte Tee und auf der Tischdecke hinterließ ein kleiner Löffel einen nassen Fleck. In der Mitte des Tisches lag ein schwarzes Buch.

Ein Luftzug in meinem Nacken holte meine Aufmerksamkeit zurück. Ich zog den Kopf ein und drehte mich um. Der Mann mit Jens' geöffnetem Briefumschlag nickte mir zu.

»Nehmen Sie Platz!« Er wies auf das Sofa.

Dann setzte er die Brille auf und las kurz, aber aufmerksam in Jens' Zeilen, die ich liebend gern selbst gesehen hätte; mir vorenthaltene Gedanken eines toten Freundes!

Auf einmal bewegte sich etwas im schwachen Licht. Ich sah es im Augenwinkel. Kleidung raschelte in einer Ecke des Sofas neben mir und unerwartet sah ich mich einem dort sitzenden Mann gegenüber. Sein schwarzer Pullover und eine ebenso schwarze Hose verschmolzen ihn, bis auf das Gesicht und die Hände, mit dem Dunkel des Raumes. Er grinste mich an, aus der Gewissheit des heimlichen Beobachters heraus. Als er sah, dass ich ihn entdeckt hatte, stand er auf, kam geschmeidig näher und streckte mir seine Hand entgegen, die in dem Dämmerlicht, wie die Hand eines Pantomimen wirkte.

»Alexander! Und der Mann hinter Ihnen ist Günter Buchheim! Ich glaube nicht, dass er sich Ihnen vorgestellt hat.«

Ich blickte ihn an – und meine Lunge stellte für Sekunden das Atmen ein. Dieser Mann sah aus, wie die Inkarnation meiner eigenen Vergangenheit! Dieses Gesicht mit den hellen blauen Augen in gebräunter Haut – volle Lippen, welche einen der Mundwinkel im Lächeln eine Spur nach oben zogen. Der Blick dieses Menschen – so selbstsicher, überlegen und so herablassend nachsichtig. Ich stand ihm regungslos gegenüber, einem Fremden, und doch kam es mir vor, als kannte ich ihn. Sein Griff fest und warm, die Stimme tief, zwinkerte er mir zu, während er mich unverhohlen betrachtete und meine Hand festhielt. In meinem Bauch wüteten lebende Steine, die sich an den

Innenwänden des Fleisches rieben. Ich kann heute noch nicht sagen, ob ich ihn an diesem Tag grenzenlos selbstbewusst fand oder bloß anziehend anmaßend. Was ich fühlte, war ein Tsunami gemischter Erinnerungen, sprudelnd vor Sehnsüchten und Ängsten. Er war die Wiedergeburt meiner dunkelsten, verdrängtesten und erotischsten Lebensgeschichte. Er sah fast so aus, wie Manuel!

Aufmerksam behielt er mich im Auge und umschloss meine gereichte Hand so lange, bis ich zögerlich auch meinen Namen nannte.

»Sarah – ein schöner alter Name! Gefällt mir sehr gut«, sagte er.

Dabei drückte er sanft mit den Fingern in meinen Handteller, und ich konnte nicht anders, als eine ganz leichte Gänsehaut zu empfinden, auch, wenn ich es nicht wollte. Es fühlte sich wie eine Massage an, deren minimaler Druck mich erschaudern ließ. Verlegen entzog ich ihm die Hand, wich diesem nicht enden wollenden Blick von ihm aus, der bis in meinen Unterleib kroch.

»Was führt Sie zu uns?«, fragte er.

Ich räusperte mich. Verdammt, warum war ich nur so leicht berührbar? Verstört suchte ich, meine Gedanken zu sammeln.

»Da Sie beide ja scheinbar Bekannte von Jens sind … ich meine waren … muss ich Ihnen leider mitteilen, dass …« Mein Herz stotterte gleichlaufend mit meiner Stimme. »… Jens hat sich umgebracht. Es tut mir leid, das sagen zu müssen. Fragen Sie mich bitte nicht, warum.«

Mit hochgezogenen Augenbrauen musterte ich die beiden Gesichter im Raum. Meine Nachricht verursachte nicht die Spur dessen, was ich erwartete; kein Zusammenzucken, kein erschrockenes Aufseufzen, keine bedrückten Blicke angesichts des Unfassbaren. Sie sahen sich lediglich einen Moment lang bedeutsam an. Es gefiel mir nicht, dass Jens ihnen offensichtlich mehr anvertraut hatte, als mir. Ich riss mich zusammen, um nicht erneut zu stottern.

»Darf ich fragen, was Jens Ihnen geschrieben hat?«

Ich nahm an, dass Buchheim mir das Blatt Papier wenigstens einmal kurz unter die Nase halten würde, doch der faltete den kleinen Brief langsam und sorgfältig zusammen und reichte ihn an Alexander weiter, der ihn überflog. Breit grinsend stopfte dieser ihn in die Hosentasche.

»Erzählen Sie uns lieber, was geschehen ist«, forderte er mich auf.

Sie drängten mich, endlich Platz zu nehmen. Obwohl ich widersprach, saß ich bald auf dem Sofa. Rechts körpernah flankiert von diesem Abbild Manuels, der mich ab da an in einer ergreifend anmutenden Weise anlächelte. Beharrlich versuchte ich, es zu ignorieren, schaffte es aber nicht. Sein aufdringliches Lächeln war immer da. Ich wich ihm auf dem Sofa etwas aus. Vor uns am Tisch stand Buchheim, mit seinen Oberschenkeln an der Tischkante angelehnt und noch immer mit dem Brieföffner in der Hand, den er so hielt, dass es mir so vorkam, als wollte er ihn mir gleich in den Hals stechen.

Wie konnte ich mich nur völlig unbekannten Männern ausliefern? Dazu die Hunde, die jetzt vor der Wohnungstür Wache hielten. So leichtsinnig hatte ich bisher nur ein einziges Mal gehandelt und es bitter bereut. Sie hätten mich töten können, mich vergewaltigen! Niemand wusste, dass ich hier war. Ich forschte in ihren Gesichtern, ob sich in ihnen Begierde oder etwas Mörderisches zeigte. Automatisch wanderte mein heimlicher Blick auf ihre Hosen. An Alexanders Hose klaffte die linke Tasche etwas auf und der zerknüllte Brief von Jens lugte heraus.

»Darf ich Ihnen etwas anbieten?«

Buchheim lächelte und zeigte dabei Zähne, was für mich aussah wie eine Fratze, weil er vorher gerade mal ansatzweise gelächelt hatte. Dann schenkte er Tee ein, ohne meine Antwort abzuwarten.

Sie sahen mich stumm an. Alexander auf dem Sofa wippte mit den Knien. Was wollten sie denn hören? Unsicher nahm ich den Tee, vibrierend vor Spannung. Ich nippte an dem heißen Getränk, um die Pausen auszudehnen, die ich brauchte, um über Jens und seinen Sturz auf die Autobahn zu berichten. Ungern beschrieb ich es so detailliert, wie sie es von mir verlangten.

»Was glauben Sie, woran dachte er in diesem letzten Moment? Wie hat er Sie angesehen, bevor er sprang?«

»Wie er mich angesehen hat?« Vor meinen Augen sah ich Jens' entstelltes Gesicht mit dem verschobenen Kinn im Keller des Krankenhauses. Dieses Gesicht, das sich in meinen Kopf gepflanzt hatte und den vorherigen Jens meiner Beziehung und auf dem Brückengeländer fast schon beiseiteschob. Ich glaubte kaum an eine ernste Absicht hinter ihrer Frage.

»Ich soll den Gesichtsausdruck eines Selbstmörders kurz vor seiner Tat beschreiben? Die Augen eines Freundes, der Sekunden später mit einem fast geplatzten Kopf auf dem Asphalt einer Straße liegt? Ist das Ihr Ernst?«

Buchheim, noch immer vor dem Tisch stehend und noch immer mit dem Brieföffner hantierend, legte etwas unglaubwürdig Beschwichtigendes in seine Stimme.

»Es muss Ihnen merkwürdig vorkommen, dass wir so viel vom Tod Ihres – ich darf doch sagen *Freundes* – hören wollen.«

Er wartete kurz, ob ich antwortete, doch ich fand keine Worte mehr. Das Zögern, mit welchem er das Wort *Freundes* bedachte, als übertreibe er damit bereits, machte aus mir eine Randfigur in Jens' Leben, schob mich ganz weit weg, außerhalb ihres scheinbar so intimen Freundeskreises.

»Wir erleben es jedes Mal, dass die Angehörigen oder Freunde unserer Mitglieder irritiert sind, wenn Sie zu uns geschickt werden. Und das häufig unter den mysteriösesten Umständen. Ich meine diese Nachrichten, die verschlossenen Umschläge und dergleichen. Wie auch hier, im Falle unseres guten Jens.«

Buchheim lachte gekünstelt auf. Dass er Jens' Freund gewesen sein sollte, hielt ich für einen missratenen Witz! Jens hatte außer mir und einer Handvoll loser Bekanntschaften keine Freunde gehabt. Hätte er welche kennengelernt, hätte er sie mir vorgestellt oder zumindest von ihnen erzählt! Von diesem Haus hatte ich jedoch bis dahin nichts gewusst. Über all die Jahre hinweg war ich seine einzige Vertraute gewesen und nun wollten diese fremden Menschen ihn plötzlich besser gekannt haben?

Alexander beugte sich nach vorne und streifte dabei meinen Oberarm. Ich betrachtete seine dunklen Haare, die sich im Nacken etwas lockten, und sah zu, wie er mir ungefragt Tee nachschenkte. Er war jung, um einiges jünger als ich, und doch hatte er diese bestimmende Ausstrahlung auf mich. Manchen Menschen scheint so etwas in die Wiege gelegt. Mir hat das Leben solch eine Gabe vorenthalten, aber das Leben ist ja nie gerecht. Besonders meines nicht! Schon einmal hatte sich ein Mann wie dieser in mein Leben gepflanzt – lange bevor ich Jens kennenlernte. Ein Mann mit Führungseigenschaften, ein Alphatier, ein Herrscher! Manuel ...

Ich lernte ihn in einem Taxi kennen. Er stieg ein, obwohl ich vor ihm in dem Taxi saß; er riss die Tür auf, grinste überwältigend und sagte: »Es macht Ihnen doch nichts aus, schöne Frau!« – nicht als Frage, sondern als Feststellung. Dann nahm er neben mir auf der Rückbank Platz – ähnlich wie Alexander, der jetzt auf dem Sofa neben mir saß, mit seinem Körper den meinen berührend – und gab dem Fahrer Anweisung, sein Ziel anzufahren. Er hätte es eilig und könnte nicht auf das nächste Taxi warten. Dafür wollte er mir den Umweg bezahlen. Tja, und ich saß da, stumm und dumm wie ein Fisch, und ließ mich widerstandslos entführen. Unterwegs lächelte er mich unentwegt an. Mich, sechzehnjährig, die bisher allen Jungen egal gewesen war, besonders solchen, die so gut aussahen und er – Manuel – war bereits ein richtiger Mann.

Er witterte wohl den einfachen Fang, den er mit mir gemacht hatte.

»Wenn du kurz warten würdest, fahren wir gleich noch ins *Casal*, ein Eis essen«, sagte er und zwinkerte mir zu.

Ich wartete brav im Taxi. *Casal*, dort aß ich seit meiner Kindheit Eis. Was sollte mir da passieren? Warum also nicht mit ihm Eis essen gehen? Und, verdammt noch mal, er sah so gut aus! Warum sollte ich nicht auch mal Glück haben? Man muss auch mal etwas wagen! In Gedanken malte ich mir die neidischen Gesichter meiner schönen Klassenkameradinnen aus.

Es blieb nicht bei Krokantbecher und Kakao. Manuel wohnte ganz in der Nähe, in der Breslauer Straße, genauso wie meine einzige Schulfreundin, und er erzählte mir die ganze Zeit über, wie hübsch ich wäre und dass er so natürliche Mädchen wie mich besonders mochte und was man jungen Mädchen eben sonst noch so erzählt. Wie im Glücksrausch ging ich mit ihm mit. Schon im Hausflur fasste er mir zwischen die Beine. Ich wand mich, aber ich wollte auch nicht spießig sein. Ich hätte gern einen Freund gehabt und wollte es nicht verderben. Vielleicht waren ja alle Männer so, woher sollte ich das wissen? Er blieb auf der Treppe stehen und lächelte nachsichtig, nahm meinen Kopf in seine großen Hände und küsste mich behutsam. Das war mein erster richtiger Kuss gewesen. Ich genoss diese Zärtlichkeit, den fremden warmen Mund, die weiche Nähe eines anderen Körpers. Ja, es gefiel mir. Ich war sechzehn, alt genug, wie ich fand. Seine Hand fuhr unter meine Bluse, dann in meine Hose. Nun öffnete er die Wohnungstür, schob mich sanft von hinten hinein, und schloss ab.

»Komm her!«, sagte er.

Als ich zögerte, Bedenken bekam, wegen der abgeschlossenen Tür, zog er mich bestimmend gegen sein Becken und küsste mich wieder – energischer diesmal. Ich schmeckte den Speichel seines Mundes, ließ ihn am Reißverschluss gewähren, fühlte seine Hände auf meinem nackten Po. Ich stöhnte. Es war mir peinlich, dass ich stöhnte. Alles war aufregend neu für mich.

Auf einmal spürte ich seinen Gürtel um meine Hände! Trotzdem hielten seine Küsse an und ich empfand ein Gefühl zwischen Angst und Leidenschaft. Ich war sechzehn. Es war meine erste sexuelle Erfahrung.

Als ich ging, fühlte ich mich wie eine Hure; nüchtern, erwachsen, beschämt … und schuldig, weil ich gestöhnt hatte.

Manuel holte mich fortan von der Ausbildungsstelle ab, vom Sport ab, von der Fahrschule ab, drei Jahre lang und ich konnte nicht mit, und nicht ohne ihn leben. Er kleidete mich immer schon im Hausflur aus. Sein Gürtel zog sich von Mal zu Mal enger um meine Hände und zwischen den Küssen gab es nun auch Schläge. Ich ging mit immer mehr blauen Flecken nach Hause. Aber niemals im Gesicht. Meine Eltern merkten nichts. Wollte ich ihn verlassen, säuselte er von der Liebe, nach der ich mich sehnte, oder er drohte mir, dass er allen sagen würde, was ich Flittchen mit ihm getrieben hätte … schließlich würde es mir doch auch gefallen.

Eines Tages hatte er ein neues Mädchen. Von da an war ich ihn los – gepflückt und fallen gelassen. Erst lachte und dann heulte ich, tagelang, wochenlang … und ich vermisste ihn.

Liebe – was ist das? Gibt es Liebe zwischen Mann und Frau wirklich oder ist es nur eine Erfindung? Elf Jahre lang wagte ich danach keine Beziehung mehr, schämte mich für jeden sexuellen Gedanken. Männer? Ich weiß nicht recht, ob ich Männer seitdem hasse oder fürchte, für ihre Artverwandtschaft mit Manuel.

Später traf ich Jens. Jens war anders, zurückhaltend, nachdenklich, verstört wie ich, lebensmüde, zärtlich … nur zärtlich … reizlos … Der hier, Alexander mit seinen Löckchen im Nacken, sah verdammt noch mal fast so aus, wie Manuel.

»Was ist das hier eigentlich für eine Vereinigung? Sie sprachen eben von einer Mitgliedschaft.« Ich fragte gereizt, denn neben der anrüchigen Erinnerung bereitete sich der eben noch flüchtige Schmerz ein bleibendes Nest in meinem Schädel. Für diesen Tag, das erkannte ich verbittert, würde er ihn nicht mehr verlassen. Außerdem wollte ich schon längst raus sein aus diesem beklemmenden Haus. Was hielt mich denn hier?

»Ja, das haben Sie richtig verstanden«, entgegnete Buchheim. »Wir sind eine Vereinigung. Ein eingetragener Verein sogar. Sie sitzen im *Haus der Verlorenen, Verein für suizidgefährdete Menschen e.V.* Wir selbst reden schlicht von *Unserem Haus*.«

»Und Jens war hier Mitglied?«

Verwundert, aber nicht zweifelnd, sah ich von einem zum anderen. Wirklich erstaunen sollte mich Jens' Mitgliedschaft in so einem Verein eigentlich nicht. Wahrscheinlich war er spontan, aus einer seiner vielen depressiven Launen heraus beigetreten. Meine Augen blieben an dem schwarzen Pullover dieses Alexanders haften, auch auf die Gefahr hin, dass er meinen Blick auf seinen muskulösen Brustkorb als Interesse auf sich selbst beziehen könnte. *Verloren*, die gleiche Aufschrift, wie die auf Jens' T-Shirt. Auch von Alexander hatte Jens mir nie etwas erzählt.

»Jawohl, das war er«, fuhr Buchheim fort. »Und ich kann Ihnen auch gleich mitteilen, welche Leistungen Jens zustehen, für den Fall, der nun eingetreten ist. Nämlich im Falle seines selbst herbeigeführten Todes.«

Buchheim setzte sich in den tiefen Sessel vor dem Tisch und senkte andächtig sein Haupt, was seinen Hals – er war vielleicht doch um einiges älter, als ich ihn geschätzt hatte – heftige Falten schlagen ließ. Fast stolz hob er eine Hand bis über seinen Kopf, den Zeigefinger wichtig ausgestreckt. In der anderen Hand hielt er nun das kleine schwarze Buch, das er vom Tisch genommen hatte und aus dem er mit nahezu feierlicher Stimme ablas. Den Brieföffner hatte er vor sich auf dem Tisch abgelegt, die Spitze zeigte auf mich. Natürlich konnte das ein Zufall sein, aber ich fühlte mich noch immer bedroht von dieser Spitze. In diesem Moment erinnerte Buchheim mich an einen vehementen Prediger mit Bibel oder meinetwegen mit satanischen Schriften; genauso besessen und genauso unberechenbar.

Ungeachtet Buchheims doch sehr sonderlichen Auftritts ließ Alexander jedoch keinen Anflug von Belustigung erkennen. Ich sah ihn verstohlen an. Nicht einmal Mundwinkel, die mit ihren Fähigkeiten spielten, kein Grinsen also, kein Augenzucken, gar nichts, obwohl Buchheim mit seiner Gestik fast schon komisch wirkte. So blieb dessen Autorität in meinem Geist unantastbar. Jetzt sogar umso mehr, gerade deshalb, weil er sich selbst seine Würde bewahrte, als er eigentlich aussah, wie eine Karikatur seiner selbst.

Was mich beruhigte, war die Tatsache, dass er aus einem Buch ablas. Solange er las, schien es immerhin nicht so, als wollten sie mir etwas antun.

»Im Falle des bestätigten Selbstmordes … wozu uns sein Brief und Ihre Aussage dienlich sind …«, er nickte mir zu, »… erhält das Mitglied, beziehungsweise der eingeweihte Freund … Sie entschuldigen, dass wir die männliche Form im Text verwenden ...« – *Ein Korinthenkacker*, dachte ich, *jedes Wort genauestens überlegt.*

»... eine Beerdigung nach vorheriger Wahl oder, wenn keine Wahl getroffen wurde, eine Beerdigung, wie er es wahrscheinlich gewünscht hätte, auf Kosten des Vereins. Dazu werden die Personen gemäß Wunsch des Verblichenen eingeladen. Bei Selbstmord ohne eingeweihte Personen ... ach, das Weitere interessiert uns in diesem Fall ja nicht.«

Er klappte das Buch geräuschvoll zu und blickte mich schräg über seine Brille hinweg an.

»Jedes unserer Mitglieder hat eine Art Sterbeversicherung bei uns.«

Da man in allem eine Logik zu erkennen versucht, meinte ich zu begreifen, warum hier niemanden Jens' Selbstmord überraschte. Wahrscheinlich musste es ab und zu vorkommen, dass sich jemand das Leben nahm, der einer Selbsthilfegruppe suizidgefährdeter Menschen angehörte. Dennoch erklärte das nicht ihre mangelnde Betroffenheit über seinen Tod.

»Wir übernehmen gerne die Organisation der Bestattung und Trauerfeier. Soweit ich weiß, gibt es ja keine weiteren Angehörigen.«

Ich überlegte nicht lange, wunderte mich zwar über dieses Entgegenkommen von dem Mann mir gegenüber, der mir so unsympathisch war und den ich ebenso gut für einen Vergewaltiger oder Mörder gehalten hätte. Dieses Angebot lehnte ich jedoch nicht ab. Im Gegenteil war ich froh, die Bürde loszuwerden. Sollten sie sich mit all den unbequemen Behördengängen und belastenden Gesprächen herumärgern, diese guten Freunde von Jens!

Mir fiel ein, dass sie wohl noch irgendwelche Unterlagen von Jens bräuchten. Zu meiner Überraschung war selbst das kein Problem für Buchheim.

»Ihr Freund hat alle notwendigen Papiere wie Stammbuch und Ähnliches hier hinterlegt, ebenso seine Wohnungsschlüssel. Wir werden uns um alles kümmern. Selbstverständlich auch um die Wohnungsauflösung. In diesem Fall hatten wir auch bereits ein Gespräch mit der Polizei.«

Er nickte einmal kräftig und Alexander erhob sich, als gäbe es nichts weiter zu besprechen. Ich trank den letzten Schluck des inzwischen abgekühlten Tees und stand ebenfalls auf. Noch immer zitterte ich leicht und ich war froh, unbeschadet gehen zu können, war jedoch nicht wirklich zufrieden mit dem Gespräch. Mir war, als hätten sie keine meiner Fragen beantwortet, ich aber im Gegenzug jede von ihren.

Alexander schien mir diese Unzufriedenheit aus dem Gesicht zu lesen. »Sollten Sie noch Fragen haben, Sarah … bitte. Sie dürfen mich gerne anrufen.«

Damit übergab er mir eine kleine runde Visitenkarte: *Alexander Martin Rheine, Atelier,* mit einer Mülheimer Adresse und einer Handynummer. Ich nahm sie an, steckte sie in dieselbe Jackentasche, in der noch immer Jens' Abschiedsbrief an mich sein Unwesen trieb.

»Es passiert wohl nicht selten, dass sich einer ihrer Schützlinge umbringt?!«, bemerkte ich Buchheim gegenüber.

Buchheims Mund spitzte sich etwas, während seine Augen scheinbar nach einer passenden Antwort suchten. »Mmh … nun ja … Sie hören von uns, Frau Look.«

Schon lag seine Pranke erneut auf meiner Schulter und dirigierte mich in Richtung Ausgang, an den aufmerksamen Hunden vorbei. Alexander folgte uns und reichte mir noch einmal überschwänglich die Hand. Ich nahm sie, obwohl ich seine Blicke und seine seltsam anziehende Art auf mich inzwischen fast schon unheimlich fand. Es gab keinen Grund, ihm zu vertrauen. Gerade, weil er Manuel so ähnlich war. Tatsächlich aber sehnte ich mich insgeheim fast nach der spannungsgeladenen Handmassage von vorhin. Ich wollte sie stillschweigend genießen und dann nichts wie weg von dort. Stattdessen deutete er einen Handkuss an, der mir die Haare aufstellte, als sein warmer Atem über meine Haut strich.

»Alexander – falls Sie meinen Namen vergessen haben.«

Nein, das hatte ich bestimmt nicht. Sein Lächeln mit vollen Lippen, leicht schräg und ein verschworenes Zwinkern um eine blaue Iris fesselten mich.

Buchheim verdrehte die Augen. Dann griff er in seine Hosentasche und wühlte darin herum, als wäre sie so tief, dass er nichts darin finden könnte. Schließlich ergriff er die Schlüssel, die mich endlich hier raus lassen sollten. Die Rottweiler standen sofort in Position und beäugten jede Bewegung ihres Herrn und von mir.

Dicht folgte mir Buchheim die Treppe hinunter. So dicht, dass ich seinen Körper hinter mir spürte und instinktiv einen Ellenbogen nach hinten drückte, um ihn auf Abstand zu halten. Mit der anderen Hand umklammerte ich das breite Holzgeländer, darauf gefasst, mich aufzufangen, falls er mich hinunterstoßen sollte. Ihn störte meine Abwehrhaltung nicht im Geringsten. Mitten auf der Treppe hielt ich es nicht mehr aus. Ich blieb stehen und blickte ihm aufgebracht ins Gesicht.

Augenblicklich knurrte einer der Hunde neben ihm. Ohne eine Miene zu verziehen, glotzte Buchheim auf mich herab. »Was ist?!«

»Ich mag es nicht, wenn man mir so nahe kommt!«

»Ach ja? Der galante Handkuss von Alexander schien Sie aber nicht gestört zu haben.«

Meine Wangen begannen zu glühen.

»Lassen Sie das bitte!«, beharrte ich.

»Kann es sein, dass Sie ein Problem mit mir persönlich haben, junge Frau?«

Ich sagte nichts mehr und eilte weiter zum Ausgang. Nur raus hier! Doch dort musste ich warten, bis Buchheim und seine Tiere mich aufholten. Mit dem Rücken quetschte ich mich an die Wand, um ihnen Platz zu machen. Buchheim grinste – schon das ein Grund, ihm aufs Maul zu hauen, wären die Hunde nicht gewesen. Natürlich hätte ich es nicht wirklich getan, ihm mit der Faust auf die Lippen geschlagen oder ihn in seinen Unterleib getreten, aber meine Gedanken taten es unweigerlich, als er so grinste. Ich hasste meine Unterlegenheit. Mit einem Handgriff, den ich so schnell nicht mitverfolgen konnte, öffnete er die verklemmte Haustür.

»Sie werden in Kürze eine Einladung zur Bestattung und zur Trauerfeier erhalten. Bis dahin wünsche ich Ihnen alles Gute.«

Er klopfte mir auf den Rücken, während ich vorbeiging. Es brannte noch hundert Meter weiter.

Als ich schon ein paar Schritte auf den Gehweg gesetzt hatte, rief er mir hinterher.

»Frau Look …«

Ich wandte mich um.

»Feuerbestattung!«

Die Begegnung mit diesen Männern aus dem *Haus der Verlorenen* beschäftigte mich den gesamten Abend über. Mir war schlecht davon. Schlechter, als von dem Gedanken an Jens' schiefes Gesicht im Krankenhaus. Ich wusste nicht, ob der eiskalte Buchheim mit seiner groben Hand auf meiner Schulter und seine Rottweiler mich mehr einschüchterten, als Alexanders überheblicher Charme mich irgendwo bei den Hormonen packte. Sie machten mich ängstlich und wütend zugleich. Der ganze Besuch lag mir wie ein unverdautes Erlebnis im Magen und ich glaubte kaum, schlafen zu können. Mein Kopf pochte. Warum muss mir alles in den Kopf steigen? Ich hatte das Gefühl, als säße darin Jens und trete um sich, weil er nicht da raus konnte. Nichts hätte ich lieber geöffnet, als meinen verdammten Schädel.

Unruhig kramte ich in meinen Schubladen und alten Kalendern nach Marcs Telefonnummer, bis ich sie schließlich in einem Telefonverzeichnis von 2009 fand. Solange hatten wir uns also schon nicht mehr gesehen. Kein Wunder, nach unseren Streitereien, gerade in der Zeit, als ich noch mit Jens zusammengelebt hatte.

Marc ging nicht ans Telefon. Ich konnte mir nicht vorstellen, dass er schon schlief, eher, wie er sich mit Freunden beim Bier verquatschte oder mit einem männerfressenden Vamp vergnügte, während es mir schlecht ging. Aus Trotz wählte ich seine Nummer mehrmals. Irgendwann musste der alte Klugscheißer doch ran gehen.

Vergeblich!

Am nächsten Morgen ging ich arbeiten. Das erste Mal seit jenem Tag. Es hätte mir gut tun können, wieder an etwas vollkommen anderes zu denken, im Büro zu sitzen, Rechnungen zu buchen und E-Mails zu bearbeiten, aber die Stimmung der Kolleginnen mir gegenüber war auch an diesem Tag nicht besser, als sonst. Sie vermieden jedes Wort mit mir. Wahrscheinlich wussten sie nicht, wie sie mit der ganzen Sache umgehen sollten. Natürlich! Ich wusste es ja genauso wenig.

Per Internet versuchte ich, etwas über dieses *Haus der Verlorenen* herauszufinden. Fehlanzeige! Nicht ein Hinweis auf den Verein, weder eine Webseite noch etwas über Günter Buchheim. Auch Alexander hatte keine Homepage, obwohl auf seiner Visitenkarte *Atelier* stand. Als ich seinen Namen in einer Suchmaschine eingab, fanden sich ein paar Treffer aus dem Kulturbereich. Anscheinend war er freischaffender Künstler … Maler oder so etwas.

## Träume

Ich träumte von Jens. Ich träumte davon, wie er mich ansah, während er auf mich einredete und wir zusammen zu dieser Brücke gingen.

Im Traum wusste ich genau, was dort geschehen würde und nicht Jens zog *mich*, sondern ich *ihn*. Mit dem Wissen einer Täterin schob ich ihn an das Geländer der Brücke heran, redete nach außen hin belanglos mit ihm, während ich innerlich mit einem mörderischen Plan kämpfte.

Scheinheilig überredete ich Jens, auf das Geländer zu steigen, und er tat es einfach, wie es im Traum eben geschieht. Kaum stand er darauf, verlor er die Balance. Ich erschrak. Mein Gewissen brannte. Da streckte ich ihm die Hand entgegen, um ihm Halt zu geben – aber stattdessen stieß ich ihn an. Jens bekam Angst. Er ruderte mit den Armen, um sein Gleichgewicht wiederzufinden, konnte sich gerade noch halten.

Als er wieder Fuß fasste, tat ich es – ich stieß ihn hinab und ich erschrak über mich selbst. Sein Schrei verhallte mit der Entfernung seines Körpers, bis er mit einem dumpfen Aufprall erstarb. Von der Brücke aus blickte ich ihm eilig nach. Marcs Cabrio quietschte und überrollte Jens. Ich betrachtete den blutend aufgeschlagenen Leib. Er musste tot sein. Das war gut so, denn ich wollte nicht, dass er mich beschuldigen konnte.

Zufrieden ging ich ein paar Schritte vom Geländer zurück, blickte auf und auf einmal entdeckte ich sie – die Passanten um mich herum, die mich entsetzt anstarrten. Ich war mir so sicher gewesen, dass ich alles andere um uns herum vergessen hatte. Als ich mit den

Augen verzweifelt nach einem Fluchtweg suchte, kamen sie plötzlich näher und zogen einen engen Kreis um mich. In ihren Gesichtern erkannte ich Hass und Anklage …

# Eine Weiche in meinem Leben

Die Einladung zu Jens' Beerdigung lag sehr bald in meinem Briefkasten. Im Grunde war ich froh, dass alles so schnell ging. Irgendwie hoffte ich, ich könnte meine Unruhe, die mich seit Jens' Tod beherrschte und die vermehrten Kopfschmerzattacken ganz einfach mit in dieses Erdloch werfen, um mich meinem alten Leben zuzuwenden. Eine naive Vorstellung, ich weiß. Jens wird niemals aus meinem Leben verschwinden und ebenso wenig die Umstände seines Todes. Sie werden mich verfolgen bis zu meinem eigenen Tod und, wer weiß, vielleicht noch weiter. Jens hatte eine Weiche in meinem Dasein verstellt und auf dem Weg in die Zukunft gibt es ja keine Rückkehr. Mein altes Leben gab es längst nicht mehr.

An dem nächsten Freitag ging ich dann zum Friedhof. Nicht ganz in Schwarz, aber mit einer schwarzen Jacke, die ich aus den hintersten Winkeln meines Kleiderschrankes hervorgekramt hatte. Für eine schnelle stille Beerdigung, wie ich hoffte. Wer sollte schon, außer mir und diesem unheimlichen Buchheim und vielleicht Alexander, vor der Leichenhalle auf mich warten?

Zu meiner Überraschung traf ich jedoch am Friedhof Marc an. In einem dunkelgrauen Trenchcoat lief er vor der Leichenhalle auf und ab. Ich erkannte ihn nicht sofort. Das Gesicht, das dunkelblonde Haar und seine schlanke Statur – das war schon Marc, aber nicht sein Gang. Die Art, wie er die Schritte setzte, so zögerlich, das war nicht er. Wie er sich an die Nase fasste, immer wieder, aus Betretenheit, so kannte ich ihn auch nicht. Und dennoch war es Marc. Er hob stumm und schlapp die Hand, als er mich kommen sah. Ich konnte mich nicht erinnern, Buchheim Marcs Adresse oder Telefonnummer übergeben zu haben.

»Marc«, flüsterte ich. »Woher weißt du …?«

»Ich wurde eingeladen«, flüsterte er zurück und wies nickend auf Buchheim und seine Mannschaft, die zu neunt erschienen waren. Sie standen da wie eine Gruppe übereinstimmend schwarz gekleideter Spione aus alten Filmen und unterhielten sich lebhaft. Ab und zu warfen sie einen verstohlenen Blick zu uns herüber.

»Woher hat er deine Adresse?«

Marc zuckte die Schultern. Sein Kopf zitterte ein wenig, als er ihn bewegte, um mich flüchtig anzusehen. Er sah schlecht aus. Fehlender Schlaf zeichnete dunkle Ränder in seine blasse Haut. Ich traute ihm einiges zu, doch selbst nach einer Woche ausschweifender Dauerparty vor drei Jahren hatte er gesünder ausgesehen. Dass es ihn so mitnahm, wie mich selbst, verblüffte mich. Marc hätte ich Saufen und Vergessen zugetraut, aber nicht die Fähigkeit zu leiden. Allzu schnell wich er meinem fragenden Blick aus. Dabei wäre ich die Letzte gewesen, die ihm heute etwas vorgeworfen hätte. Noch bevor wir ein intimes Gespräch führen konnten, rollten sie ein paar Meter weiter eine blumengeschmückte Handkarre heran. Jens' Überreste ruhten darauf in einer schwarzen Urne. Die Trauergäste setzten sich in Bewegung. Sie reihten sich zu zweit oder zu dritt ein und wir alle folgten dem Geräusch knirschender Reifen über Schotter bis zur Grabstätte. Das Grab selbst war klein. Doch alles darum herum war so üppig mit Blumen und Kränzen geschmückt, als hätte Jens zu Lebzeiten unendlich viele Freunde gehabt. Ich blickte mich um. Von den Anwesenden kannte ich außer Marc nur meine beiden seltsamen Gesprächspartner aus dem Verein. Sie standen nebeneinander, die Hände gefaltet vor dem Bauch. Heimlich beäugte ich Alexander aus der Entfernung. Er sah gut aus. Natürlich sah er gut aus – er war jung und athletisch, der Einzige, dem dieses schwarze Sakko wirklich stand. Ich war schon über dreißig, ging es mir durch den Kopf. So ein junger Mann würde sich wohl kaum ernsthaft für mich interessieren.

Buchheim beförderte mich, einer Marionette gleich, an den starrenden Gästen vorbei, bis an das Grab heran. Je näher ich der Urne kam, desto schäbiger fühlte ich mich. Mein Traum fiel mir wieder ein, mitsamt dem Gefühl, ihn gestoßen zu haben. Erschreckend, wie klein Jens geworden war. Unglaublich, dass *er*, der Lange, Schlaksige, nun in dieses winzige Gefäß passte. Sie hoben die Urne in die geöffnete Erde. Von meinen schlechten Erinnerungen, den miserablen Zukunftsvisionen und diesen Kopfschmerzen nahmen sie nichts.

Auch Marc holten sie nach vorne. So standen wir beide nebeneinander vor dem blumengeschmückten Grab und nahmen warme Taschentücher aus fremden Hosentaschen an. Vor uns baute sich kein Pastor auf, sondern Buchheim, der feierlich von Jens' Abschied sprach. Ich wollte seine Worte nicht hören, versuchte, sie an mir vorbeiziehen zu lassen, indem ich an etwas anderes dachte. An meine Arbeit, die sich inzwischen auf meinem Schreibtisch in der Firma türmte oder an Alexander, der mich immer wieder beobachtete. Es gelang mir nicht ganz, mich abzulenken. Ständig glitten meine Gedanken zu Jens zurück und ich bekam unfreiwillig Bruchstücke von Sätzen oder einzelne Wörter der Rede mit. Wörter wie … *unser lieber Freund Jens … persönliches Ziel erreicht … Tod doch nichts Grausames …*

Während ich mit meinen Tränen kämpfte, bemerkte ich hinter mir ein paar heitere Stimmen, vereinzelt gar ein verhaltenes Gespräch und leises Lachen. Unmöglich! Es fiel mir erst jetzt auf. Einige der fremden Gäste zeigten geradezu eine Unbekümmertheit, jedenfalls nicht das, was ich unter Trauer verstand. Nun ja, *Freunde* waren sie eben doch nicht gewesen. Marc dagegen bemerkte von all dem nichts und vergoss neben mir mehr Tränen als ich. Als ich seine verschwitzte Hand ergreifen wollte, zog er sie weg.

Nach der Beerdigung fühlte ich mich nicht deutlich besser, aber ich dachte, das geschlossene Grab gäbe mir die Möglichkeit zu verdrängen. Ich setzte mich in meinen Wagen und warf die schwarze Jacke auf den Rücksitz. Zuhause wollte ich alles, was mich an Jens erinnerte, in einen Sack stopfen und in einen Container werfen. Marc sollte alleine sehen, wie er mit seinem Unglück fertig würde. Ich wollte gar nicht mehr wissen, warum Jens gerade auf Marcs Auto gewartet hatte, als es passierte. Vielleicht war es doch nur ein blöder Zufall gewesen.

Da sah ich Buchheim auf meinen Wagen zuschreiten. Ich versuchte loszufahren, bevor er mich ansprechen konnte, doch so schnell, wie er sich näherte, sprang der alte Wagen gar nicht an. Der Motor quälte und quälte sich, da klopfte Buchheim bereits an die Scheibe der Fahrerseite. Sollte ich ihn einfach ignorieren und wegfahren? Wahrscheinlich! Jeder andere hätte so gehandelt, aber ich ließ die Scheibe herunter.

»Ich dachte eigentlich, Sie kommen noch mit ins Vereinshaus«, sagte er.

»Woher kennen Sie Marc Schuch?«

Meine Frage ließ ihn kurz zögern.

»Von Jens!«

»Wieso hat er Ihnen so viel Intimes anvertraut? Er kannte Sie doch kaum.«

Buchheim lächelte mit dem Mund, ohne dass seine Augen dem folgten. Sie strahlten nichts wider, was sein Lächeln gefühlvoll begleitet hätte. Ein Mensch ohne Liebenswürdigkeit, ohne Güte für mich. Er hätte gesichtslos sein können, das wäre das Gleiche gewesen. Trotzdem folgte ich ihm. Ich weiß nicht warum. Es war, wie in einem Albtraum. Da ist es genauso. Man sieht sich in ein Unglück laufen und kann sich einfach nicht dagegen wehren. Allein der Gedanke, dass Jens diesem Mann mehr vertraut haben könnte als mir, erweckte in mir ein moralisches Pflichtgefühl, mich nicht zu widersetzen.

Der städtische Friedhof lag nicht allzu weit vom *Haus der Verlorenen* entfernt. Die schwarzgekleidete Gemeinde trampelte die braun lackierte Holztreppe hoch und breitete sich hinter der Tür im Saal aus. Sie schienen erstaunlich gut gelaunt, fast beschwingt, und ja – ich ließ mich mit der Zeit mittragen von ihrer sonderbaren guten Stimmung. Eine Ablenkung, die ich meinte, brauchen zu können. Warum sich nicht etwas aufheitern lassen und wann lernte man schon einen solchen Haufen angeblich suizidgefährdeter Menschen kennen?

Die Dekoration im Vereinshaus überwältigte mich. Ein Bild von Jens stand mitten auf einem großen ovalen Tisch, der im hinteren Teil des Saals stand, das Bild umrahmt mit bunten Blumen – maßlos übertrieben! Fast wie ein kitschiger Abklatsch einer Heldenverehrung aus fremden Kulturen. Es sah ganz danach aus, als wäre das Bild erst kurz vor seinem Tod entstanden, denn er war darauf schon so hager, wie in den letzten Tagen seines Lebens. Jens in Nahaufnahme, porträtiert vom Gesicht bis zur mageren Brust, im schwarzen Rollkragenpullover. Er hatte nie Rollkragenpullover getragen. Es war eine schmeichelhafte Aufnahme von ihm, warm und weich gezeichnet, jedoch völlig gestellt. Wer ihn nicht kannte, wusste das nicht. Das war vielleicht deren Jens, aber nicht meiner. Um das verlogene Bild herum standen Gläser mit Champagner.

Wir tranken auf Jens und ich prostete stumm mir vollkommen fremden Menschen zu und grinste, weil sie grinsten. *Das Leben geht weiter, Jens, ob du es so wolltest oder nicht, sogar meines.*

Nachdem wir die ersten Schlucke vergossen hatten, übernahm eine kleine ältere Frau das Wort. Eine wirklich sehr kleine Frau, von der Größe eines siebenjährigen Kindes. Sie zog ihre Schuhe mit erstaunlich hohem Absatz aus, stellte sie unter einen Stuhl und kletterte dann hinauf, um besser gesehen zu werden. Ihre noch vollen grauen Haare reichten als locker gebundener Zopf bis auf ihre Taille hinab. Ein Zopf, der mir allenfalls bis zur Brust gereicht hätte.

»Meine Lieben«, begann sie mit einer hellen und ein bisschen quäkenden Stimme aus einem viel zu kleinen Kehlkopf, aber nicht unangenehm hoch.

»Wir sind hier wieder einmal versammelt, um einen Abschied zu feiern. Jens Klein hat …«

»Achtung! Vergiss nicht unsere Gäste, Franziska!« Buchheim warf es eilig ein, dann grüßte er mir überdeutlich zu. Franziska sah vom Stuhl aus auf mich herab. Auch von unten aus betrachtet erschien sie nicht viel größer, egal, auf wie viele Stühle oder Polster sie sich stellen würde.

»Ach ja … wir sind also zusammengekommen, um ihn zu verabschieden und …« Franziska und Buchheim tauschten einen längeren Blick. »… und zu sagen, dass wir stolz auf ihn sind … und …« Jetzt folgte ein längerer Blickaustausch mit mir, dem ich ratlos folgte. »… und wir ihn aufnehmen in die Reihe unserer Lieben, hier an dieser Wand.«

Den letzten Satz sprach sie rasend schnell und was sie nachher noch nuschelte, kam mir vor, wie *»Alles andere besprechen wir später«*. Sicher war ich mir jedoch nicht. Was sie mit *Wand* meinte, erfuhr ich aber sogleich, denn sie hoben Jens' Bild in die Höhe und trugen es andächtig zu einer reich bebilderten Wand im Saal, wo sie es ans Ende der zweiten Reihe aufhängten. Wie eine Traube versammelten sich diese Menschen um Jens' Abbild herum, hoben die Gläser, als gäbe es etwas zu feiern. Man trank dem Porträt zu, schaute mich und Marc, der Fingernagel knibbelnd in einer Ecke stand, wohlwollend an und verteilte sich anschließend in alle möglichen Winkel des Hauses.

Ich zog Marc am Ärmel und setze mich mit ihm auf die nächstbeste Couch. Es war die erste Gelegenheit, uns heute alleine zu sprechen, aber Marc versank teilnahmslos in seinem Glas, das nach einer ekelhaften Mischung aus Schnaps und Champagner roch. Woher hatte er den Schnaps bekommen? Es gab eine Bar in diesem Saal. Vielleicht hatte er sogar einen Flachmann in seinem Mantel versteckt. Marc ignorierte mich, bevor ich ihn überhaupt ansprach, indem er ohne Unterlass weiter in sein Glas hinein starrte. Ich gab es auf, ihn anzusprechen.

Zurückgelehnt beobachtete ich die Leute, die sich munter unterhielten. Selbstmordgefährdet sollten sie sein, wenn man dem Vereinszweck glaubte, und ich fragte mich, während ich sie betrachtete, wer von ihnen Betroffener und wer Berater war. Zumindest einige mussten schon mal nach ihrem eigenen Leben getrachtet haben. Doch ich konnte äußerlich nicht mehr Unterschiede zwischen ihnen ausmachen, als es sie in jeder Gesellschaft gab. Man sah ihnen ihre seelische Qual nicht an.

Jens hatte man es schon angesehen. Dieser stets sorgenvolle Blick von ihm, diese jammervoll gerunzelte Stirn, jedes Mal, wenn man ihn antraf, hatten seinem Gesicht den Stempel ›*seelenkrank*‹ aufgedrückt und er hatte sich nicht ungern im Mitleid der anderen gesuhlt. Im Gegensatz zu mir. Mir war es stets lieber gewesen, wenn niemand von meinen gehegten Gefühlen wusste. Ob Jens wirklich aus seinen düsteren Gedanken gerettet werden wollte? Da war ich mir nicht sicher. Wie viele Rettungsringe hatte ich ihm zugeworfen, denen er ausgewichen war? Wie oft hatte ich so getan, als stünde ich selbst wieder mit beiden Beinen auf gesichertem Boden, um ihm Stärke zu vermitteln. Ich konnte wahrhaftig nicht damit rechnen, dass er seine ständig wiederholten Andeutungen, die mich schon langweilten, weil sie nie durchgeführt wurden, tatsächlich wahr machen würde. Sein Selbstmord musste auch die Mitglieder dieses Vereins überrascht und schwer erschüttert haben, da es das Versagen all ihrer Bemühungen bedeutete. Erinnerte sie nicht der Freitod einer ihrer Freunde an ihre eigene Todessehnsucht? Von solch trüben Gedanken schienen sie jedoch alle recht fern.

»Sie erlauben?«

Ich schreckte auf. Alexander beugte sich zu mir herab, die Gesichtszüge ein bisschen spöttisch, wie beim letzten Mal den einen Mundwinkel höher gezogen, als den anderen. Doch heute wirkte er etwas weniger bestimmt, eher entrückt und jungenhaft ungefasst. Stolz bemühte er sich um Standfestigkeit, denn er schwankte merkbar, hielt sich mit einer Hand an seinem eigenen Glas fest und glich mit dem linken Bein am Tisch seine Schräglage aus.

»Bitte!«, forderte ich ihn auf, aber da saß er bereits neben mir, presste sich sein Oberschenkel gegen meinen wegen der Enge auf dem Sofa. Er, eingezwängt zwischen mir und der Lehne. Ich, gequetscht zwischen ihm und Marc. Im Gegensatz zu seinem Körperkontakt spürte ich Marc auf der anderen Seite kaum. Alexanders Gesicht schwebte ungezwungen vor meiner Nase, in einer Nähe, welche die Wärme seiner Haut erahnen ließ. Rasierwasser strömte von Kinn und Kleidung und mischte sich mit Alkoholgeruch aus seinem Mund. Es war eine riskante Nähe, die leicht über unsere Sympathien füreinander Aufschluss geben konnte. Er reichte herüber zu unseren leeren Gläsern, die Marc und ich in den Händen hielten, und versuchte, uns Champagner nachzuschenken, doch es fiel ihm schwer, weil der Arm ebenso schwankte, wie sein gesamter Oberkörper.

»Ein prima Kerl, der Jens«, nuschelte er.

Besorgt folgte ich der Flaschenöffnung in seiner Hand mit meinem Glas, um aufzufangen, was er verschüttete.

»Tschuldigung!«

Theatralisch zauberte er aus seinem Sakko eine Papierserviette und tupfte übertrieben sorgfältig auf meinem Knie herum.

»Macht nichts!«

Ich wehrte ihn nicht ab, sondern beobachtete seine Hand, die fleißig tupfte. Eine Hand ohne Ehering und sein Gesicht, das belustigt dazu schmunzelte, als dachte er über etwas Verbotenes nach, während er mein Knie anfasste. Sein Pullover unter dem Sakko trug auch heute die Aufschrift ›*Verloren*‹. Alexander und Jens – was, außer der Aufschrift auf ihren Kleidungsoberteilen und mein Interesse an ihnen, verband diese beiden Menschen?

»Kam Jens eigentlich schon lange hierher, in das … *Haus der Verlorenen*?«

»Oh ja! Das heißt, nein! Ich komme schon länger hierher. Jens war sehr ehrgeizig … hat seinen Plan fast vollendet. Ein gutes Vorbild für uns alle!«

Alexander goss den restlichen Inhalt seines eigenen Glases in sich hinein, wischte sich mit dem Ärmel den Mund trocken, während er schon wieder nachzugießen versuchte. Abermals half ich ihm, seine Treffsicherheit zu erhöhen. Merkwürdig, dass mich seine Betrunkenheit nicht anwiderte, wie ich es sonst bei anderen empfand. Ich mag Betrunkene nicht. Sie stoßen mich ab. Er aber kam mir in diesem Moment vor, wie ein liebenswerter langjähriger Freund, dem man alles verzeiht, angefüllt mit nur einem oder zwei Tropfen zu viel.

»Aber Jens hat sich umgebracht«, sagte ich. »Das ist alles andere, als vorbildhaft. Das ist schrecklich!«

»Wieso schrecklich?« Alexander wurde unerwartet

laut, wirbelte mit dem freien Arm umher, sodass er meine Stirn nur knapp verfehlte. »Das ist genial!«, rief er.

In diesem Moment verstummten die allgemeinen Gespräche im Raum. Wir bekamen Zuschauer, die ungeniert ihre Köpfe nach uns reckten. Fast war es mir peinlich, obwohl nicht ich der Betrunkene war, sondern er. »Genial!«, wiederholte Alexander mehr für sich selbst.

Nun ging alles sehr schnell. Angeführt von Buchheim, schälten sich drei ernste Herren aus dem gaffenden Volk heraus. Zwei von ihnen griffen Alexander stumm unter die Achseln, nach einem rückversichernden Blick zu Buchheim. Sie zogen an Alexander, doch mein junger Charmeur befreite seine Arme aus ihren Fängen und stemmte sich bei ihrem nächsten Versuch mit aller Kraft gegen seine Widersacher. So ging das Spiel zwischen den Männern wortlos und eher halbherzig ein paar Mal hin und her. Einmal traf Alexander mehr aus Versehen einen seiner Gegenspieler mit dem Ellenbogen an der Nase, sodass der sich schmerzverzerrt mit einer Hand ins Gesicht fasste. Scheinbar fühlte sich der Mann nun herausgefordert, endlich härter durchzugreifen. Nicht nur ich blickte erwartungsvoll auf die Nase des Mannes, als er sie im Handgemenge wieder losließ, doch zu meiner und aller Enttäuschung sah man eigentlich nichts, außer einem leicht geröteten Zinken.

»Ist doch wahr!«, lallte Alexander, keuchend vor Anstrengung. »Jens war besser, als alle diese Blender, die sich seit Jahren an ihren Plänen hochziehen und nichts davon wirklich durchziehen. Die planen und planen …«

Seine letzten Worte verhallten schon aufgrund der Entfernung, in die er nun nachdrücklich gezogen wurde, besonders dank des Nasegepeinigten. Von weiter hinten, wo man sie nicht mehr sehen konnte, hörte man den dumpfen Ton einer zuschlagenden Tür und dann nichts mehr. Buchheim blieb stehen und sah ihnen nach. Er selbst hatte sich nicht die Hände beschmutzt, um Alexander aus meinem Sichtbereich zu entfernen.

»Der Junge trinkt gern zu viel, verträgt aber nichts. Es war auch sicher alles etwas zu viel für ihn.«

»Deshalb hätten Sie ihn nicht fortbringen müssen. Mich hat er nicht gestört.«

Zu meinem Unmut ließ sich der grauhaarige Vereinsführer, der mich immer mehr an einen alten Silberrücken erinnerte, nun auch neben mir auf der Couch nieder. Genau dort, wo zuvor Alexander gesessen hatte und er berührte mich ebenso beharrlich wie er. Angewidert wand ich mich, doch Buchheim blieb so aufdringlich sitzen und musterte mich schamlos aus allernächster Nähe. Seine Hand legte er vertraulich auf meinem Oberschenkel ab.

»Ich hoffe, unsere bescheidene Trauerfeier hat ansonsten ihrer Erwartung entsprochen?«

»Sicher«, ich wand mich noch immer. »Sie war gut organisiert und … nett.«

»Nett?«

Er ließ seinen Blick wie einen Scanner über meinen Körper gleiten und mir war, als zöge er mich auf diese Weise geradezu aus. Sein anderer Arm ruhte inzwischen hinter meinem Kopf über der Lehne des Sofas.

»Wie stellen Sie sich denn eigentlich Ihre eigene Trauerfeier vor?«

Eine überraschende Frage. Ich stellte mein Hinwegwinden ein.

»Ich denke nicht an meinen eigenen Tod.«

»Irgendwann müssen Sie doch mal darüber nachgedacht haben, dass Ihr Leben endlich ist. Oder glauben Sie daran, ewig zu leben?«

»Natürlich nicht!«

»Sehen Sie, es gibt Leute, die wollen nicht nur die Dinge vor ihrem Tod erledigen. Die wollen den Tod selbst in die Hand nehmen, den Zeitpunkt ihres Todes selbst bestimmen. Genau das tat Jens! Alles verlief so, wie er es sich wünschte. Was ist daran so beklagenswert? Es gibt im Prinzip keinen Grund, weshalb Sie sich Gedanken darüber machen sollten, ob Sie ihn hätten retten können.«

»Sie haben eine seltsame Art, zu trösten.«

»Ich sage Ihnen etwas: Unsere Gesellschaft akzeptiert eine solche Selbstbestimmung nicht. Man spricht den Menschen ab, *Ja* oder *Nein* zu ihrem eigenen Leben zu sagen. Und warum? Weil es ihnen Angst macht, wenn andere über all dem stehen, an das sie sich selbst klammern. Würden Sie sich nicht auch lieber selbst einen Sarg aussuchen wollen?«

»Nicht unbedingt!« Ich mochte die Gedanken nicht, die er mir aufzwängte. Gedanken, die ich mich seit geraumer Zeit bemühte zu verdrängen.

Marc, der sein leeres Glas betrachtete, als bräuchte er Minuten, um diese Leere zu ergründen, stand plötzlich auf und verschaffte mir eine unerhoffte Ausweichmöglichkeit vor Buchheims lästigem Körper.

Ich gebe zu, dass Buchheims Behauptung, Jens hätte es ja so gewollt, irgendwie versöhnlich auf mich wirkte. Auch wenn diese Worte von jemandem kamen, den ich widerlich fand. Eindeutig hatte Jens es gewollt – allerdings mit mir gemeinsam. Und anstatt ihm aus seinem Sumpf herauszuhelfen, hatte ich ihn darin ersaufen lassen.

»Vielleicht hat Ihnen Jens auch ein bisschen was von uns erzählt?«, ergänzte Buchheim bedeutungsvoll und präsentierte ein erwartungsfrohes Gesicht, als wollte er mir einen Grund geben, ihm ein Geheimnis anzuvertrauen.

»Was meinen Sie denn, das er erzählt hat?«, fragte ich zurück und wusste absolut nicht, worauf er hinaus wollte.

Misstrauisch beäugte er mich, dann grinste er. Wieder auf die Weise, seine Augen nicht mitzunehmen und ohne zu zwinkern; so kalt und falsch, dass mir bei seinem Anblick übel wurde.

»Besuchen Sie uns doch mal. Jeden Sonntag haben wir eine Gesprächsrunde – ganz zwanglos. Sie sind herzlich eingeladen. Vielleicht fällt Ihnen bis dahin noch ein, was Jens alles so erzählt hat. Und keine Angst – die Hunde halte ich fest.«

Langsam nahm Buchheim die Hand hinter meinem Kopf weg, nicht ohne dabei mein Haar zu streifen. Er klatschte seine Pranke noch einmal auf meinen Oberschenkel und stand auf. Überheblich streckte er mir seine Rechte hin.

»Wir sehen uns dann?«

Ich nahm seine Hand nicht.

»Vielleicht«, sagte ich, obwohl ich sicher war, es nie zu tun.

»Schön, bringen Sie doch ihren Bekannten wieder mit.« Er wies auf Marc, der die restliche Zeit in ein Gespräch vertieft mit dieser Franziska zugebracht hatte.

Sie auf einem Hocker vor der Bar sitzend, er stehend daneben und trotzdem weilten beide Köpfe in gleicher Höhe. Buchheim ließ mich zurück, um sich anderen Gästen zuzuwenden oder eher, um mit ihnen zu tuscheln, wie es mir vorkam. Eine Zeit lang wartete ich unschlüssig hinter Marc und Franziska auf eine Gelegenheit, sie zu unterbrechen und Marc mitzunehmen. Was sie besprachen, verstand ich nicht in dem Gemurmel der Menschen im Raum. Die beiden waren zu sehr mit sich und ihrem Gespräch beschäftigt, um mich zu bemerken. Es war also kein böser Wille, als ich Marc allein im Vereinshaus zurückließ, vielmehr Rücksichtnahme auf sein Privatleben.

# Eine Einladung

Die nächsten Tage versuchte ich, alles zu verdrängen. Ich sagte mir immer öfter, dass es eigentlich gut war, dass Jens nicht mehr da war. Ja – gut! Endlich konnte ich ganz sicher sein, nie wieder von ihm belästigt zu werden. Ich hatte ihn mir weggewünscht und so war es geschehen. Worüber jammerte ich dann noch?

*Schuld* ist nichts, als ein gedachtes Wort. Aber festhalten, ist festhalten, es ist mehr als ein Wort und ich hatte mich geweigert, Jens festzuhalten, als er mich am meisten brauchte. Wo war er in seinen letzten Tagen und Wochen hineingeraten? Warum hatten sie ihm in diesem Selbsthilfeverein denn nicht geholfen? Was waren das für Leute, die sich auf Beerdigungen amüsierten?

Nicht nur mein unbefriedigter Wissensdurst, auch eine einzige Begegnung machten meine Verdrängungsversuche zunichte.

Ich überquerte die Krefelder Straße nach einem Besuch bei meinen Eltern – den einzigen Menschen, die immer zu mir halten. Ja, immer. Auch als sich sogenannte *Freunde* von mir abwandten, weil diese neue Freundin von Manuel mich überall als Schlampe bezeichnet hatte. Die Krefelder ist eine schmale Straße mit hohen alten Häusern in Essen-Frohnhausen, ohne die Schaufenster irgendwelcher Geschäfte. Kein Ort, an dem man mit vielen Fußgängern rechnet. Natürlich fiel mir der Mann im Augenwinkel auf, der mir bis zum Ende der Straße folgte. Ich mache Bewegungen nebenher aus, wenn ich gehe, sehe einen Schatten und ich weiß, ohne genau hinzusehen, ob es der Schatten eines Mannes oder einer Frau ist, und schätze in Sekunden die Gefahr ein, die mein Verfolger mit sich bringen könnte.

Trotzdem beachtete ich diesen Schatten hinter mir nicht besonders, weil ich mit dem Gewicht der Taschen eines Einkaufes beschäftigt war und die Medikamente, wie so oft, meinen Verstand benebelten. Erst, als ich den Kofferraum meines Wagens öffnete, machte es mich stutzig, dass er hinter mir stehen blieb. Alarmiert riss ich meinen Kopf herum.

»Hallo, Sarah!«

Es war kein Fremder, sondern mein junger Bekannter aus dem Verein, heute nüchtern, wie es schien. Erleichtert atmete ich auf.

»Oh – hallo, Alexander!«

»Schön, dass Sie sich an meinen Namen erinnern.«

Ich fühlte abermals etwas, als ich ihn ansah. In seinem so siegessicheren Lächeln war etwas, was ich nur schwer beschreiben kann. Ein Reiz, eine Versuchung, das trifft es am ehesten. Ja, eine Versuchung! Zu all dem Misstrauen, welches ich den seltsamen Freunden von Jens gegenüber empfand, hatte sich vom ersten Tag an ein Gefühl für diesen jungen Mann bei mir eingeschlichen, ich merkte es längst.

»Wussten Sie, dass Sie mich hier finden würden, oder ist unsere Begegnung ein Zufall?«, fragte ich.

Er musste nicht wissen, wie anziehend ich ihn fand, deshalb wählte ich einen nebensächlichen Tonfall.

»Hier wohnen doch Ihre Eltern. Darf ich helfen?«

Alexander nahm einen Beutel mit Getränkeflaschen an sich und verstaute sie mit Schwung in meinem alten Golf.

»Sie wissen, wo meine Eltern wohnen?«

Wie selbstverständlich, als helfe er mir tagtäglich,

nahm er mir auch die andere Tasche ab, dann warf er die Kofferraumhaube zu. Ich beobachtete ihn dabei und wunderte mich, dass ich ihn gewähren ließ. Bevor ich mir all zu viele Gedanken machen konnte, stand er schon wieder vor mir.

»Wollen wir nicht irgendwo einen Kaffee trinken?«

»Wo?«

»Seien wir doch spontan!«

»Wie kommen Sie überhaupt dazu, mir vor dem Haus meiner Eltern aufzulauern?«

»Ich dachte, es sei unverfänglicher, als Ihnen zu Hause aufzulauern.«

»Und was versprechen Sie sich davon?«

»Hilft es, wenn ich sage, dass ich Sie hinreißend finde und unbedingt wiedersehen wollte?«

»Gibt es viele Frauen, die Sie so hinreißend finden?«

Er überhörte es und hielt mir seinen angewinkelten Arm zum Einhaken hin.

»Wollen wir?«

Ich nahm ihn. Das ist es, was ich an mir selbst nicht verstehe. Mein Verstand zweifelte und hinterfragte, auch mein Bauch wehrte sich gegen diesen Schwachsinn, aber die Neugier und wohl auch meine Hormone schoben all das beiseite. Ich sah mich noch um, als könnte ich von irgendwem einen Rat, besser noch eine Maßregelung erhalten, ging jedoch Arm in Arm mit ihm mit.

Alexander war viel größer als ich. Ich reichte ihm gerade bis zu den breiten Schultern, die auch heute wieder in einem gut sitzenden Sakko steckten, und sah nun von der Seite aus zu seinem Gesicht hoch. Die dunklen Stoppeln seines Dreitage-Bartes machten ihn nach außen hin älter, doch wenn man genau hinsah, waren sie so weich, wie seine Haut. Sein Arm fühlte sich stark an – muskulös, nicht so, wie Jens' schlappe Knochen.

Wohin wir eigentlich gingen, überließ ich ihm, ohne zu fragen. Wir wollten ja spontan sein. Ein paar Straßen weiter führte er mich dann genau in das italienische Eiscafé *Casal* an der Ecke zur Apostelkirche, in dem ich schon als Kind mein Taschengeld verschwendet und Manuel mich umgarnt hatte. Ich wurde den Verdacht nicht los, dass alles an unserem Treffen genau so geplant war, mit der Selbstsicherheit eines routinierten Verführers. Rein gar nichts daran war Zufall gewesen.

Ich nahm einen Cappuccino, wahrscheinlich wusste er auch das im Voraus. Alexander bestellte einen Lumumba mit Strohhalm. Der Geruch des Rums passte nicht in das Ambiente meines alten Eiscafés und ganz allmählich kroch die Erinnerung an Manuels Krokanteis in die Atmosphäre hinein.

»Wie alt sind Sie eigentlich?«, fragte ich.

»Warum so förmlich? Sollten wir nicht *du* sagen?«

»Von mir aus. Also – wie alt bist du?«

»Spielt es eine Rolle für dich?«

»Unter Umständen, ja!«

Alexander schmunzelte und nahm einen Schluck aus dem Strohhalm. »Unter welchen Umständen?«

Ich schwieg. Sollte ich sagen, dass ich damit rechnete, wir könnten eine Beziehung eingehen? Nachdem wir uns jetzt dreimal getroffen hatten? Nur weil er mich angeblich hinreißend fand und ich meine Hormone nicht in den Griff bekam? Das konnte ich nicht zugeben! Wer sagte denn auch, dass er ebenso dachte? Es war eher wahrscheinlich, dass er mit mir spielte.

»Was machst du eigentlich genau in diesem Verein? Ich meine, es ist ein Selbsthilfeverein für ...« Es war mir zu peinlich, direkt zu fragen, ob er sich umbringen wollte. »... bist du dort nur Betreuer oder Patient?«

»Ich bin dort Mitglied. Patienten gibt es bei uns nicht und wir brauchen auch keine Betreuung – wir sind eine Selbsthilfegruppe.«

»Aber wäre das nicht angebracht?«

»Klingt, als hieltest du uns für Spinner, die man beaufsichtigen muss.«

»So habe ich das nicht gemeint. Ich habe nur darüber nachgedacht, was mit Jens geschehen ist und ich frage mich ...«

Warum machte ich mir Gedanken, mir könnte das Gleiche noch einmal passieren, wie mit Jens? Dass ich hier zusammen mit Alexander im Eiscafé saß, rechtfertigte nicht im Mindesten den Gedanken an eine Beziehung mit ihm.

Er schlürfte den Rest seines Lumumbas.

»Ich habe letzten Sonntag im *Haus* auf dich gewartet, Sarah. Warum bist du nicht gekommen?«

Verdutzt fühlte ich mich fast gezwungen, mich zu entschuldigen.

»Weißt du was?«, fuhr er fort. »Am nächsten Sonntag hole ich dich ab. Wir brauchen Leute wie dich. Es gibt so Wenige, die unsere Philosophie verstehen. Du bist nicht wie die anderen, das habe ich gleich gemerkt.«

Ich war also nicht wie die anderen, soso. Höhnisch lachte ich auf. Er ignorierte es. Nicht wie die anderen! Ich horchte in mein Innerstes. Nicht einmal diese billige Bemerkung schreckte mich wirklich ab, ihn attraktiv zu finden.

»Ihr habt eine Philosophie?«

»Ja – und ich habe das Gefühl, dass wir beide uns intellektuell bereichern könnten.«

Sein Gefühl schmeichelte mir, so, als hätte mir ein berühmter Denker unserer Zeit ein Kompliment über meine Intelligenz gemacht. Dabei wusste ich nicht einmal, welche ausgewählte Lebensanschauung ich angeblich mit ihm teilen sollte.

»Ich kann es mir ja mal überlegen. Obwohl mich ein Besuch bei euch an Jens erinnern würde und ich eigentlich nicht mehr an ihn denken wollte.«

Alexander schaute mich verständnislos an.

»Warum willst du Jens vergessen?«

»Er bereitet mir Albträume.«

»So, Albträume? Hättest du denn einen Grund dafür?«

»Natürlich habe ich einen Grund für diese Träume!« Ich regte mich auf. »Es gibt immer einen Grund dafür. Verlustgefühl zum Beispiel oder die Erinnerung an sein entstelltes Gesicht. Du hast nicht vor seiner Leiche gestanden! Hast du schon mal einen Menschen gesehen, dessen Gesicht so schief aussieht, als hätte ihn ein Elefant getreten? So etwas verfolgt einen im Schlaf!«

*Oder das Gefühl, ihn nicht gehalten zu haben,* dachte ich.

Er sagte nichts dazu und lächelte undurchsichtig. War das nun Verlegenheit oder völlig unpassender Hohn? Wir schwiegen ab da an, obwohl ich Alexander so viel über ihn selbst und sein Atelier fragen wollte. Ich beobachtete ihn über meine Tasse hinweg und überlegte, was er jetzt wohl dachte. War ich ein Experiment für ihn, weil ich Jens' Freundin gewesen war, die er hoffte, ins Bett zu kriegen? Ich meine, was sollte er schon so Hinreißendes an mir gefunden haben, dass er mir vor dem Haus meiner Eltern auflauerte? Was genau wollte er von mir?

»Kommst du nun am Sonntag?«, wollte er schließlich wissen.

»Vielleicht!«

Auf seinem Gesicht zeigte sich dieses überheblich Nachsichtige, das mich so verunsichern konnte und mich zu dem machte, was ich stets geblieben bin – zu einem unreifen Menschen, zu einem Kind, das man lenken muss.

»Hast du je Heidegger gelesen?«, fragte er plötzlich.

»Das ist schon eine Weile her«, gestand ich und versuchte, mich auf ein tiefgründigeres Gespräch einzustellen, als ich zu führen bereit war.

»Für ihn waren Sterben und Tod die Verwirklichung des Lebens. Erst mit dem Tod wird das Leben vollständig.«

»Du gestattest mir aber dennoch, dass ich trauere und mich schäbig fühle?«

Er schwieg.

Als die Bedienung kam, bezahlte er für mich mit, obwohl ich es nicht wollte. Er tat es, als ich noch nach der Geldbörse in meiner Handtasche fahndete und sie nicht so schnell zu fassen bekam. Dann half er mir in die Jacke. Auch das wollte ich nicht wirklich.

Wortlos und berührungslos gingen wir den Weg zu meinem Wagen zurück. Einen der wichtigsten Wege aus meiner Kindheit und Jugend, am Haus meiner Schulfreundin in der Breslauer Straße vorbei, durch die Kölner, vorüber am Kiosk, wo ich meine ersten Zigaretten erschlichen hatte, und über die geschäftige Berliner Straße. Graue Straßen, ohne viel Grün, nur mit ein paar bepinkelten Bäumen. Ich fühlte mich zwiespältig. Einerseits war ich geistig noch immer hier zuhause, andererseits hasste ich diese Gegend, weil sie mich an eine heimliche Jugend erinnerte. Dort stand das Haus meiner einzigen Freundin – daran war ich vorbei geschlichen, damit sie nicht merkte, wenn ich von Manuel kam. Derselbe Kiosk – aber die peinliche Frage nach Kondomen. Die Berliner Straße – gesehen durch einen Film von Tränen, nach einem schmutzigen Nachmittag in Manuels Wohnung. Meine Trauer, als ich spürte, dass er mich nicht liebte.

Die Vergangenheit ging mit uns. Ich schritt mitten durch sie hindurch und nahm gleichzeitig die Gegenwart wahr. Derselbe Weg, nur eine andere Zeit. Mir kam es vor, als ginge Alexander mit mir durch beide Zeiten und ich versuchte, in dieser Empfindsamkeit für das Leben, in diesem Gespür für die Existenzen, die Zukunft genauso zu fühlen, doch sie war nicht da. Ich sah mich nicht mit Alexander diesen Weg noch einmal gehen. Ich sah mich überhaupt nicht wieder hier entlang laufen. Es war ein Weg, der mir das traurige Gefühl gab, ihn ein allerletztes Mal zu gehen, und ich fühlte mich einsam mit dem Gedanken daran.

Fest umklammerte ich den Riemen meiner Handtasche, er vergrub seine Hände in die Jackentaschen. Dabei hätte ich in meiner plötzlichen Traurigkeit eine Umarmung gebraucht, einen Menschen zum Anlehnen. Aber das wollte ich ja auch nicht – mich verletzlich zeigen.

An meinem Wagen angelangt reichte ich Alexander eine weit ausgestreckte Hand, um mich nicht in Versuchung zu bringen, ihm heulend um den Hals zu fallen; als könnte er meine unvollkommene Vergangenheit bereinigen und unbekümmert mit mir weiterleben.

Doch Alexander nahm mehr. Er griff nach mir und nahm den ganzen Arm, zog mich näher, bis dicht an seinen Bauch heran, zwischen uns kaum mehr als die Jacken. Die Fastberührung seiner Haut, der eben noch wahrzunehmende Duft seines Körpers und die Entschlossenheit in seinem Griff, lösten in mir ein Zittern und Klopfen bis in die Schläfen aus. Alexanders langer Blick in meine Augen und sein tiefer Atem bannten mich so sehr. Hätte er mich jetzt geküsst, ich hätte es geschehen lassen, allen Vorsätzen zum Trotz.

»Bis Sonntag«, sprachen seine nahen Lippen und ich roch, wie sich der ausgeatmete Lumumba mit meinem Atem zwischen uns vermischte. Alle Geräusche um uns herum verschwanden in weite Ferne.

»Bis Sonntag«, hörte ich mich durch meinen Kopfnebel flüstern.

Dann ließ er mich los. Er fasste sich aufs Herz, schickte mir einen körperlosen Kuss von seiner Hand durch die kalte Großstadtluft und ging – und ich fühlte mich betrunken und allein gelassen, aber auch geachtet von einem Mann, der eben nicht gleich alles nehmen wollte, was er von mir hätte bekommen können.

Von da an träumte ich von Alexander. Diese Träume waren hundertmal besser, als die von Jens oder Manuel. Ich musste es mir eingestehen – ich war heimlich verliebt. In einen jungen Mann, den ich kaum kannte, dessen Vergangenheit ich nicht wissen wollte und dessen Zukunft mir Angst machte. Es war völlig unsinnig! Ich wusste das und konnte doch nichts daran ändern. Bis Sonntag konnte ich es kaum erwarten. Ich wollte ihn wiedersehen. Auch war da noch etwas offen, was geschlossen werden musste. Der Lebensabschnitt Jens musste aufgeräumt und fest versperrt werden, damit ich frei wurde für Neues. Ich brauchte das, was ich im Moment nicht mehr vor mir sah – ich brauchte Zukunft, Aussicht, ich brauchte Hoffnung.

Einzig der Gedanke an Jens' Ende dämpfte mein Verlangen, Alexander zu treffen. Jens und dieser Verein, das war keine besonders gute Kombination gewesen. Doch was mit ihm geschehen war, musste mit Alexander ja nicht genauso geschehen! Allein mein Besuch im *Haus der Verlorenen* begründete auch noch lange kein beginnendes Verhältnis. Ich entschied mich für einen Kompromiss, wie ich meinte, und plante Marc mitzunehmen, um unbefangener zu wirken und mich davor zu schützen, Alexanders Nähe augenblicklich zu verfallen.

# Marc und ich

Doch Marc, der erst zusagte, hätte mich fast im Stich gelassen. Ich wollte ihn abholen am Sonntag und hatte mir ausgemalt, gemeinsam mit ihm in seinem Wagen zu fahren. Marc stand zwischen Tür und Angel seiner Wohnung, als ich kam, und nuschelte: »Ach, du!?«

»Wen hast du denn erwartet?«, entgegnete ich und bemerkte sehr wohl den enttäuschten Tonfall in seinem ›*Du*‹.

Wir mochten uns nicht. Aber Jens' Tod band uns nun aneinander und machte uns zu unfreiwilligen Verbündeten. Nicht, dass wir darüber gesprochen hätten. Nein, wir sprachen nie darüber. Marc und mich schweißte der Tod unseres Freundes mit einem strangulierenden Band aus Schuld und Einsamkeit zusammen, ohne, dass wir uns gegenseitig zu trösten vermochten. Wir waren nichts, als eine Zwangsgemeinschaft, die von der Hoffnung lebte, dass eine andere echte Freundschaft sie ablöste.

Marc bemühte sich um Höflichkeit.

»Kaffee?«

»Danke, ich wollte dich abholen.«

Er ließ mich in die Wohnung und ich stieg über einen Berg ungewaschener Wäsche in der Diele. Im Wohnzimmer quoll der Couchtisch über von Zeitschriften, Pizzakartons und Gläsern. Zwei leere Tablettenschachteln versanken dazwischen im übrigen Müll.

»Hattest du eine Feier gestern oder hat deine Putzfrau gekündigt?«

Marcs Kleidung sah zerknautscht aus und das schmutzige Hemd hing halbseitig aus der Hose. Keine

Spur von dem korrekten Anzugträger von damals. Gleichgültig lehnte er mit seinem Hintern am Schreibtisch und schenkte meinem verwunderten Blick durch das Wohnzimmer keine Beachtung.

»Wozu wolltest du mich abholen?«

Ja, wozu eigentlich? Fast dachte ich inzwischen das Gleiche, als er so desinteressiert dastand. Wieso wollte ich Marc mitnehmen? Wie sollte er mich vor meinen eigenen Hormonen schützen? Unser Band, das hielt nur für die eine Sache – für die Katastrophe, die Jens über uns ausgelöst hatte.

»Du wolltest mich zu diesem Selbsthilfeverein begleiten.«

»Was soll ich da?«

»Hast du dich nicht auf Jens' Beerdigung so angeregt mit dieser netten kleinen Frau unterhalten? Franziska, hieß sie, glaube ich … ach, komm schon, du hast es mir versprochen!«

Marc zeigte sich wenig begeistert. Ich sah meine Chancen immer mehr schwinden und fast war ich so weit, dass ich es hinnahm.

»Auf welchen Besuch wolltest du sonst warten? Auf deine sogenannten Freunde, die sich – lass mich raten – seit Jens' Tod nicht mehr blicken lassen?«

Er rümpfte die Nase.

»Außerdem bist du es Jens schuldig!« Mein letzter Trumpf. Ich biss mir auf die Lippen. Das war gemein von mir, aber ich nahm es in Kauf. Doch ich wollte unbedingt, dass er mitkommt, schon aus Trotz. Vielleicht auch, weil ich es ihm insgeheim nicht gönnte, dass er sich geistig davonstahl, während ich mich aus der ganzen Geschichte nicht mehr herauswinden konnte. Augenblicklich schossen Tränen in seine Augen und ich senkte kurz meine Lider. »Also komm jetzt. Am besten nehmen wir deinen Wagen«, drängte ich leise.

Geradezu entsetzt starrte er mich an. »Was?! Soll *ich* etwa fahren?«

»Ich werde jetzt nicht zurücklaufen, um meinen eigenen Wagen zu holen.«

»Ich weiß nicht. Lass uns lieber frische Luft schnappen.«

»Marc, dafür bleibt keine Zeit mehr. Wir müssen los.«

Meine Überrumpelungstaktik hatte nur mäßigen Erfolg. Er blieb unentschlossen zurück, als ich mir einfach seine Autoschlüssel vom Brett neben der Tür nahm und dort ungeduldig mit dem Fuß wippte.

»Nun komm schon!«

Marc sah an mir vorbei. »Es tut mir leid. Ich kann einfach nicht. Seit dem Tag bin ich nicht mehr gefahren ... ich habe einfach ... Angst.«

Nervös fingerte er mit den Händen im Haar herum. Das Wort ›*Angst*‹ aus seinem Mund und vor allem über sich selbst zu hören, erschrak mich. War er nicht der Mann, der sich über Jens lustig gemacht hatte, der Ängste, Neurosen und Psychosen für etwas Lächerliches hielt und der Menschen wie Jens verhöhnte? Jetzt stand er da und fingerte sich nervös im Haar herum. Von dem, ach so unerschütterlichen Marc, den ich kannte, war nichts mehr übrig.

Um ihn abzulenken, klimperte ich mit dem Autoschlüssel vor seiner Nase.

»Ich fahre. Okay?«

So überredete ich ihn. Nur, um nicht alleine im *Haus der Verlorenen* aufzutauchen. Früher hätte Marc mich niemals mit seinem Wagen fahren lassen. Frauen und

Autos – für ihn, wie Frauen in Führungspositionen, eine schlecht funktionierende Zusammenstellung. Ein einziger Tag nur in seinem Leben hatte ihn nun komplett aus seiner selbstgefälligen Welt gerissen. Eine Welt, in der es für mich nie einen Platz gegeben hatte. Ich hatte ja mal etwas mit dem Typen aus der Breslauer Straße gehabt, von dem jeder wusste, wie der drauf war. Marc war ja etwas Besseres ...

Ich kann heute nicht behaupten, von der Gefahr, die Marc umgab, nichts bemerkt zu haben. Stattdessen nutzte ich ihn aus. Marcs Leben war mir zu dieser Zeit egal und ich wollte, dass es so war. Ich verschwendete keinerlei Gefühle für seine Seele. Es war mir zu viel, auch noch an andere denken zu müssen. Schließlich hatte auch er mir nie ein Gefühl geschenkt. Selbst, nachdem ich mich bei ihm ausgeheult hatte, damals – nach meinem Rausschmiss bei Manuel und nach dem gemeinsamen Tanz, mit dem er mir Hoffnungen gemacht hatte ...

Unnachgiebig schleppte ich Marc mit zur Weberstraße. Die schwere Haustür stand etwas auf, von einem speckigen Lederriemen offen gehalten, und wir schellten gar nicht erst an, sondern liefen direkt die knarrende Treppe hoch zu den Vereinsräumen. Marc trottete wie ein Hund hinter mir her. Wirklich – ich glaube, ich hätte ihm ›*Platz*‹ zurufen können und er hätte sich auf die Stufen gesetzt. Vor der Vereinstür hielt ich inne. Es war das erste Mal, dass ich nun wieder an Buchheim dachte. Was, wenn Alexander gar nicht hier wäre? Wenn die Rottweiler dahinter lauern würden?

»Sollen wir umkehren?« Marc schien mein Zögern zu bemerken.

»Blödsinn!«

Trotzig stieß ich die Tür auf, gefasst auf den Angriff keifender Hunde, im Gegensatz zu dem dämlichen Menschenhund hinter mir. Zu meiner Überraschung aber gab es keine Hunde und die Anwesenden im Raum nahmen kaum Notiz von uns. Es waren höchstens zehn. Sie saßen entspannt und geschwätzig in unterschiedlichen Sitzecken zusammen. Keine Spur von einem therapeutischen Stuhlkreis, den ich vermutet hatte. Zwei oder drei sahen zu uns herüber, wandten sich aber bald wieder ihren Gesprächspartnern zu.

Von einem der Tische stand Franziska auf. Sie warf ihren grauen Zopf nach hinten und näherte sich uns mit einer zufriedenen und nicht gerade überraschten Miene.

»Wir haben Sie schon erwartet, meine Liebe«, zwinkerte sie mir zu.

»Wie konnten Sie sicher sein, dass ich kommen würde?«

»Ich sagte es ihnen.«

Alexander stand plötzlich vor uns und strahlte mich bestätigt an. Als er meine Hand ergriff und einen Handkuss auf meine Finger platzierte, setzte er die verführerische Aura, die ihn für mich umgab, fast aufs Spiel. Es war nicht der passende Augenblick dafür, denn ich fühlte geradezu, wie Marc hinter mir grinste.

»Wie ich euch sagte – sie kommt und sie denkt wie wir!« Alexander freute sich derart, dass er vergaß, meine Hand loszulassen, während er sich an Franziska wandte. »Ich meine, wir sollten sie aufnehmen. Schließlich war sie die beste Freundin von Jens, Teil seines Plans und Zeugin seines Todes und sicher hat Jens über vieles mit ihr gesprochen.«

Er fixierte mich voller Erwartung.

»Nicht wahr?«

»Nun mal ganz langsam, Alexander«, beruhigte Franziska ihn und schob ihn zur Seite, indem sie gegen seine Hüfte stieß. »Kommen Sie erst einmal herein und legen Sie Ihre Jacken ab.«

Marc und ich folgten ihr und wir hingen unsere Jacken an eine massive Holzgarderobe, die in einem dunklen kleinen Nebenraum versteckt stand. Ich hatte mich schon die letzten beiden Male gefragt, was sich in diesen uneinsehbaren Nebenräumen verstecken mochte. Auch hinter diesem Garderobenraum ging es noch weiter, aber ich konnte aufgrund der schwach leuchtenden Lichtquellen von hier aus nichts erkennen.

Gerade, als ich noch in meiner Jackentasche nach Marcs Autoschlüssel kramte, den ich an mich nehmen wollte, packte mich etwas am Unterarm! Es schnappte zwischen den Kleidungsstücken hindurch und umschlang mich wie ein Schraubstock. Ich schrie auf. Der Versuch meinen Arm zu entreißen, scheiterte an der immer fester werdenden Umklammerung, je mehr ich zog. Das Gewicht an meinem Arm zwang mich in eine gekrümmte Haltung. Es dauerte eine Weile, bis ich die schmerzhafte Zange als einen der verdammten Hunde wahrnahm. Unter mir ertönte ein böses Knurren.

»Um Gottes Willen, halten Sie still!«, rief Franziska.

Jetzt geriet ich erst recht in Panik. Ich hasse Hunde, schon immer! Und sie hassen mich! Diese Viecher riechen meine Angst vor ihnen und gieren fast danach, mich zu zerfleischen, wenn sie mich nur sehen. Ich starrte auf das geifernde Maul an meinem Arm, das zwischen den Säumen der Jacken und Mäntel hindurch knurrte und überlegte, womit ich dieses Tier erschlagen könnte, bevor es mir den Arm zerbiss.

»Ganz ruhig!«, Franziska legte ihre Hand auf meinen Oberarm.

»Aus, Zeus! Aus! Lass los!«, befahl sie mit einer derart harten Stimme, wie ich sie ihr nicht zugetraut hätte.

Sie konnte ganz schön energisch werden, die kleine Frau, und sie zeigte zu meinem Beschämen keinerlei Angst vor dem Hund. Dabei war sie eine noch leichtere Beute für das aggressive Tier. Doch sie griff beherzt zwischen mich und dem Maul des Hundes und versuchte ihr Bestes, mich zu befreien.

»Zeus! Zurück!«

Eine männliche Stimme rief hinter der Garderobe und endlich gehorchte der Hund. Er riss seine Zähne mit unendlichen Speichelfäden auseinander und gab mich frei. Schmerzvoll rieb ich meinen vollgesabberten Arm. Buchheim kam hinter der Garderobe hervor; ich hätte es mir denken können. Grob packte er den hechelnden Hund am Halsband und bedeutete ihm streng mit dem Zeigefinger, sich zu setzen, was er sofort befolgte.

»Können Sie das Vieh nicht festbinden?!«, schrie ich ihn an. »Solche Tiere sollte man als Halter im Griff haben.«

»Er hat Sie doch nur festgehalten, Frau Look. Glauben Sie mir, wenn er gedurft hätte, hätte er Sie in Stücke gerissen. Dieser Hund gehorcht mir aufs Wort.«

»So? Was haben Sie ihm denn befohlen, bevor er mich angegriffen hat?«

Franziska ging dazwischen. »Hat er Ihnen wehgetan? Zeigen Sie mal.« Sie streifte in ihrer mütterlichen Art den Ärmel meiner Bluse hoch und betrachtete die dunkelblauen Punkte auf meiner Haut. »Dafür gebe ich Ihnen gleich eine Salbe.«

»Lassen Sie mal!« Wütend krempelte ich den Stoff zurück. »Aber die Bluse ist hin!«, ärgerte ich mich, dabei war nicht einmal ein Loch zu sehen. Allein der Sabber schien mir Grund genug, sie wegzuwerfen.

Nach einem Handzeichen von Buchheim verzog sich das Untier in das Niemandsland hinter der Garderobe. Nicht einmal jetzt sah er sich genötigt, den Hund festzubinden.

Das Ereignis hatte für etwas Aufsehen gesorgt und nun wurden wir doch von Weitem neugierig beobachtet. Marc stand müde in sicherer Entfernung zu mir und der Garderobe und wartete teilnahmslos, bis ich näherkam.

»Danke auch, dass du so feige danebengestanden hast!«, zischte ich ihm zu.

Mit offenem Mund sah er mich an. Ich schätze, mein kochender Blick hielt ihn von einer passenden Antwort ab. Warum verachtete ich ihn so? Ich hasste ihn in diesem Moment fast mehr als diesen Buchheim. Meine ganze Wut aus wochenlangem Stress entlud sich innerlich bloß auf Marc. Es befriedigte mich fast, ihn zu beleidigen und ich hätte ihm am liebsten meine ganze Erbitterung in sein verunsichertes Gesicht geschrien. Seine Tatenlosigkeit kotzte mich an!

Franziska ging mit schnellen kleinen Schritten vor und führte uns an einen der Tische, um den vier der Vereinsmitglieder saßen, drei Männer und eine Frau. Auch Alexander setzte sich dazu.

»Was war denn los?«, fragte er besorgt.

»Einer der Hunde hat nach mir geschnappt!«

»Tatsächlich?«

Alexander fand es anscheinend amüsant und er grinste frech. Das ärgerte mich. Nahm er mich nicht ernst? Er klopfte auf den freien Sitz auf dem Sofa neben sich, doch ich nahm, wie Marc, auf einem der unbesetzten Sessel Platz, die vor dem Tisch standen. Neben saß mir ein junger Mann mit blasser Haut und rötlichem Spitzbart. Marc setzte sich auf die andere Seite dieses schmächtigen Rotschopfes, der uns etwas befremdlich musterte. Munter schenkte Alexander Weißwein ein und stellte uns den anderen vor. Der Junge neben uns hieß Kevin, die junge Frau auf dem Sofa hieß Larissa. Sie sah aus, wie ein zerbrechliches Wesen, das man nicht anschreien durfte, und trug eine Mütze auf dem Kopf. Die Namen der anderen beiden Männer vergaß ich fast augenblicklich. Mir fiel nur auf, dass auch sie auffallend jung waren.

Nach ein paar Minuten verlegenen Schweigens knüpften die drei auf dem Sofa wieder an ihre vorherigen Gespräche an. Kevin aber wandte sich mir interessiert zu.

»Sie sind also neu bei uns!?«

»Ja, sozusagen.« Ich fühlte mich noch immer gereizt genug, sehr knapp zu antworten.

»Und wieso wollen Sie diese Welt hinter sich bringen?«

»Ich habe nicht vor, sie hinter mich zu bringen.«

»Warum sind Sie dann hier?«

Verstört sah ich ihn an. Natürlich, es war ein Selbsthilfeverein für suizidgefährdete Menschen. Was sollte ich auch hier? Ich sah auf Alexander, der mir fröhlich dreinblickend gegenübersaß. Wollte dieser gut gelaunte junge Mann sich wirklich umbringen? Das Mädchen neben ihm, Larissa, sie sah blass und krank aus, aber nicht depressiv. Wollte sie sich ebenfalls das Leben nehmen?

Der Rothaarige wartete immer noch auf eine Antwort. Ausweichend stellte ich ihm eine Gegenfrage.

»Warum sind Sie denn hier?«

Kevin zwinkerte.

»Das wissen eigentlich schon alle hier. Ich bin mir nicht sicher, ob ich Ihnen das sagen darf, wenn Sie noch nicht Mitglied sind. Andererseits ist es auch kein Geheimnis, dass ich mich schuldig fühle am Tod meiner Schwester.«

Marc beugte sich neugierig von der anderen Seite herüber, um Kevin zuzuhören.

»Was ist denn passiert?«, fragte er ihn, auf einmal aus seiner Passivität erwacht.

»Ein Autounfall … ich fuhr den Wagen.« Kevin senkte die Augen. »Damals war ich achtzehn.«

Marc nickte langsam und ausdauernd. »Oh ja, ich kann verstehen, wie Sie sich fühlen. Mir geht es genauso. Ich habe vor ein paar Wochen meinen Freund überfahren.« Er starrte in die Luft, als sähe er das, was er sagte, bildlich vor sich.

*Freund!* Innerlich rümpfte ich die Nase. Damit hatte sich Marc sehr weit aus dem Fenster gelehnt.

Aber Kevin, der ihn nicht kannte, nickte ebenso verständnisvoll.

»Wissen Sie«, sagte er, »es ist auch dieses Schuldgefühl meinen Eltern gegenüber. Sie sagen es zwar nicht, aber ich weiß, wie sie darüber denken und ich kann auch verstehen, dass sie mich nicht mehr lieben können.« Kevin sprach sehr leise. »Es ist nun acht Jahre her. Wir kamen von einer Feier und ich fuhr den Wagen meines Vaters. Verstehen Sie? Er hatte ihn mir extra überlassen, damit wir eben nicht nachts mit irgendwelchen Rasern nach Hause fahren …« Seine Lippen bebten. »… ich fuhr zu schnell.« Betreten nahm er einen Schluck aus einem Glas Wasser vor sich auf dem Tisch. Dann hob er seinen Kopf höher und lächelte Marc gezwungen zuversichtlich an. »Seit ich weiß, dass ich daran etwas ändern kann, geht es mir besser.«

»Etwas ändern? Wie wollen Sie denn Geschehenes rückgängig machen?«, staunte Marc.

»Ich meine mein Schuldgefühl. Jahrelang spielte ich mit dem Gedanken mich umzubringen, damit das alles ein Ende hat, aber nicht einmal dazu war ich fähig. Man ist wie gelähmt, tatenlos dazu verdammt, dieses quälende Gefühl zu ertragen. Und dann schafft man es nicht einmal, sich umzubringen!«

»Ja – tatenlos.« Marcs Augen hingen gebannt an Kevins Lippen.

Kevin sah uns allen ins Gesicht, als suchte er noch mehr Bestätigung und dann wandte er sich wieder an Marc.

»Darf ich *Du* sagen?«

»Sicher! Ich bin Marc!«

Sie schüttelten sich die Hände.

»Kommst du mit an die Bar?«

Die beiden verschwanden von unserem Tisch und erschienen schon jetzt von hinten betrachtet wie dicke Freunde. Kevin legte seine Hand auf Marcs Rücken und sie tuschelten im Weitergehen mit einander zugeneigten Köpfen.

»Da haben sich zwei gefunden«, sagte Alexander lachend und ich merkte, wie fremd er mir eigentlich war. Ich wusste nicht, wie viel er von ihrem Gespräch mitbekommen hatte auf der anderen Seite des Tisches.

Aber seine unsensible Art, darüber hinwegzugehen, störte mich auf einmal. Da redeten zwei Menschen über die schlimmsten Erlebnisse ihres Lebens und Alexander fand nichts, als eine amüsierte Bemerkung dazu.

Er kam herüber und setzte sich breitbeinig auf Kevins frei gewordenen Sessel. Nein, heute mutierte er wohl doch nur zu einem selbstgefälligen Chauvi für mich, nicht zu einer Gefahr für meine einsame Seele. Mit einem Glas Wein in der Hand prostete er mir lächelnd zu.

»Du trinkst sehr viel«, stellte ich fest.

Alexanders Lächeln erstarb. Er setzte das Glas an seinen Mund und beobachtete mich, während er trank. »Kevin ist einer meiner besten Freunde«, sagte er, das Glas in einem Zug halb geleert. »Genauso, wie Jens es war.«

»Wenn Jens so ein guter Freund war, warum hast du ihn dann nicht von seinem Plan abhalten können?«

»Ich war sein Freund, nicht sein Schutzengel. Es war sein Leben und ich habe seinen Entschluss so akzeptiert, wie er es wünschte.«

»Das heißt, du wusstest tatsächlich vorher von Jens' Plan?«

»Jede Einzelheit!«

»Und was hast du dagegen unternommen?«

»Nichts.«

»Nichts?!«

»Wie gesagt, es war seine Entscheidung und sie war ja auch nicht schlecht. Für ihn war sie das Stillen seiner Schmerzen.«

»Du fandest sie *nicht schlecht*?!«

»Jeder Mensch sollte frei über sein Leben oder Sterben bestimmen können. Für uns ist das ein Grundrecht, das jedem Menschen zusteht. Findest du das nicht?«

War das die Philosophie, die ich mit ihm teilen sollte?

»Von welchen Schmerzen sollte er denn befreit werden?«

Alexander stellte das leere Glas ab, beugte sich so weit es ging vom Sessel aus zu mir herüber und raunte so, dass es die anderen Drei auf dem Sofa nicht mitbekamen: »Du hast ihn verlassen, schon vergessen?«

Ich sah ihn an und dachte, mir würde das Herz platzen. Wie konnte er mir das so ins Gesicht sagen? Wie konnte er hier mit mir sitzen, mir diese Schuld aufbürden und gleichzeitig lächeln, als fände er nichts dabei?

Erschüttert wollte ich aufstehen. Auf einmal aber sprang er von seinem Platz auf und platzierte sich vor meinem Sessel, sodass ich nicht weglaufen konnte.

»Hey, Sarah!«

Er fasste an mein Kinn, sanft zunächst, aber bestimmt. Ich wollte das nicht und stieß seine Hand weg, doch er fasste energischer nach.

»Ich mache dir keine Vorwürfe. Ich erzähle dir nur das, was Jens mir gesagt hat. Du hast ihn verlassen und du fühlst dich jetzt schuldig. Das ist in Ordnung. Schlimm wäre es, wenn du dich nicht schuldig fühlen würdest. Du hast immerhin ein Gewissen ihm gegenüber.«

Das war nicht die angenehme Stimme, die ich so an Alexander schätzte. Sie klang vollkommen anders, unbeherrscht und aggressiv und ich erschrak vor seinem immer fester werdenden Griff, der mir seine Finger von außen gegen das Zahnfleisch quetschte. Doch es dauerte nur einige Sekunden, dann ließ er mich ebenso plötzlich los, ging vor dem Sessel in die Hocke und sah von unten zu mir hoch. Mit dem Handrücken wischte er die Nässe von meinen Wangen und sprach wieder in unschuldigster Tonlage.

»Alles gut?«

*Alles gut? Nichts war gut!*

»Ich will nach Hause«, stammelte ich, tränenerstickt.

»Okay, geh ruhig, wenn es dir zu viel wird. Du weißt ja, wo ich zu finden bin. Ich warte auf dich, Sarah. Du musst dich damit auseinandersetzen und das kannst du am besten hier bei uns. Es geht nicht einfach so an dir vorbei.«

Alexander stand auf und machte mir bereitwillig den Weg frei, als ich aufsprang und in Richtung Bar lief, um Marc umgehend mitzunehmen. Er blickte mir hinterher, ich sah es im Augenwinkel, doch ich wollte diesen Alexander, den ich heute kennengelernt hatte, nicht noch einmal ansehen. Es war ganz genauso wie früher.

»Diesmal musst du fahren«, sagte ich und warf Marc den Autoschlüssel seines Wagens zu.

»Aber …«

»Ich kann jetzt nicht, Marc! Fahr einfach!«

Mit diesen Worten setzte ich mich auf die Beifahrerseite und wartete stur, bis Marc Minuten später endlich einstieg. Wortlos drehte er den Zündschlüssel und der Wagen ruckte, als er losfuhr. Schweigend saßen wir nebeneinander, während er fuhr, jeder mit sich selbst und eigenen Bildern von diesem Abend beschäftigt, bis Marc leise und fast schon monoton vor sich hinmurmelte.

»An manchen Tagen sitze ich einfach nur da.«

»Was?«

»An manchen Tagen sitze ich einfach nur so da, am Küchentisch. Meistens mit einer Tasse Kaffee, die ich mir aus Gewohnheit oder aus Langeweile mache. Und dann starre ich in die Luft.«

Marc starrte genauso durch die Frontscheibe, dass ich es mir lebhaft vorstellen konnte.

»Ich merke es, während ich starre«, fuhr er fort. »Ich empfinde mein Nur-da-sitzen ohne Bewegung und Verstand ganz genau, doch mein Hirn kann meinem Körper keine weitere Anregung zu einer Handlung geben. Im Starren finde ich Leere – Nichts. Und im Nichts ist kein Gefühl. Ich mag diese Gefühllosigkeit, obwohl ich manchmal glaube, diese Stunden vernichten unwiderruflich Tausende meiner Gehirnzellen.«

Mir stockte der Atem. Seit unserem Treffen am Friedhof hatte er nicht mehr so viele Wörter an einem Stück mit mir gesprochen.

»Davon hast du mir nie etwas erzählt.«

Er blickte weiterhin über sein Lenkrad.

»Sie sagen, wenn ich mich umbringen wollte, würden sie das verstehen.«

Ich hob meinen Kopf höher.

»Willst du dich denn umbringen?«

»Wäre doch möglich.«

»Und wolltest du dich auch schon umbringen, bevor wir dorthin gingen?«

»Ich habe schon mal daran gedacht.«

Er hielt an einer roten Ampel vor der Abzweigung zur Autobahn.

»Der Tod an sich ist ja nichts Schlimmes, sagen sie und das stimmt doch! Er ist das Nichts, das Ende aller

Gedanken. Eigentlich viel leichter zu ertragen, als das Leben, nicht wahr?«, meinte er in einer so leisen Tonlage, dass man ihn kaum verstehen konnte.

Ich dachte an Jens' Beerdigung und den Wunsch, mein ganzes Gejammer in das Grab zu werfen. Natürlich könnte man sich gleich auch selbst dort hineinwerfen. Kein Körper, kein Leid. Eine einfache Sache. Wie oft schon hatte ich in der Verzweiflung über diese alles vernichtenden Kopfschmerzen gedacht, zu sterben könnte einfacher sein; hatte mir den Tod nicht enden wollender Erinnerungen gewünscht?

»Ja, das Leben ist manchmal wirklich schwer zu ertragen«, seufzte ich gedankenversunken.

Die Ampel sprang auf grün.

Ich drängte. »Fahr!«

Langsam setzte Marc die Fahrt fort und bog auf die kurze Auffahrt ein. Es war dunkel draußen und spät in der Nacht. Alles, was ich heute noch wollte, war nach Hause fahren, mich auf mein Bett werfen und mir einen Eisbeutel auf den Kopf pressen.

Der Wagen wendete. Irritiert sah ich durch die Scheiben nach draußen. In der Dunkelheit konnte ich nicht genau ausmachen, wo wir uns befanden. Da waren die Mauern der Lärmschutzwände neben uns und doch kam mir alles auf einmal so unbekannt vor. Plötzlich tauchten vor uns grelle Scheinwerfer auf. Ich schrie auf. Ein quietschendes Geräusch gellte in meinen Ohren und unser Wagen schlenkerte. Erschrocken riss ich den Kopf herum. Durch unsere Heckscheibe sah ich einen PKW schleudern. Anscheinend waren wir nur knapp einem Zusammenstoß entkommen. Aufgeregt sah ich zu Marc herüber, doch der starrte nach vorne, als wäre nichts geschehen.

»Hast du das Auto nicht gesehen?«, rief ich entsetzt.

Er gab keine Antwort. Stur blickte er auf die Straße, und als ich seinem Blick folgte, fühlte ich mich erneut geblendet.

Erst jetzt begriff ich.

»Marc! Du fährst im Gegenverkehr! Hast du etwa gewendet?«

Keine Reaktion. Ein Fahrzeug jagte mit rasender Geschwindigkeit hupend an uns vorbei.

Ich kreischte auf. »Bist du bescheuert?!«

Meine Stimme klang so hell, dass sie mir selbst fremd vorkam.

»Es kann ganz schnell gehen«, war seine knappe Antwort auf meine Aufregung.

Jetzt blickte er mir ins Gesicht, während wir mit hundert Sachen und mehr auf der falschen Seite der Autobahn rasten, an Auffahrten vorbei, die uns hätten retten können.

»Marc, was tust du da?!« Ich schrie.

»Ich mache Schluss. Es hat doch sowieso alles keinen Sinn mehr.«

Das sagte er fast sanft. Es war nicht so, dass er sich aufregte und mit einem unbändigen Gefühlsschwall sein Leben beenden wollte, sondern er stellte es einfach nur sachlich fest.

Er gab mehr Gas. Krampfhaft krallte ich meine Finger in den Sitz und bekam kaum noch Luft vor Herzklopfen. Es war Sonntagnacht und verdammt wenig Verkehr, sonst wären wir längst auf ein entgegen kommendes Auto geprallt. Doch schon sah ich erneut Scheinwerfer auf uns zukommen.

»Du brauchst dich nicht festzuhalten. Entspann dich! Es wird ganz schnell gehen.«

Sein gleichgültiger Gesichtsausdruck kroch eiskalt über meine Haut. Der Wagen vor uns kam unglaublich schnell auf uns zu, sodass ich vor Angst kurz die Augen schloss.

Mit Not wich der fremde Fahrer auf den anderen Fahrstreifen aus.

»Marc! Ich will jetzt nicht sterben! Nicht jetzt und nicht so!«

Entsetzt überlegte ich, was ich unternehmen konnte. Ihm ins Lenkrad greifen? Bei der Geschwindigkeit? Mit den Mauern neben uns? Irgendwie auf die Bremse treten? Oder beides auf einmal?

»Denk doch mal an die anderen Menschen in den Autos«, beschwor ich ihn. »Da sitzen vielleicht Familien drin, mit Kindern! Die haben doch ihr ganzes Leben noch vor sich. Das kannst du nicht tun!«

Er antwortete nicht. Ich fühlte mich so hilflos, so ausgeliefert. Rausspringen, auch daran dachte ich. Ihm eins überziehen und den Wagen übernehmen, doch das alles war zwecklos. Mir blieben nichts als Wörter, um mich und andere zu retten. Marc hatte genauso wenig Kinder wie ich. Was interessierten ihn da Kinder, die mit ihm drauf gehen konnten!

»Willst du dich noch einmal schuldig machen?«, schrie ich ihn an. »Wenn du dich kaputt fahren willst, dann mach das alleine! Wie viele Menschen willst du denn ins Unglück reißen?«

»Dann haben die es auch hinter sich.«

»Aber sie hinterlassen Menschen, die trauern. Menschen, die übrig bleiben! Menschen, wie dich und mich!«

Marc blinzelte und tatsächlich ging er deutlich vom Gas. Ich versuchte, die Chance zu nutzen und die

Oberhand zu gewinnen. Die Mauern neben uns flitzten an uns vorbei. Autos hupten, die uns links passierten.

»Du fährst jetzt die nächste Abfahrt raus, hörst du? Sicher wird auch die Polizei gleich auftauchen.«

Wo war sie, die Polizei, wenn man sie brauchte?

Vor uns blitzten von Weitem wieder Scheinwerfer auf unserer Spur auf. Ich schwitzte. Marc fuhr zwar langsamer, doch natürlich war gerade keine Abfahrt in Sicht. Unser Wagen schlenkerte, weil Marc unruhig lenkte. Anscheinend erlangte er seinen Verstand zurück und wurde nervös.

Beruhigend legte ich meine Hand auf seine Schulter, die derartig zitterte, dass ich selbst nicht an eine besänftigende Wirkung glaubte. Ruckartig scherte Marc nach links aus, gerade als der Wagen vor uns ebenfalls dorthin auswich. Die Fliehkraft unseres Fahrmanövers warf mich zuerst gegen die Scheibe der Beifahrertür, dann gegen Marc. Ich sah, wie sich die Hauben unserer Autos immer tiefer nach unten senkten. Der Gurt zog sich so straff, dass er sich tief in meinen Oberkörper grub.

Wir standen. Die anderen auch. Wie durch ein Wunder, unversehrt. Durch das Seitenfenster sah ich Gesichter im fremden Fahrzeug. Gesichter, die uns mit weit aufgerissenen Augen anstarrten, unglaublich angstvoll. Vor uns standen weitere Autos und blendeten uns. Marc setzte zurück. Er schlängelte sich an den anderen vorbei und fuhr zügig weiter bis zur nächsten Abfahrt. Ich spürte die Hitze in meinem pochenden Kopf.

Ohne ein weiteres Wort, und ohne aufgehalten zu werden, fuhr Marc mich nach Hause.

Stumm stieg ich aus. Bevor ich die Wagentür zuschmetterte, rief ich: »Du bist echt krank!«

Dann ging ich.

Im Bad fingerte ich zitternd nach meiner Tablettenschachtel. Danach warf ich mich aufs Bett. Ich war erschöpft. Die Tablette schnürte mir den Hals zu.

# Mein Kopf

Morgens spürte ich meine Augen. Damit meine ich nicht, meine Fähigkeit das Elend dieser Welt zu sehen, ich meine es wörtlich. Ohne mich im Spiegel zu betrachten, konnte ich die Ausmaße meiner Augäpfel in ihren Höhlen genau bestimmen. Mir war, als versuchten sie, sich über ihre knöchernen Grenzen hinaus auszudehnen und ins Gehirn einzudringen. Vielleicht wollten sie dort etwas finden, was sie in der Offensichtlichkeit der Außenwelt vermissten. Vielleicht wehrten sich meine Augen auch nur gegen mein eigenes Gesicht im Spiegel.

Als ich so da stand, wieder mit diesem Kopf voller Schmerz, überlegte ich, ob es wirklich so schlimm gewesen wäre, mit Marc in den Tod zu fahren. Ich hätte es tatsächlich hinter mir gehabt. Wer wusste schon, was jetzt noch auf mich zukommen würde. Dieser Spiegel in meinem Bad wäre dann leer geblieben, und meine Kopfqualen hätten für alle Zeit ein Ende gehabt. Kaltes Wasser rann vom Wasserhahn über meine Hände. Ich spritzte es mir ins Gesicht und zog mich an.

Wie sich Marc jetzt wohl fühlte? Natürlich hätte ich ihn anrufen sollen, ihn fragen, wie es ihm ginge, aber ich drückte mich davor und ging stattdessen zur Arbeit, wie immer. Doch an diesem Tag hatte ich meine Arbeit scheinbar verlernt. Ich wusste nicht mehr, wie ich es anstellen sollte, die Unterlagen auf meinem Schreibtisch zu bearbeiten und das Telefon zu bedienen. Alles flimmerte mir vor Augen. Nervös durchwühlte ich meine Tasche. Keine Tabletten mehr! Mist, Mist, Mist! Wenn ich erst einmal mitten im Anfall steckte, würde ich im Büro übernachten müssen, denn Autofahren war unmöglich und sich übergebend im Taxi ein Albtraum. Als es schlimmer wurde, versteckte ich mich auf der Toilette. Ich saß auf dem Klo in unserem Bürogebäude und fürchtete, von der Putzfrau entdeckt zu werden! Konnte man noch tiefer sinken? Niemand kann sich vorstellen, wie man sich in dieser Lage fühlt, der es nicht selbst erlebt hat. Erst am Abend schlich ich in mein Büro zurück und rief Marc an. Er nahm nicht ab. Und in diesem Moment konnte ich ihn unsagbar verstehen; wie es ihm erging, wie allein er sich fühlte und was tags zuvor in ihm vorgegangen war. Er wollte ja auch nur, dass all das aufhörte. Wer sollte ihm das verdenken?

Ratlos blätterte ich durch mein Adressbuch im Handy. Ich konnte es kaum lesen. Dann wühlte ich in meinem Portemonnaie. Dort fand ich Alexanders runde Visitenkarte mit Adresse und Telefonnummer. Ich zögerte. Alexander wohnte in Mülheim, ganz in der Nähe meiner Arbeitsstelle. Vor mir sah ich sein Gesicht und seine Stimmungsschwankungen beim letzten Treffen. Welchen Alexander würde ich heute antreffen? Doch dann wählte ich seine Nummer.

»Kannst du mich hier in Mülheim abholen?«

Meine Stimme musste sehr bedrückt geklungen haben. »Was ist passiert?«, fragte er sofort.

»Es geht mir schlecht und ich weiß nicht, wie ich nach Hause kommen soll. Ich weiß überhaupt nicht, was ich noch soll.«

»Wo bist du?«

»In der Firma, ich warte auf dem Parkplatz davor.«

Wenn er wusste, wo meine Eltern lebten, wusste er auch, wo ich arbeitete.

»Ostausgang Rhein-Ruhr-Zentrum?«

»Wenn du es schon weißt.«

»Ich komme sofort! Mach dir keine Sorgen!«

Alexander legte auf.

Ich weiß ehrlich nicht mehr, wie ich die Treppe bis zum Ausgang bewältigte. Der Pförtner im Foyer sah mich verwundert an, als ich mich käsebleich und vornübergebeugt am späten Abend an ihm vorbei schleppte.

# Graffiti und geplatzte Köpfe

Alexander fuhr mit einem roten Twingo vor und sprang heraus, um mir zu helfen. Unterwegs erbrach ich mich auf den Beifahrersitz. Es war mir egal, auch, dass er meine Tasche durchsuchte und mich wie ein Kind in seine Wohnung trug.

Erst gegen Mittag des nächsten Morgens erwachte ich in einem unbekannten Bett, noch immer mit leichten Kopfschmerzen, aber die Übelkeit hatte sich endlich gelegt. Am Boden neben dem Bett stand ein blauer Plastikeimer, mit einer Pfütze Wasser gefüllt. Besorgt untersuchte ich die Matratze und das schwarze fremde Bettzeug. Keine Spur von Erbrochenem, zum Glück! Ich hörte, wie jemand eine Espressomaschine bediente und kurz darauf betrat Alexander das Schlafzimmer mit einer kleinen Tasse des heißen Getränks. Ich wärmte mich daran und nippte. Diese winzige Tasse in meinen Händen durchflutete meinen müden Körper sofort mit liebevoller Wärme. Alexander sah besorgt aus. Er reichte mir ein Handy, damit ich meine Chefin anrufen konnte.

Erneut ein Ausfall am Arbeitsplatz. Allmählich machte ich mir Gedanken, ob das böse enden könnte! Als ich gleich darauf einen Termin bei meinem Hausarzt ausmachte, stand Alexander im Türrahmen und hörte zu.

»Soll ich dich hinfahren?«

»Es wäre schön, wenn du mich erst einfach nur nach Hause fahren könntest.« Kritisch musterte ich meine Kleidung, als ich schwankend aufstand. Ich trug noch immer die gleichen Sachen, wie tags zuvor. Nur die Schuhe hatte er mir wohl ausgezogen, bevor er mich in das Bett gelegt hatte, aber meine Bluse hatte unter meiner Übelkeit gelitten. Verschämt bedeckte ich den hellen Fleck darauf mit meiner Hand.

»Du kannst auch gerne hier duschen. Meine Freunde nennen mich übrigens Alex«

Ich sah ihn an. Da war er wieder, der Alexander, der mich so faszinierte. Er schmunzelte schräg und ich dachte sofort, wenn es mir besser gehen würde, würde ich es darauf heute ankommen lassen. Dieser Rest Schmerz in meinem Hirn aber und diese Kraftlosigkeit überlagerten vorerst jedes lebensbejahende Gefühl in mir. Noch immer unfähig, mich richtig zu bücken, zog ich meine Schuhe im Sitzen an wie eine alte Frau und folgte Alex schlurfend durch eine erschreckend rot tapezierte Diele.

»Sag mal, bist du Graffiti-Künstler?«

Befremdet blieb ich mitten im Wohnzimmer stehen. Eine wilde Farblandschaft prangte vor mir an den Wänden. Nicht ein Fleck, der nicht bemalt war, grell, bunt, wirr, wie in einem Graffiti-Park. Mir war, als stünden wir mitten in einem Comic. Die Farben schmerzten in meinen Augen. Nur der Teppich war mit seinem einfarbigen Graublau die einzige friedliche Fläche in dem Raum.

Von der Decke starrten mich unheimliche Kreaturen mit feurigen Augen an. Eines der gemalten Geschöpfe lauerte hinter dem Sofa und griff mit langen Fingern über die Lehne nach den Sitzenden. Die Wand gegenüber dem Sofa aber, die man ansah, wenn man auf den Fernseher blickte, diese Wand war düster, grau und schwarz. Geister in allen Grautönen trieben ihr Unwesen darauf und hätten mich in diesem Zimmer niemals in Ruhe leben lassen.

»Wie kannst du es in so einem unruhigen Raum bloß aushalten? Ich würde an einem einzigen Tag hier krank werden.«

Alexander lachte leise auf.

»Es sind Träume, die ich in die Realität banne.«

»Hast du das selbst gemalt?«

»Ich bin freischaffender Maler.«

»Und das sind die Dinge, von denen du träumst?«

Ich ging die Wände entlang und strich mit den Händen über die Farben, stellte mir vor, wie er hier mit dem Pinsel in weit ausholenden Bewegungen gearbeitet hatte. Am Bücherregal stoppte ich. Mich interessierte, was er las. Bücher sagen mir etwas über die Menschen, die sie lesen, doch ich fand weder Klassiker noch Krimis oder Historienschinken. Auf seinem Regal lagen hauptsächlich Comics und Graphic Novels. Das einzige Genre, mit dem ich absolut nichts anfangen konnte und was die Kreaturen auf den Wänden durchaus erklärte. Es enttäuschte mich. Wieso hatte ich ihm eigentlich so viel Bildung angedichtet? Wegen des Rollkragenpullovers? Wegen irgendeiner Philosophie, die nur er verstand? Oder einfach nur, weil ich es so wollte? Aber da entdeckte ich ein zweites Regal, und als ich es in Augenschein nahm, fand ich doch etwas, was mir besser gefiel: Goethes *Faust* zum Beispiel, *Die Nibelungen, Der Weiße Hai*, Lyrikbände und Schriften von Marx. Eine seltsame Zusammenstellung. Ich tippte auf eins der Bücher und lachte.

»Du liest Nietzsche?«

»Was gefällt dir daran nicht?«

»Naja, ich denke bei dem immer an die Frau und die Peitsche.«

Alexander kam näher. »Was ist daran verkehrt?«

Sein Tonfall klang nicht so, als ob er das ironisch meinte. Ich erinnerte mich an seinen festen Handgriff um mein Kinn und auf einmal fand ich es auch nicht mehr witzig.

»Du malst sehr gut«, lenkte ich ab. »Aber diese Motive …«

Ich legte meinen Kopf in den Nacken und ging ein paar Schritte durch das Wohnzimmer. »Dieses Deckengemälde erinnert mich fast schon an eine Art Gegensatz zur Sixtinischen Kapelle. Die Hölle zum Himmel sozusagen.«

Auch Alex blickte zur Decke. »Es ist die Hölle!«

Dann sah er mich an. »Interessierst du dich für Malerei?«

»Ich interessiere mich für jede Art von Kunst. Ich selbst schreibe.«

»Stimmt, Jens erzählte mir davon. Du schreibst Geschichten und Gedichte.«

»Davon hat dir Jens erzählt? Naja, es ist ein Hobby … nein, wenn ich ehrlich bin, ist es eher wie eine Sucht.«

Alex nickte. Dann packte er mich an der Hand und zog mich eilig, sodass ich fast stolperte, durch die knallrote Diele einen Raum weiter in sein Atelier.

»Das hier ist meine Sucht!«

Staunend wanderten meine Augen über bizarre Leinwandgemälde auf Staffeleien. Auch hier gab es bemalte Wände. Er malte gut, sehr gut! Realistische Bilder mit unrealistischen Motiven, fantastische Welten, die mich durchaus in den Bann zogen. Aber auch das: Zerrissene Gesellschaften, zerteilt, in Massen von Bruchstücken, Gegensätze und gespiegelte Welten.

Mir war, als hätte ich einige der Motive schon irgendwo gesehen. Zwischendrin einzelne menschliche Körper, deren Glieder nicht zusammenhielten und Köpfe, die in zwei Hälften platzten. Einen dieser Köpfe sah ich mir genauer an. Aus dem Schädel eines Mannes quoll das Hirn in zwei Richtungen heraus und verteilte sich über die gesamte poppig bunte Leinwand.

»Das Gesicht dieses Mannes – er sieht aus, wie du«, stellte ich fest.

»Wenn du meinst.«

»Nein, im Ernst, der sieht doch aus wie du! Und der da …«, ich zeigte gegenüber auf ein Bild an der Wand, »… der sieht aus, wie Jens.«

Auch dieser Kopf geplatzt. Auf einem angefangenen Bild – die zugedeckte Palette stand neben der Staffelei auf einem Tisch – das gleiche Motiv mit dem Kopf einer Frau ohne Gesicht und ein weiteres unfertiges Bild mit den Konturen zweier Menschen.

Alex ging nicht darauf ein. »Wie war das eigentlich mit Jens und dir?«, fragte er stattdessen.

Er nahm einen schwarzen Pullover von einem Stuhl und drückte ihn mir behutsam vor den Bauch. »Der müsste dir passen.«

Ich nahm ihn an mich.

»Was willst du von mir und Jens wissen?«

»Warum hast du ihn denn nun verlassen?«

Knopf für Knopf öffnete ich meine Bluse, während ich noch überlegte, ob ich zum Umziehen in ein anderes Zimmer gehen sollte oder nicht. Ein Mann wie er – vermutlich würde er mich spießig finden. Ich zog sie aus, indem ich Alex den Rücken zukehrte. Ein widerlich säuerlicher Geruch strömte von dem Stoff in meine Nase und ich ließ die Bluse auf den grauen Teppich fallen. Eilig schlüpfte ich in den weichen Pullover und drehte mich wieder um. Er stand noch immer da und beobachtete mich.

»Ich konnte nicht mehr, Alexander! Ich konnte Jens nicht mehr ertragen. Es ist nicht einfach, das Leben mit einem depressiven Menschen zu verbringen. Das hält man auf Dauer nicht aus, ohne, dass es einen mit runter zieht und ich habe schon immer nahe am Abgrund gestanden. Du kennst mich nicht, kennst meine Vergangenheit nicht.«

Die Ärmel des Pullovers überragten meine Hände, aber sonst passte er erstaunlich gut. Diese Größe konnte er kaum für sich selbst im Schrank gehabt haben. Alexander musterte meine Brust. Ich senkte die Lider, verschämt wegen seines ungenierten Blickes, doch dann las ich von oben die Aufschrift auf dem Kleidungsstück, die quer über meinem Busen verlief: *Verloren!*

Verdutzt hielt ich die Luft an. War ich tatsächlich schon so verloren, dass mir dieser Pullover passte? Alex starrte noch immer auf meine Brust und nun fragte ich mich, ob er tatsächlich nur an diese Aufschrift dachte oder an mehr. Gespannt wartete ich, was geschehen würde. Er hatte mich in seinem Bett schlafen lassen, mich in Büstenhalter und mit nackter Haut gesehen und jetzt erwartete ich, nein ich verlangte, dass er mich berührte. Mein Kopfschmerz pulsierte nur noch im Hintergrund, verdrängt von unvernünftigen Wünschen und Hoffnungen, doch Alex fasste mich nicht an.

Ich denke heute, dass gerade seine Zurückhaltung mich von da an noch mehr reizte. Obwohl er doch ständig um mich warb und er meine Schwäche für ihn längst durchschaut haben musste, nutzte er sie nicht aus. Überfallen hätte er mich können, mich lieben oder schamlos benutzen, denn niemals wäre ich an diesem Tag in der Lage gewesen, mich gegen mein Innerstes zur Wehr zu setzen.

Aber nein – er wandte sich ab und ging aus dem Zimmer. Irritiert blickte ich ihm nach, während neben mir an der Wand ein Dämon seine spitze gespaltene Zunge herausstreckte. In seinen Klauen hielt er ein Herz, dessen Blut bis zur Fußleiste tropfte. Dann sah ich dieses Foto. Auf einem niedrigen Tisch mit Farben und Pinseln und unter zwei, drei der Tropfen des blutenden Herzens. Es stieß mir sofort ins Auge, obwohl ich etwas entfernt stand und die Gesichter darauf nicht deutlich erkennen konnte, aber ich spürte, dass ich diese Person neben Alex kannte. Aus der Diele hörte ich Schritte, dennoch nutzte ich die Gelegenheit, mich an seinen Privatsachen zu vergreifen und mir das Foto genauer anzusehen. Ich nahm es hoch. Es zeigte Alex vor einem Kamin in einer fremden Wohnung, mit einem anderen jungen Mann, kumpelhaft umarmt auf dem Sofa, daneben zur Hälfte Kevin; ein Schnappschuss. Vor ihnen auf dem Tisch standen Bierflaschen und Knabbereien und sie lächelten traurig, in T-Shirts mit der Aufschrift ›*Verloren*‹. Dieser Mann war Jens!

Ich fühlte Alexander lautlos hinter mir hereinkommen und hielt den Bilderrahmen in meinen Händen, als ich mich umdrehte.

»Du besitzt ein gerahmtes Bild von dir und Jens?«

»Ich sagte ja, er war mein Freund.«

»Aha!«

»Was meinst du mit *Aha*?« Er nahm mir das Foto ab. »Ich bin nicht schwul, wenn du das meinst.«

Ich hatte es nicht einmal gedacht, aber auf einmal war es ein Verdacht. Hielt er sich deshalb so zurück? Doch warum dann dieses Auflauern vor dem Haus meiner Eltern und diese Schmeicheleien, die Handküsse und zufälligen Berührungen? Immer, wenn ich glaubte, Alex durchschaut zu haben, wurde er zu einem noch größeren Rätsel für mich.

»Ich vermisse ihn nur so sehr«, sagte er und strich mit dem Daumen über das Gesicht von Jens auf dem Bild. Dann stellte er es auf den Platz zurück, wo ich es herhatte. »So ist das eben – ich vermisse ihn.«

Aus meinem Inneren schlängelte sich etwas empor, was mir die Augen nässte.

»Du vermisst ihn so …?« Ich konnte den Satz nicht einmal zu Ende sprechen. Mit einer Hand versuchte ich, meine Tränen und mein fleckiges Gesicht zu verstecken.

»Ja, so ist das, wenn man einen Freund verliert. Man vermisst ihn«, legte er nach. Er sah ernst aus, bitterernst, so, wie ich ihn noch nie zuvor gesehen hatte.

»Du etwa nicht?«

»Natürlich vermisse ich ihn auch.« Ich rang um Fassung, schluckte den Schleim, der jetzt meine Nase verstopfte herunter, und suchte verzweifelt nach einem Taschentuch in meiner Handtasche, die Alex mir aus dem Schlafzimmer nachgetragen hatte.

»Natürlich vermisse ich ihn auch!«, heulte ich los und ich fühlte mich, als hätte Alex mir in den Magen geboxt. Wieder wühlte er in meiner tiefsten Wunde!

Jetzt endlich nahm er mich in den Arm, nun, wo ich Rotz und Wasser heulte, aussah wie ein schluchzendes

Kind und zitterte. Er nahm meinen Kopf zwischen seine großen warmen Hände, strich mit den Fingern meinen Nacken entlang, küsste meine heiße Stirn und dann mein Haar. Ich schloss die Augen und fühlte seine Hände um mich wie die Geburt einer neuen Liebe.

*Küss mich … küss mich! Warum liebst du mich nicht?*

»Komm, ich fahre dich jetzt nach Hause. Du hast einen Termin, Sarah.«

So ließ er mich mit meinen Gefühlen im Stich, wie einst auf dem Parkplatz vor meinem Auto. Er fütterte mich an und ließ mich dann wieder hungern. Was sollte ich nur mit meinen Empfindungen für Alexander anfangen?

Der Arzttermin war schnell erledigt. Mein Arzt schrieb mich krank, immerhin, und er überwies mich an einen Neurologen, aber ich wollte nicht dort hin. Ich kannte diese Arztmarathons, in denen sie nach allem suchen, nichts finden und am Ende sagen, dass man sich alles nur einbildet. Irgendwann würden sie sagen, dass ich in eine psychiatrische Abteilung muss und dann würde ich mir vielleicht wünschen, Marc hätte sich als Geisterfahrer doch nicht von mir aufhalten lassen. Redete mein Arzt nicht schon lange von Reizüberflutung und Depression? Wie sollte der Neurologe mir auch helfen können, wenn es andere vor ihm schon nicht gekonnt hatten? Ich löste in der Apotheke das Rezept für meine Triptane ein, hörte mir vom Apotheker zum tausendsten Mal an, dass man davon höchstens zehn im Monat nehmen dürfte und dachte, dass das Einzige, was mir wirklich helfen könnte, eine Enthauptung sei.

# Das *Haus* und ich

Als Alexander mich zwei Sonntage später zum Treffen im *Haus der Verlorenen* abholte, setzte ich mich wie mechanisch in sein Auto und fuhr mit. Er sprach von Plänen, selbstbestimmtem Leben, Heidegger, toller Gemeinschaft, und war wieder ganz der alte begeisterungsfähige junge Mann, der mich so faszinierte. Von Jens sprach er nicht mehr und ich hatte auch nicht den Eindruck, dass er es bereute, mich an jenem Tag nicht richtig geküsst zu haben.

Im Vereinshaus traf ich überraschend auf Marc. Er saß mitten unter ihnen und unterbrach seine Unterhaltung mit Kevin, um mir freudig die Hand zu drücken. Beschwingt ging er hinter die Bar.

»Was willst du trinken?«

»Gib mir einfach nur Wasser.«

Ich nahm auf einem Barhocker Platz und beobachtete ihn, wie er geschäftig hinter dem Tresen hin und her lief, sich bückte und mit Glas und gekühltem Wasser zurückkam.

»Willst du Eis?«, fragte er.

Ich schüttelte den Kopf. Dann bediente er das junge Mädchen, das immer noch so krank aussah, wie vor zwei Wochen, schenkte auch ihr Wasser ein und unterhielt sich ein paar Sätze mit ihr, bevor sie wieder verschwand. Jemand, den ich noch nicht kannte, klopfte ihm auf die Schulter und holte sich ein Bier ab. War über Nacht ein Wunder geschehen? Marc bewegte sich auf einmal wie selbstverständlich unter ihnen, und er sprach mit den Leuten, als wären sie alle seine besten Freunde. Ich bemerkte in mir einen Unwillen empor kriechen.

»Nanu, so gut Freund mit allen hier?«, stichelte ich. Marc schien das nicht zu beeindrucken.

»Du, ich bin jetzt hier Mitglied!«

Ich staunte. »Seit wann das denn?«

»Ich habe mich letzten Sonntag dazu entschlossen und ich bin froh, dass sie mich hier aufgenommen haben. Sie nehmen nicht jeden auf, Sarah!«

»Ach ja?«

»Nein, man muss schon voll und ganz hinter ihrer Lebenseinstellung stehen und das kann halt nicht jeder. Dich würden sie hier nie aufnehmen.«

»So? Warum nicht? Was ist denn das für eine Lebenseinstellung, von der du meinst, dass ich sie nicht verstehen könnte?«

»Sarah, echt – darüber darf ich gar nicht sprechen. Vereinsgeheimnis! Tut mir leid.«

Er registrierte mein leeres Glas.

»Willst du noch mehr Wasser?«

»Lass mal, ich schenke mir selbst ein.«

»Jedenfalls sind wir im wahrsten Sinne des Wortes eine eingeschworene Gemeinschaft und jetzt, wo ich sie näher kennengelernt habe, kann ich sagen, das sind alles meine Freunde!«

Marc schwenkte seinen Arm über den gesamten Raum.

Seine Freunde – und wo war ich? Wo war unser heimliches Band geblieben, das uns zu Verbündeten machte? Er war doch genauso schuldig wie ich. Ich empfand es als ungerecht, dass er hier umherlief und sich wohlfühlte, während ich als Außenstehende und allein auf diesem Barhocker vegetierte. *Seine Freunde!* Warum sollten sie mich nicht auch mögen?

»Vielleicht trete ich ja auch ein, in deinen Verein.«

Marc lachte auf und kicherte dann noch eine Weile vor sich hin. Er merkte nicht einmal, wie gekünstelt das wirkte.

»Wohl kaum! Ich sagte ja, sie nehmen nicht jeden auf. Außerdem muss man von jemandem vorgeschlagen werden.«

»Und wer hat dich vorgeschlagen?«

»Kevin!«, sagte er und hob seinen Kopf wie ein trotziges Kind, als wartete er darauf, auf noch mehr Gegenworte von mir zu kontern.

Damals kam er mir wie ein Verräter vor, der mich wie ein Opfer zurückließ. Heute weiß ich, dass ich ihn besser hätte bedauern sollen, denn ab da an, war Marc das, was ich auch längst war – verloren!

Plötzlich tauchte Alexander wieder auf, der zuvor in den hinteren Räumen verschwunden war, vermutlich um mit Buchheim zu sprechen. Ich hatte schon die letzten beiden Male verstimmt bemerkt, dass die beiden sich prächtig unterhielten. Weil ich meine Abneigung gegen Buchheim nicht ablegen konnte, war ich nicht auf die Idee gekommen, Alex zu begleiten, als er dort hinten verschwand. Außerdem lauerten in diesen Räumen die Hunde. Man hörte sie zwar kaum, doch ab und zu tauchte einer der beiden hier vorne auf und ließ sich von Franziska tätscheln. In meiner Angst, sie könnten mich in die Waden beißen, gab ich mein Bestes, möglichst unsichtbar für die Köter zu bleiben.

»Gib mir mal einen Amaretto«, verlangte Alex von Marc, der sofort in den Kühlschrank griff.

Alex lehnte sich gut gelaunt an die Bar. Er trank schon wieder mitten am Tag! Es ging mich nichts an, doch es störte mich trotzdem, als wäre ich jemand, die mit ihm zusammenlebte. Ich fragte mich, was er mit

Buchheim wieder so Geheimnisvolles besprochen hatte. Auch mit Larissa und Kevin hatte er die Köpfe zusammengesteckt, ohne mich einzubeziehen.

Warum, um alles in der Welt, sollte ich unbedingt mit ihm hierher kommen, wenn er sich dann nicht um mich kümmerte?

Er trank seinen Amaretto in einem Zug aus. Danach schwang er sich erst auf den Barhocker und dann über den Tresen, stellte sich hinter die Bar und baute eine Reihe von leeren Weingläsern darauf auf. Der Reihe nach befüllte er sie mit unterschiedlichen Weinständen und nahm mit zusammengekniffenen Augen Maß. Das tat er mit herausgedrückter Zungenspitze, wie ein kleiner Junge, der hoch konzentriert mit Bauklötzen spielt. Aus einer Schublade kramte er chinesische Holzstäbchen hervor und stellte sich auf wie ein Dirigent. Wichtig fuchtelte er mit Händen und Stäbchen in der Luft herum. Ein Bild für die Götter – sämtliche Anwesenden sahen zu ihm hinüber und selbst ich musste lachen, als er seinen Kopf nach hinten neigte und mit dem Stäbchen dreimal auf den Tresen klopfte. Einen Augenblick später flogen die Stäbe erstaunlich geschickt über die Gläser und zauberten uns ein klangvolles Glockenspiel. Ich beobachtete sein Gesicht, wie sich Mund und Augen verspielt zu den Klängen bewegten. Dabei strahlte er eine Freude aus, die jeden anstecken musste. Sogar Larissa, dieses ernste Mädchen, konnte er zu einem herzlichen Lachen mitreißen und sie klatschte nach seiner Darbietung mit uns allen lauten Beifall.

Alex verneigte sich tief.

»Komm, Sarah«, er winkte mir zu. »hilf uns, die Gläser zu leeren!«

Marc verzog den Mund. »Ach, die trinkt doch eh nichts!«

Marcs Bemerkung ärgerte mich. Tatsächlich trank ich so gut wie nie Alkohol, schon wegen der Gefahr einer Migräneattacke, aber so wie er es sagte, als wäre ich die bürgerlichste aller Frauen in dieser Stadt, wollte ich es nicht auf mir sitzen lassen. Aufsässig griff ich nach einem der weniger gut gefüllten Gläser und prostete Alex zu. Der stieß so heftig an, dass mein Wein überschwappte und ich fast meinte, unsere Gläser würden zerbersten.

Ich nippte mein Glas leer, während Alex mit dem Finger auf ein paar Leute zeigte. »Sieh mal, unser Kevin!«

Kevin hockte mit zwei jungen Männern zusammen und studierte ein großes Blatt Papier.

»Sie schmieden heimlich Pläne«, zwinkerte Alex mir zu.

»Was denn für Pläne?«

»Ach komm schon, tue doch nicht so!« Er stieß mich kumpelhaft mit dem Ellenbogen an. Dann rief er quer durch den Saal: »Nein, wirklich edel sind hier nicht alle im Verein. Es hat schon Leute gegeben, die anderen die Ideen geklaut haben!«

Augenblicklich fixierten uns sämtliche Augenpaare. Diesmal nicht sonderlich wohlwollend.

»Na, Alex! Was soll denn das heißen?«, mahnte Franziska, die ganz in der Nähe stand und offensichtlich auf Harmonie bedacht war.

»Aber sonst«, vertraute Alex mir an, »sind wir ein ganz normaler Haufen von Spinnern.«

»Ich dachte, *Spinner* dürfte ich nicht einmal denken?«, bemerkte ich nicht ohne Unterton.

»Als du meine Gemälde gesehen hast, was hast du da gedacht?«

»Jedenfalls nicht *Spinner!* In den geplatzten Köpfen fand ich mich durchaus wieder.«

»Dich? Interessant! Die Migräne?«

»Ich weiß nicht, was du dir unter Migräne vorstellst. Hier geht es um Attacken, während derer man seinen Kopf gegen die Wand schlagen möchte.«

Er sah irgendwie erwartungsvoll aus, fragte aber nicht weiter nach.

»Mit so etwas kann man genauso hierher gelangen, wie Jens mit seiner Depression«, erklärte ich.

»Um was zu tun?« Er wartete.

»Na was? Suizid! Ihr seid doch so eine Art Suizidhelfer, oder?«

»Ich wusste es doch! Die kleine Sarah weiß ganz genau, worum es hier geht.«

Larissa, Franziska und vier weitere Mitglieder, kaum ein paar Meter von uns entfernt, horchten erneut auf und schlenderten jetzt neugierig zu uns herüber.

»Sie weiß, worum es uns geht?« Franziska wirkte besorgt.

»Sag es doch!«, drängte Alex. Er stieß mich an.

»Suizid?«, sagte ich.

Sie blickten einander wortlos an. Ich wollte es Alex ja gerne recht machen mit meinen Antworten, doch im Grunde wusste ich ja nichts weiter von ihnen, als das, was sie mir selbst erzählt hatten. Ich hatte auch nicht *Suizidhelfer* gemeint, sondern *Helfer für Suizidgefährdete*.

»Und sie kann uns durchaus verstehen, nicht wahr? Erzähl ihnen von deiner Migräne!«

»Was soll ich denn da erzählen?«

Es war mir peinlich, dass sie mich jetzt alle anstarrten.

»Vielleicht den Vergleich mit den geplatzten Köpfen?«, forderte Alex mich auf und er grinste Franziska triumphierend an.

»Naja, das kann man eigentlich nur verstehen, wenn man es selbst erlebt hat. An manchen Tagen denke ich durchaus, ich halte die Qual in diesem Leben nicht mehr aus!«

Leider gesellte sich nun auch Buchheim zu uns, wahrscheinlich angelockt von der kleinen Traube von Neugierigen um mich herum.

»Jens hat doch mit ihr gesprochen«, Alex legte seine Hand auf meine Schulter. »nicht wahr?«

Ich geriet immer mehr in Bedrängnis. Alle, einschließlich Buchheim und Marc, forderten nun stumm eine Antwort auf Alexanders Behauptung. Was sollte Jens mir schon anvertraut haben? War es nur eine Prüfung herauszufinden, ob ich überhaupt etwas wusste? Ich hatte nicht die geringste Ahnung. Alexander aber sah mich mit hochgezogenen Augenbrauen und zusammengepressten Lippen so zuversichtlich an, dass ich endgültig das Gefühl bekam, meine heimliche Liebe nicht enttäuschen zu dürfen. Aus irgendeinem Grund wollte er mich unbedingt im *Haus der Verlorenen* sehen. Den Pullover der *Verlorenen* trug ich ja schon. Besonders aber Marcs ablehnende Haltung hinter dem Tresen provozierte mich, weiter mitzuspielen. Es wäre auch die Gelegenheit gewesen, mehr über Jens' Leben kurz vor seinem Tod zu erfahren und vor allem sehr viel mehr über Alexander. Und ja, verdammt noch mal, ich wollte gerne dazugehören!

Im Grunde war es nur ein kleines gelogenes Zugeständnis, das ich aussprach, ohne mir die Konsequenzen auszumalen.

»Ja stimmt, Jens hat mir vor seinem Tod so manches über das *Haus der Verlorenen* anvertraut, was niemand sonst erfahren sollte.«

Mehr sagte ich gar nicht. Welchen Umfang mein Wissen hatte, malten sie sich doch selbst aus, und dass es derartig gefährlich für sie sein könnte, um mich der Vorsicht halber für immer an sie zu binden, konnte ich mir wiederum nicht vorstellen.

Buchheim versuchte, sich nichts anmerken zu lassen, doch seine Anspannung konnte er nicht verleugnen. Es gefiel mir, zu sehen, wie seine Stirn mit den Geheimratsecken zu schwitzen begann. Gleichzeitig beunruhigte mich sein Schwitzen, weil ich das Geheimnis fürchtete, das sich hinter dieser glänzenden Stirn verbarg.

»Was genau hat er Ihnen denn nun anvertraut? Kommen Sie mal zur Sache!« Buchheim wurde ungeduldig.

Ich hoffte, dass die Röte meiner Haut mich nicht verraten würde.

»Nun ja ...« Es sollte geheimnisvoll wissend klingen. »... er redete mit mir über ... seinen Plan.«

Marc horchte auf. Er glaubte mir nicht, ich sah es sofort.

»Wann soll er dir das denn erzählt haben? Du bist doch auf seinen Plan genauso hereingefallen, wie ich.«

»Ich sprach ihn im Krankenhaus – bevor er starb.«

Ich wusste genau, dass Marc ihn nicht vor mir im Krankenhaus besucht hatte.

Er schüttelte ungläubig den Kopf.

»Ich hatte bisher nicht den Eindruck, dass du mehr vom *Haus der Verlorenen* wusstest als ich.«

Marc ließ nicht locker. Ich versuchte, meine Begründung so allgemein wie möglich zu halten. Noch mit genügend Andeutungen, dass ich etwas wissen könnte, aber auch nicht zu viel, um mich nicht in Lügen zu verstricken.

»Ehrlich gesagt, war ich auch nicht sicher, ob ich das glauben konnte, was Jens mir da erzählte. Es glich eher einer Beichte. Wovon ich rede, wisst ihr hier doch ganz genau!«

Wenn Buchheim jetzt nach dem genauen Wortlaut von Jens' angeblicher Beichte gefragt hätte, wäre ich entlarvt gewesen, denn im Lügen war ich noch nie gut gewesen. Doch er stellte eine andere Frage. »Und wie stehen Sie zu den Zielen unseres Vereins?«

Nun war ich ungewollt doch gefangen in einem Lügenkonstrukt.

»Ich ...« Was sollte ich sagen? Ich kannte ihre Ziele nicht. »... ich finde sie gut.«

Alexander legte vereinnahmend seinen Arm um mich. Ich sah zu ihm hoch und fand ihn erfreut in die übrigen Gesichter lachen.

»Ich sage doch die ganze Zeit: Sie denkt wie wir! Ist es nicht so?«

Leise räusperte ich mich. »Ja, schon.«

Ich schaffte es nicht, mich da herauszuwinden. Scheinbar reichten ja meine Anspielungen aus, alles in ihnen zu vermuten. Fast hätte ich mir gewünscht, sie hätten mich doch enttarnt und dem Ganzen ein schnelles Ende gemacht.

»Nun, Frau Look ...« Buchheim holte tief Luft. Seine Stirn glänzte noch immer. »Alexander und ich hätten

Sie nicht eingeladen, wenn wir nicht etwas in der Richtung erwartet hätten. In diesem Sinne ist es sicher das Beste, Sie als Mitglied in unsere Gemeinschaft aufzunehmen, damit Sie in die Rechte, aber vor allem auch in die Pflichten des *Hauses* eingeweiht werden. Wir werden den heutigen Abend dazu nutzen, mit den anderen Mitgliedern Ihren Fall zu diskutieren. Dazu können wir Sie jedoch leider nicht einladen, wie Sie sicher verstehen werden.«

Ich verstand nicht wirklich, fügte mich aber allem, was sie meinten und war nur froh, meine Ruhe zu haben. Alexander drückte mich mehr als zufrieden an sich, was ich leider nicht so genießen konnte, wie ich es unter anderen Umständen getan hätte. Im Grunde fühlte ich mich wie seine Marionette.

Er brachte mich mit seinem Wagen nach Hause.

»Du wirst sehen, wir werden eine gute Zeit miteinander verbringen«, schwärmte er. »Und du wirst sehr interessante Leute und Schicksale kennenlernen. Aber das kannst du dir ja denken, nicht wahr? Jens hat dir ja alles gebeichtet.«

Er sagte das mit einer seltsamen Betonung. Glaubte er mir etwa nicht? Warum hatte er mich dann so bedrängt, es zu sagen?

Zum Abschied tat er das, wonach ich mich gesehnt hatte. Er küsste meine Lippen, weich, warm ... und kurz. Es war mehr der Hauch eines Kusses, aber es war ein Kuss, der meine letzten Bedenken dahin schmelzen ließ. Alleine das, fand ich, war meine Lüge wert.

# Lebenslänglich

Die Nachricht über die Bewilligung meiner Aufnahme in das *Haus der Verlorenen* kam nicht von Alexander, sondern über Marc und erschreckte mich fast. Sie wollten mich also tatsächlich in ihren Verein für selbstmordgefährdete Menschen aufnehmen! *Naja, irgendwie könnte ich mich da schon nützlich machen,* beruhigte ich mich selbst und irgendwie gehörte ich wohl dahin. Den Gedanken an ein unheilvolles Geheimnis verdrängte ich.

Am Tag der offiziellen Aufnahme war ich nervös. Ich stand zuhause vor dem Spiegel und probierte verschiedene Kleidungsstücke, die dem Anlass angemessen sein sollten. Am Unpassendsten fand ich jedoch meinen verräterisch verlogenen Gesichtsausdruck. Das musste ihnen doch auffallen! Es war wieder einmal ein Moment, in dem ich am liebsten aus meinem Leben weggelaufen wäre.

Die komplette Gemeinschaft hatte sich um diesen großen ovalen Tisch versammelt und Buchheim begrüßte mich mit einem festen Handschlag, der mich in Versuchung brachte, mir die Hand an der Hose abzuwischen.

»Sie sind also ganz sicher, dass Sie Ihr Leben beenden wollen?«

Obwohl ich nicht verstand, warum jemand einem Selbsthilfeverein beitreten sollte, wenn er ganz sicher ist, sein Leben beenden zu wollen, antwortete ich fest: »Ja!«

»Wir sind eine kleine Vereinigung und aus Gründen unserer Sicherheit wählen wir unsere Mitglieder sehr genau aus.« Buchheim ließ eine wirkungsvolle Strenge über meine Person gleiten und ich spürte, wie sich die Haare an meinen Armen aufstellten. »Dass wir mehr sind, als eine Selbsthilfegruppe oder ein gewöhnlicher Sterbeverein, brauche ich Ihnen ja nicht zu erklären.«

Er wandte sich mit seiner Rede an alle anderen, die um den Tisch herum saßen. Einige von ihnen schienen bei seinen Worten in Gedanken zu versinken.

»Wir alle hier sind uns einig. Jedem Menschen steht das Recht zu, über den eigenen Tod selbst zu bestimmen – sowohl über den Zeitpunkt des Todes, als auch über die Art, wie es geschehen soll. Und wir alle haben einen guten Grund, aus dem Leben zu scheiden …«

Kevin und auch Marc nickten ernst. Wenn das ihr Geheimnis war, hatte ich es bereits mitbekommen und tatsächlich hatte ich ein bisschen mehr erwartet.

»Wir versuchen stets, uns an das geltende Recht dieses Landes zu halten. Dennoch ist die Grenze zu dem was wir tun – oder eben nicht tun – fließend. Deshalb …« Nun durchbohrte Buchheim mich mit seinen Augen. »… muss jeder, der im *Haus der Verlorenen* aufgenommen wird, den Schwur leisten, niemals einem Außenstehenden von unserer wahren Gemeinschaft zu erzählen, am besten überhaupt nichts. Für die anderen da draußen sind wir eine Selbsthilfegruppe. Was wir hier sonst planen oder befürworten, geht niemanden etwas an. Verstanden? Ein Verstoß gegen diesen Schwur gilt als Verrat und Verrat wird bestraft! Sind Sie bereit, diesen Schwur zu leisten?«

Er sah mich so eindringlich an, dass ich nicht wagte zu fragen, welche Bestrafung ich mir vorstellen musste. Sollte ich mich etwa noch vor meiner Aufnahme in die Gemeinschaft nach den Folgen etwaiger Verstöße gegen die Regeln erkundigen?

»Ich lese jetzt die Statuten vor und Sie werden sich zu ihnen bekennen. Lehnen sie auch nur eine ab, wird Ihnen die Aufnahme verwehrt. Die Strafe wegen Verrates gilt aber lebenslänglich!«

*Wie bitte?* Wo war die Notbremse, die ich hätte ziehen können? Allmählich begann der Schweiß unter meinen Achseln, die Bluse zu durchfeuchten. Ich verspürte immer weniger Lust auf die Aufnahme in ihre Gemeinschaft, doch ich konnte nicht mehr *Nein* sagen.

Buchheim öffnete sein schwarzes Buch und legte es so vor mich hin, dass ich mit ihm gemeinsam darin lesen konnte. Die erste Regel betraf das Verbot des Verrates und die Strafe. Das Ausmaß der Strafe wurde nicht genannt.

»Werden Sie diese Regel anerkennen?«

Ich konnte eindeutig nicht mehr zurück.

»Ja.«

»Im ganzen Satz, bitte!«

Meine Stimme zitterte leicht. »Ja, ich erkenne sie an!«

Er blätterte um. Seite für Seite erschienen neue merkwürdige Regeln, die ich laut und im ganzen Satz anzuerkennen hatte.

*Wer dem Verein beitritt, erklärt sich bereit, sein Lebensende selbst zu planen, vorzubereiten und die Durchführung so zu gestalten, dass die Gemeinschaft nicht in polizeiliche oder journalistische Untersuchungen hineingetrieben wird.*

*Die Planung des Lebensendes ist dem Verein vor Ausführung offenzulegen, mit den Mitgliedern zu erörtern und von diesen mit mindestens einer Dreiviertel-Mehrheit zu genehmigen.*

*Bei der Durchführung des geplanten Lebensendes ist es verboten, Außenstehende oder Vereinsmitglieder einer Gefahr auszusetzen. Bombenattentate, Massaker und dergleichen sind nicht erlaubt, Sachbeschädigungen in Grenzen zu halten.*

*Der Tod ist selbst herbeizuführen, ohne direkte Mitwirkung von anderen. Die indirekte Inanspruchnahme von Mitgliedern oder Dritten ist erlaubt.*

*Die Gemeinschaft wird Finanzen für eine angemessene Beerdigung bereitstellen.*

*Das Mitglied hat zu Lebzeiten einen regelmäßigen Beitrag zu entrichten, der vom Vorstand jährlich neu festgelegt wird. Reichen die eingezahlten Beiträge für eine Beerdigung nicht aus, treten die anderen Mitglieder dafür ein. Überschüsse und Spenden der Mitglieder werden vom Verein erwartet und zu diesem Zweck zurückgelegt.*

*Ein Austreten aus dem Verein ist nicht möglich. Einzige Möglichkeit zum Austritt ist der Tod.*

*Weitere Regelungen werden in jährlichen Sitzungen erörtert und detailliert festgelegt und protokolliert. Das Mitglied hat diese, mit mindestens Dreiviertel-Mehrheit getroffenen weiteren Regelungen, zu respektieren und einzuhalten.*

Während ich jede, der mir vorgelesenen sonderbaren Regeln mit »Ja, ich erkenne diese Regel an« bestätigte, sah ich mich tiefer und tiefer in einem morbiden

Sumpf verschwinden, aus dem ich mich kaum noch retten konnte. Was sie vereinte, war ein tödliches Spiel. Mehr noch, sie inszenierten ihren Tod. Sie spielten Theater, Drama, und das Drehbuch bestand aus den makabren Regeln dieses schwarzen Buches. Das Ende jedoch war real. Eine Strafe für Verrat? Wie würde so eine Strafe wohl aussehen?

»Sie sehen recht blass aus. Wollen Sie sich lieber setzen?«

Buchheim flüsterte es mir zu. Sein Atem berührte mein Ohr und er roch nach leerem Magen und getrunkenem Kaffee. Ich ließ mich auf den gepolsterten Holzstuhl hinter mir fallen.

»Wir heben nun unsere Gläser und trinken auf unser neues Mitglied Sarah Look.«

Daraufhin schossen die Gläser in die Höhe und ein Gemurmel ging umher. Alle kamen und drückten mir die Hand, allen voran Alexander, der eine Zeit lang hinter meinem Stuhl stehen blieb, meine Schultern massierte und so tat, als gratulierten sie nicht mir, sondern ihm. Als alle mit dem Händeschütteln durch waren, schickte Buchheim ihn fort, um mit mir alleine zu sprechen und Alexander, der Einzige, dem ich hier vertraute, folgte seiner Anweisung so brav, wie einer von Buchheims Hunden.

Ein bedrohlicher Unterton legte sich in Buchheims Stimme.

»Sie haben doch hoffentlich alles verstanden?!«

Es ging mir nicht gut. »Sicher, das hier ist eine Art Sterbehilfeverein.«

»Das ist nicht ganz falsch, doch wir leisten hier keine aktive Sterbehilfe, so wie sie in den Medien diskutiert wird. Ich weiß ja nicht, wie viel Jens Ihnen tatsächlich erzählt hat. Niemand legt hier Hand an den anderen an. Wir schaffen lediglich vorteilhafte Bedingungen. Wir geben Auskünfte, überlegen, was man machen kann und was nicht und schaffen finanzielle Sicherheiten für danach. Jedes Mitglied soll mindestens ein Jahr lang von seinen Plänen Abstand halten, damit genügend Mitgliedsbeiträge eingehen. Das nur zu Ihrer Information.«

Er hielt inne.

»Glauben Sie an Gott?«

»Ich weiß nicht.«

»Niemand von uns gehört einer Religionsgemeinschaft an. Religionen bestehen, weil sie ein Leben nach dem Tod versprechen. Sie existieren überhaupt nur, weil der Mensch Angst vor dem Tod hat. Wir glauben nicht an ein Paradies oder Ähnliches. Freuen Sie sich auf die Gefühllosigkeit des Todes. Wählen Sie ein schnelles Ende. Übrigens – die Sache mit den Tabletten geht selten gut. Fragen Sie Kevin Bader!«

»Er wollte sich mit Tabletten das Leben nehmen?«

Ich drehte mich um und suchte nach Kevins Gesicht, doch er stand irgendwo außerhalb meiner Sichtweite.

»Übrigens ...«, Buchheim packte mich unsanft am Arm, sodass ich erschrak. »... mit der Einjahressperre nehmen wir es nicht so genau. Sie können auch sehr gerne bereits vorher meinen Segen für Ihren Abschied haben.«

Seine Worte durchfuhren mich. Solche Eile? Er musste mir doch die Chance geben, das alles hier zu verdauen! Warum lebte er selbst noch, wenn er so von seinen Zielen überzeugt war? Ich wagte, es auszusprechen.

»Was ist eigentlich mit Ihnen und Ihrem eigenen Selbstmord? Oder gelten für Sie Sonderregeln?«

»Ob Sie es glauben oder nicht – jemand muss diese Gemeinschaft leiten. Diese Person kann und darf gewiss nicht jedes Jahr wechseln.« Er kniff die Augen zusammen. »Und ich denke, für die Kürze Ihrer Mitgliedschaft, lohnt sich die Erklärung kaum.«

Niemand hörte unser Gespräch mit. Alexander hatte mich ja mit dem Kerl alleine gelassen! Würde er mir glauben, wenn ich ihm gesagt hätte, dass Buchheim mich derart bedrängte? Hätte ihn das überhaupt belastet?

Ich nahm das kleine bisschen Mut zusammen, das ich in den Untiefen meines Geistes finden konnte. »Sie wollen mich tot sehen«, sagte ich, »und zwar bald! Ist es nicht so?«

Ich erwartete ein schuldbewusstes Räuspern, aber Buchheim formte ein falsches Lächeln.

»Warum sollten Sie sonst Mitglied geworden sein? Wie war das noch? *Ich halte die Qual in diesem Leben nicht mehr aus!* Das waren doch Ihre Worte? Oder habe ich da etwas falsch verstanden, Frau Look?«

»Was habe ich Ihnen eigentlich getan, dass Sie mich so hassen?«

»Warum sollte ich Sie hassen? Sie sind ein nettes kleines Mädchen mit einem wohlgeformten Körper. Nein, *hassen* ist nicht der richtige Ausdruck.« Sein Zeigefinger ging zwischen uns hin und her. »Wir beide haben lediglich das Problem, dass Sie zu viel wissen.« Abschätzend musterte er mich. »Es muss ja nicht direkt morgen sein. Wer weiß, vielleicht kommen wir beide einander bis zu ihrem beeindruckenden Abschied sogar noch näher.«

Er fasste sich mit einem ekelhaften Handgriff in den Schritt seiner gebügelten Hose. Mein Kopf wurde heiß. Würde Alexander mir helfen, wenn dieser widerliche Kerl sich an mich heranmachen würde? Ich sah mich um und fand ihn nirgendwo. Was hatte ich nur getan? Wie konnte ich mich in diese absonderliche Gemeinschaft einschleichen und meinen, dass es schon gut gehen würde? Wo war denn Alexander jetzt? Eben hatte ich das getan, was er wollte, hatte meinen unwiderruflichen Schwur auf ihre kranken Absichten geleistet und nun stand er mir nicht bei, als ich ihn brauchte. Er fehlte, wenn ich es recht überlegte, immer dann, wenn Buchheim mich bedrohte.

Plötzlich umschlang Buchheim meinen Kopf mit beiden Händen. Sein Mund kam mir so nahe, dass mir der Geruch daraus die Luft nahm.

»Ich behalte dich im Auge!«, drohte er zischend, mit diesem warmen Atem voll von altem Kaffee. »Du gehörst Alexander, aber sei sicher, dass ich jeden deiner Schritte beobachten werde!«

Er betrachtete noch einen Moment lang mein schauderndes Gesicht, dann presste er seinen Mund auf meine Lippen und leckte mir das Gesicht bis zur Nase nass. Ich schrie erstickt auf und wehrte mich mit Zerren und Kneifen gegen seine Hände an meinem Kopf. Schließlich ließ er los, erhob sich aus seiner gebückten Haltung und grinste von oben herab.

»Und nicht vergessen, ich bin immer in der Nähe! Auch dann, wenn du mich nicht siehst!«

Angewidert wischte ich mir mit dem Ärmel die Lippen trocken. Ich rieb meine Zunge an dem Stoff meiner Bluse und trank ein komplettes Glas Wasser, um den Geschmack dieses Scheißkerls von meiner Haut zu löschen. Was für ein Arschloch! Ich spuckte noch mindestens zehn Mal auf den Boden, bis ich langsam Ruhe fand. Buchheim war in einem der Nebenräume verschwunden, aber ich war mir sicher, dass er mich nach wie vor beobachtete, genauso, wie er es mir angedroht hatte. Und ich war ebenso sicher, dass er noch immer grinste.

Mit einem tiefen Atemzug stand ich auf und ordnete mein Haar. Ich wusste noch nicht, wie ich damit umgehen sollte. Sollte ich mit Alexander darüber sprechen? Oder sollte ich ganz einfach zur Polizei gehen? Was sollte ich denen sagen? Dass Buchheim mich geküsst hatte? Keine ausreichende Belästigung ihn anzuklagen, schätzte ich. Eine Strafe bei Verrat? Meine Gedanken drehten sich im Kreis.

Keiner von den anderen nahm Notiz von meinen zitternden Gliedmaßen, als ich an den Sitzecken vorbei zur Bar ging. Marc stand hinter dem Tresen und unterhielt sich mit Kevin und Larissa, die sich auf Barhockern sitzend anlehnten. Eigentlich hätten sie bemerken müssen, dass ich Hilfe suchte, hätten sie mich nur richtig angesehen. Aber sagen konnte ich ja nichts. Sollte ich sagen: *Euer Buchheim will, dass ich mich schon bald umbringe?* Was hätten sie anderes antworten sollen, als *»ja, und?«*.

Kevin stand auf, als er mich kommen sah, und bot mir sogleich seinen Platz an, wobei er, wie es mir schien, die Gelegenheit nutzte, mit Larissa Schulter an Schulter zu sein. Das zerbrechliche Mädchen hockte auf dem Barhocker, als könnte sie jederzeit vor Schwäche herabsinken. Sie lächelte mir sanftmütig zu.

»Und? Wie fühlen Sie sich jetzt, nachdem Sie die Entscheidung getroffen haben?«

Ich blieb stehen und lehnte neben ihnen an dem Tresen. »Sie meinen die Entscheidung, hier Mitglied zu werden?«

Da war ich mir ganz sicher, mich in ein schlechtes Nest gesetzt zu haben.

»Ich meine die Entscheidung, es tatsächlich zu tun. Das Leben nicht nur in Gedanken hinter sich zu lassen, sondern es wirklich zu machen. Fühlen Sie sich nun besser, als vorher?«

Ihre Stimme klang melancholisch und ich fragte mich, ob sie ähnliche Zweifel hegte wie ich, was ihre Mitgliedschaft betraf. Vielleicht wollte auch sie sich gar nicht wirklich umbringen und war hier gefangen im Dunstkreis von Buchheim, der allen mit Strafe drohte, die seine Gemeinschaft verlassen wollten.

Sie schien sehr viel reifer zu sein, als ihr jugendliches Alter vermuten ließ, wenn man, wie ich, die Ernsthaftigkeit ihrer Worte als Reife deuten wollte.

»Ich weiß noch nicht, wie ich mich fühle«, sagte ich ihr ehrlich. »Das werden die nächsten Tage und Wochen zeigen.«

Ich betrachtete ihr blasses Gesicht mit den dunklen Augen und fehlenden Augenbrauen. »Und Sie? Wie fühlen Sie sich dabei?«

Ihre Augen hatten etwas Trauriges und sie brannten sich in mein Gehirn, als sie meinen Blick erwiderte. Nichts an ihr strahlte irgendeine Begeisterung aus, nur weil sie hier war. Über ihr lag eine Glocke von Erschöpfung und Mutlosigkeit.

»Nachdem mir die Diagnose des Arztes so richtig klar wurde, wusste ich, ich kann nichts anderes mehr fürchten, als den Tod, den ich erwarte. Natürlich weiß ich von der Gefühllosigkeit des Todes. Wer je aus einer

Vollnarkose erwacht ist, weiß, dass man in der Bewusstlosigkeit nichts empfindet. Aber es war immer diese Angst da, vor dem quälenden Dahinsiechen.«

Sie holte tief Luft, bevor sie weitersprach.

»Jetzt wo ich weiß, es gibt eine Möglichkeit, meinen Tod selbst zu bestimmen; nicht zu warten, bis er sich grausam von hinten anschleicht, um mich nach seinem Dünken aufzufressen – finde ich das eine versöhnliche Aussicht. Was sollte man noch fürchten, wenn man die Stunde und die Art des eigenen Todes bereits kennt? Natürlich würde ich lieber leben! Wirklich! Aber ich kann es ja nicht.«

Kevin neben ihr nickte zustimmend. »Bei mir war das anders. Ich wollte schon lange Schluss machen, aber die Angst vor diesem Schritt war einfach zu groß. Es ist die Ungewissheit, glaube ich, die uns Angst macht. Irgendwann wurde ich direkt vor meinem Fenster im Erdgeschoss Zeuge eines schrecklichen Unfalls. Ein Betrunkener aus dem vierten Stockwerk unseres Hauses fiel vom Balkon und schlug genau vor meinem Fenster auf dem Pflaster auf. Ich sah ihn für ein paar Minuten, wahrscheinlich waren es nur Sekunden, ohne dass jemand irgendetwas tat. Er sah so ruhig aus, so friedlich – völlig entspannt. Später erfuhr ich, dass er bereits tot war. Gleich am nächsten Tag nahm ich eine Überdosis Tabletten.«

Die Geschichte mit den Tabletten! Inzwischen hatte ich mich von Buchheims Angriff etwas erholt und ich versuchte, ihn während dieser Unterhaltung zu vergessen.

»Aber es funktionierte nicht?«, fragte ich.

Kevin presste die Lippen zusammen. »Nein, das sollte man höchstens dann versuchen, wenn man ganz sicher ist, nicht gefunden zu werden. Ausgerechnet an diesem Tag bekam ich Besuch von meiner Schwester. Sie schöpfte sofort Verdacht, als ich nicht öffnete und sie ließ die Tür von einem Schlüsseldienst öffnen. Natürlich rief sie den Notarzt und sie pumpten mir den Magen aus. Das war's. Im Krankenhaus lernte ich übrigens Larissa kennen.«

Sie lächelten sich gegenseitig schwermütig an. Larissa im Krankenhaus – sie hatte von einer Diagnose gesprochen. Ich fand es eigentlich unhöflich, sie danach zu fragen, doch dann überwand ich meine Bedenken.

»Darf ich fragen, was … ich meine … welche Diagnose …«

»Krebs!«, sagte sie mit fester Stimme.

»Ach?!«

Ich wagte nicht weiter zu fragen, an welchem Krebs sie erkrankt war und ich dachte an meine Migräne, die mich mehr als einmal an den Rand des Erträglichen getrieben hatte. Wie banal, Migräne gegenüber Krebs! Angesichts meiner abartigen Kopfzerreiß- und Kotzattacken konnte ich mir lebhaft ausmalen, was Larissa in ihrem jungen Alter durchstand. Ich schätzte sie auf siebzehn oder achtzehn, vielleicht war sie auch schon zwanzig, das konnte man schwer sagen. Auf jeden Fall war sie viel zu jung, um zu sterben. Und das wollte sie ja auch nicht. Sie wollte ja leben! Kevin strich ihr zärtlich über die Mütze, die sie stets auf ihrem Kopf trug.

Plötzlich lag ein starker Arm um meinen Hals, kumpelhaft plump. Alex! Da war er also wieder. Der Mann, für den ich mich in dieses beklemmende Abenteuer geworfen hatte und von dem ich nichts wusste, als dass auch er sich umbringen wollte und dass er sowohl Comics als auch Marx las. Ich sah ihm in die blauen Augen und dachte sofort: *Durchgeknallt! Dieser Mann ist total verrückt!* Ihm fehlte diese Melancholie und Ernsthaftigkeit, die Larissa und auch Kevin umgab, völlig. Die beiden an der Bar gaben mir das Gefühl, dass sie genau wussten, was sie hier taten und dass sie auch ihre Gründe hatten. Alex aber, schien mir so unangemessen unbekümmert, als ginge es um nichts, als ein aufregendes Spiel, um das man sich keine weiteren Gedanken machen brauchte. Er sprühte vor guter Laune. Lachend drückte er mir einen schmatzenden Kuss auf die Stirn. Ob ihm überhaupt klar war, wie todernst Buchheim seine Regeln nahm?

Während ich noch vergeblich aus seinem Gesicht zu lesen versuchte, wies Alex mit seinem Zeigefinger auf zwei ältere Herren, die sich weit von den anderen absonderten und ihre Köpfe verschwörerisch zusammensteckten. »Siehst du die da?«

Zögernd folgte ich seinem Blick.

»Die da ... «, Alex rümpfte die Nase, »... die machen nichts mit, keine Ausflüge, keine Gespräche, keine Wortmeldung bei Sitzungen. Manchmal könnte man auch denken, sie sondern sich ab, weil sie zu feige sind.«

Ich war überrascht. Cliquentum innerhalb einer solch eingeschworenen Gemeinschaft? Durfte es so etwas geben? Was sagte Buchheim dazu oder Franziska? Doch dann sah ich, wie Buchheim bei den beiden Unbeliebten Platz nahm und mit ihnen Tee trank.

»Buchheim scheint mit denen aber keine Probleme zu haben«, bemerkte ich, bemüht, diesem Mistkerl einen Makel anzukleben, an dem sich Alex stören könnte.

»Günter meine ich damit selbstverständlich nicht«, korrigierte er jedoch.

»Du bist wohl sehr von Buchheim überzeugt.«

»Auf Günter lasse ich nichts kommen!«

Fast hatte ich mir so etwas gedacht.

»Na, ich bin weniger begeistert von ihm«, rutschte es mir heraus.

Ich überlegte, ob ich Alexander von Buchheims nasser Zunge erzählen sollte. Was würde er dazu sagen?

»Er ist so etwas wie ein Vater für mich, Sarah! Günter hat sich um mich gekümmert, als es mir so richtig dreckig ging und kein einziger Freund für mich da war.«

Ich blickte Alexander an, sah das Feierliche, das er in seine Worte legte, auch in seinen Augen wieder und wusste: Diesem Mann brauchst du nicht mit irgendeiner Anschuldigung gegenüber seinem Übervater zu kommen. Er würde mir nichts glauben, was Buchheim zuvor geleugnet hätte.

»Nein, auf Günter Buchheim lasse ich nichts kommen!«, wiederholte er nachdenklich.

»Dann ist das wohl so«, sagte ich.

»Was?«

»Nichts ... ich meine, dann ist das wohl so, dass Buchheim so was wie ein Vater für dich ist.«

Alexander nickte und legte nun die Ernsthaftigkeit in seine Miene, die ich eben noch vermisst hatte. »Ja, das ist er!«

Ich gab es bereits an diesem Abend auf, ihn davon überzeugen zu wollen, dass Buchheim ein Arsch war. Wenn, dann musste er das schon selbst bemerken. Das allein war meine einzige Chance, Alexander für mich zu gewinnen.

Gewissensbisse – sind sie nun Werkzeug von Menschlichkeit oder schlicht eine Plage anerzogener Moral, die uns gefällig macht? Zuhause jedenfalls quälten sie mich. Ich wusste nicht nur von Larissa und Kevin, ich wusste – ohne sie näher zu kennen – von zehn Menschen, die ernsthaft planten, sich umzubringen, wenn mir auch nicht genau bekannt war, wann und warum. War ich nicht dazu verpflichtet, das irgendwo zu melden? War die Tatsache, dass diese Menschen im Verein gemeinschaftlich ihren individuellen Tod planten, ein Verbrechen? Ich frage mich noch heute: Ist es unterlassene Hilfeleistung, dass ich nichts dagegen unternahm, oder war es eher anstößig als sträflich? Das Richtige wäre wahrscheinlich gewesen, zur Polizei zu gehen, ich weiß. Aber, was war schon geschehen bis jetzt? Sie machten doch alle einen äußerst lebendigen Eindruck. Ich wusste von keinem Einzigen, dass er sich heute oder morgen auf die Bahngleise werfen wollte oder im Pool ertränken. Diese Menschen lebten. Sie lebten in ihrer eigenen bewegenden Welt und irgendwie nahm ja auch jeder von ihnen ehrlichen Anteil am Schicksal der anderen. Diese Welt war nicht schlecht, sie war nur anders. In einem hatte Buchheim recht, die andere Welt, die da draußen, die erträgt sie nicht. Im Grunde aber war es eine Gemeinschaft, wie jede andere auch, mit gemeinsamen Aktivitäten, mit Querelen, Spaß und Sticheleien.

## Das Streben nach Tod und Leben

Meine Arbeitstage vergingen wie im Flug. Doch die Abende, das heißt, die Abende im *Haus der Verlorenen*, die ich inzwischen täglich dort verbrachte, wirkten auf mich, wie der Mittelpunkt der Tage überhaupt. Ich freute mich, wenn Kevin mich mit einem Lächeln begrüßte und Franziska Anekdoten aus ihrem Alltag erzählte; wenn Marc schwätzend hinter der Bar stand und Alexander seine frechen Späße trieb oder Gitarre spielte. Larissa sang dann mit. Sie hatte eine leise, aber wunderschöne Stimme. Wir unterhielten uns über gesellschaftliche Probleme und Politik, besuchten das Günter-Grass-Haus in Lübeck und fuhren für die *Körperwelten*-Ausstellung für ein Wochenende bis in die Schweiz: Kunst aus Leichen! Wie passend! Und wie zu erwarten, hing Alex an jedem Exponat nahezu mit der Nase im Gedärm. Er war fasziniert von den geöffneten Leibern der Toten und skizzierte einige der Ausstellungsstücke erschreckend genau nach, während Kevin und Marc eher still beeindruckt daran vorbeischlenderten. Larissa und mir muteten sie wenig anziehend an – eher gezwungen exhibitionistisch und ihrer Ruhe entrissen … aufs Intimste zur Schau gestellt. Nur zurückhaltend wagte ich einen Blick auf ihre entblößten Gehirne. Wir stritten noch lange über sittliche Grenzen von Kunst.

Das *Haus* war ein Zuhause für uns und über Wochen hatte ich das Gefühl, dass das ewig so weiter gehen könnte. Jeden Gedanken an die morbiden Wurzeln unserer Gemeinschaft verdrängte ich. Nur Buchheim fürchtete ich nach wie vor. Da er sich jedoch meistens zusammen mit den zwei steifen älteren Herren von uns jungen Leuten fernhielt, schob ich auch das beiseite. Ich vergaß ihn einfach und seine Drohung ebenfalls.

Eines Abends kam ein Mann in das *Haus der Verlorenen,* den ich bisher noch nie gesehen hatte. Er war ein braun gebrannter Mittvierziger, der sehr unzufrieden aussah, und er setzte sich an einen der niedrigen Tische, wobei er nur kurz brummend diejenigen, die ihm begegneten, grüßte. Scheinbar war er allen bekannt, denn aus mehreren Ecken sahen sich die Mitglieder nach ihm um. Einige nannten ihn bei seinem Namen: Jochen. Er schien sehr mürrisch und bedrückt und jeder, der in seine Nähe kam, nahm Rücksicht auf ihn. Sie verhielten sich anders als sonst und vermieden das Gespräch mit ihm. Wer aber einem Wortwechsel nicht ausweichen konnte, tat das behutsam und leise. Es schien eine Art Trauer um ihn herum zu sein, die seine gesamte Umgebung vereinnahmte. An einem anderen Ort lachten sie noch, hier legten sie ihre Stirn in Falten. Ich begann, aus diesen Beobachtungen heraus, insgeheim Spekulationen über schwere Erkrankungen, Depressionen und mögliche Trauerfälle in seinem Leben anzustellen, was mich schließlich so neugierig machte, dass ich seine Nähe suchte. Nur, um etwas mehr von ihm zu erfahren, Wortfetzen aus Unterhaltungen vielleicht, die mich auf die richtige Spur bringen konnten. Mit meiner Teetasse in der Hand schlich ich also angeblich gedankenverloren zu seinem Tisch, wo sich inzwischen Buchheim zu ihm gesellt hatte.

»Wie geht es dir, Jochen?«, fragte Buchheim ihn.

Jochen wandte sich übel gelaunt von ihm ab.

»Wie soll es mir schon gehen – gut, wie immer!«

Viel mehr konnte ich nicht aus ihrer Unterhaltung aufschnappen, weil sich der Abstand zu ihnen als zu groß erwies. Im Gemurmel ringsherum fing ich aber das Wort *Krebs* auf und ich war mir gleich sicher, dass es sich dabei nicht um das krabbelnde Meerestier handelte. Nur diese Antwort *»Gut, wie immer«* passte nicht dazu und stellte mich vor ein unlösbares Rätsel. Doch mich Buchheim noch mehr zu nähern oder gar diesen Jochen anzusprechen, der sorgenvoll missmutig dreinblickte, wagte ich nicht. Ich gehörte zwar zur Gemeinschaft, aber sie teilten noch nicht alles mit mir. Dass es mich schmerzte, musste ich mir eingestehen. Kein anderer sonst schien sich etwa vor Buchheim zu fürchten.

Mein Blick fiel auf Kevin und zwei andere junge Männer, die sich in einer abgelegenen Sitzgruppe auch heute wieder mit diesem rätselhaften Faltblatt beschäftigten. Sie hingen mit gebeugten Köpfen darüber und flüsterten. Ich fragte mich schon lange, was die drei so Geheimnisvolles ausarbeiteten, das niemand mitbekommen durfte. *»Sie schmieden Pläne«*, hatte Alex gesagt. Selbstmörderische Pläne? An diesem Tag kroch die Erinnerung an den Zweck unserer Gemeinschaft wieder an die Oberfläche meines Geistes.

Gemächlich schlenderte ich hinter die Rücken der beschäftigten Männer und versuchte, ohne mir Böses zu denken, von ihren Plänen etwas zu erhaschen, bis Kevin sich auf einmal umdrehte. Er betrachtete mich freundlich, obgleich mir bewusst wurde, dass ich sie belauscht hatte.

»Na, Sarah«, sagte er, »du willst wissen, was wir hier planen, oder?«

Seine Direktheit erschreckte mich. Ich fühlte mich

hässlich ertappt. Nie hatte ich jemanden in diesen Räumen die anderen ausspionieren sehen, doch Kevin schien nicht beleidigt oder verärgert. Im Gegenteil, er blickte verständnisvoll auf meine erschrockenen Augen und dann sagte er mir das Unfassbare völlig ungerührt ins Gesicht. Sie planten ihren gemeinsamen Selbstmord! Einen besonderen Selbstmord! Er sagte das, als wäre es das Normalste der Welt, wie ein Projekt, das man bearbeitet und für das man einen Ablaufplan erstellt.

Natürlich wusste ich, dass meine Freunde im *Haus der Verlorenen* letztendlich alle zum Selbstmord entschlossen waren. Es war mir jedoch nie in den Sinn gekommen, dass sie es direkt vor meinen Augen planten. Ich hatte es immer nur als ein bedrückendes Ereignis in ferner Zukunft betrachtet, nie dachte ich dabei an die Gegenwart.

Ab diesem Tag wurde alles anders. Selbst, wenn es später Abende gab, an denen ich all das besser verdrängen konnte, blieb ab da an ein stetiges beklemmendes Gefühl, wenn ich diese Räume in der Weberstraße betrat.

Kevin summte vor sich hin, irgendetwas ohne echte Melodie. Dabei schmunzelte er ganz leicht und strich sich über sein rötliches Haar.

Ein besonderer Selbstmord? Was konnte man mehr tun, als sich von einer Brücke fallen zu lassen, Tabletten zu nehmen oder vor ein Auto zu werfen? Schon Augenblicke später wurde mir klar, wie wenig Vorstellungskraft ich bislang dazu entwickelt hatte. Meine Fantasie reichte nicht aus, um mit ihrem makabren Einfallsreichtum mitzuhalten. Nein, darin waren sie mir um Längen voraus.

Kevin stimmte sich kurz mit seinen Mitstreitern ab und winkte mich anschließend heran. Es war nicht selbstverständlich, dass sie mich in ihr Geheimnis einweihten.

»Aber pst! Wir möchten nicht, dass uns jemand die Idee klaut, klar?! Wir wissen nämlich noch nicht, ob wir es wirklich heute bekannt geben.« Kevin flüsterte es und die anderen blickten mich verschwörerisch an.

»Wer sollte eure Idee klauen?«

»Naja, du bist noch nicht so lange dabei und ich weiß ja nicht, was du selbst mal vorhast. Es gibt eine Art internen Wettstreit unter den Mitgliedern, möglichst originelle Einfälle zu präsentieren. Eine schon einmal da gewesene Vorstellung will ja wohl niemand nachmachen.«

Er nahm mich bei der Hand und zog mich in ihre Mitte. »Sieh dir das an!«

Andächtig öffnete er das von mir so begehrte Faltblatt. Was ich darauf zu Gesicht bekam, fesselte mich aber keineswegs. Ich konnte nichts von ihrem Plan ablesen. Es war nichts, als ein bemaltes Blatt Papier, am Rand beschrieben mit Daten und Uhrzeiten.

»Na? Was sagst du?«

Erwartungsvoll sahen sie mich an. Doch ich musste passen. »Das sagt mir nichts.«

»Aber das erklärt sich doch von selbst!«, meinte Kevin entrüstet.

Peinlich berührt nahm ich mir das Blatt noch einmal vor und untersuchte es genauer. In drei Kreisen auf dem Papier entdeckte ich die Namen der drei jungen Leute, Kevin, Patrick und Tim. Dort wollten sie sich also positionieren. Aber zu was? Ich konnte mir absolut nicht vorstellen, was sie vorhatten.

»Aha!«, sagte ich deshalb einfach.

»Und? Was sagst du nun?«

»Tja ... nicht schlecht.«

»Nicht schlecht?! Ich glaube, du hast keine Ahnung, wie schwierig das sein wird.«

Doch Kevin fasste mich sogleich beschwichtigend am Handgelenk. »Aber das macht nichts. Wer selbst kein Fallschirmspringer ist, macht sich keine Vorstellung davon. Von Weitem betrachtet sieht ja alles so leicht und einfach aus. Die springen da ab und formieren sich. Alles ganz easy! So ist es aber nicht!«

Erneut flüsternd tauschte sich Kevin mit Tim und Patrick aus und nach deren zustimmendem Nicken hob er seine Hand, um die übrigen Freunde im *Haus* auf sich aufmerksam zu machen.

»Hallo ... wenn ihr alle mal zuhören würdet?!«

Man horchte auf. Neugierde machte sich breit, anscheinend ahnten sie, was jetzt gesagt würde, und bald fanden wir uns von allen umringt. Nur Buchheim blieb mit aufmerksam erhobenem Kopf bei dem niedergeschlagenen Jochen sitzen.

Bedeutungsvoll legte Kevin eine so lange Pause ein, bis alle ihre aufgeregten Unterhaltungen eingestellt hatten. Dann nahm er sich einen Stuhl und stellte sich darauf, um in die Runde zu blicken. »Ich gebe bekannt, dass meine Freunde und ich ...«, er wies auf seine beiden lächelnden Begleiter, »... unseren Plan zu unserer Verabschiedung vollendet haben.«

Erfreute Unruhe bewegte die kleine Menge um die drei jungen Männer.

»Unser Plan sieht wie folgt aus ...«

Patrick und Tim hielten, auf Kevins Zeichen hin, das Faltblatt ausgebreitet in die Höhe, damit es jetzt von jedem eingesehen werden konnte. Kevin nahm ein langes Lineal als Zeigestock und wies während seiner Ausführungen auf die dort eingezeichneten Symbole.

»... sobald wir mit dem Flugzeug gestartet sind, werden wir eine Meldung an die Wartenden geben und uns für den Absprung vorbereiten. Vorbereiten bedeutet, unsere zuvor aus Alibigründen angelegten Fallschirme abzulegen. An diesem hier als Kreis eingezeichneten Punkt werden wir abspringen, uns zu einer Dreierfigur formieren und genau auf diesem Feld auftreffen – Hand in Hand.« Er wies auf einen Kreis auf dem Blatt. »Dort ...«, sein Lineal berührte einen weiteren Fleck. »... ist unser Haus am Waldrand und ihr könnt aus sicherer Entfernung an unserem Lebensende teilhaben.«

Während mir der Mund offen stehen blieb, erklang Beifall und die Mitglieder machten große Augen wegen dieser spannungsreichen Aussichten. Nur Larissa fand ich weniger begeistert. Sie stand etwas entfernt und verfolgte Kevins Bekanntgabe ohne besondere Freude. Sie klatschte auch nicht und ich vermutete, der Grund für ihre Zurückhaltung lag bei Kevin, mit dem ich sie oft genug Arm in Arm gesehen hatte.

»Wann soll das denn stattfinden?«, rief Buchheim von hinten, den Taschenkalender gezückt.

»Am 12. November! Wir hoffen, dass das Wetter mitspielt, sonst müssen wir verschieben.«

Erregt verfielen sie in Diskussionen, derweil ich kaum verinnerlichen konnte, dass diese Ankündigung vollkommen ernst gemeint war. Verblüffend, wie viel Mühe und Sorgfalt sie für ein Vorhaben aufwanden, das sie letztlich zu Tode bringen sollte. Es kam mir vor, als stünde ich als Statist mitten in einem Film, in einem

Theaterstück mit eher schlechteren Schauspielern und ich meinte, gleich müsste jemand mit einer Klappe klatschen und den Spuk beenden.

»Wie steht es eigentlich mit Ihnen?«

Buchheim stand auf einmal mit seinem Taschenkalender vor mir. Ich zuckte für alle erkennbar zusammen, als ich ihn sah. In den letzten Wochen hatte ich einiges getan, um ihm aus dem Weg zu gehen und irgendwie gehofft, er könnte mich genauso vergessen, wie ich ihn.

»Ja, was ist mit dir?«

Auch Kevin hatte sich mir zugewandt und es mit seiner lauten Frage geschafft, auch die Aufmerksamkeit des Restes, der an seinen Lippen hängenden Anwesenden, auf mich zu lenken.

Ich wusste, wovon sie sprachen und was sie erwarteten, doch natürlich hatte ich nicht das Geringste beabsichtigt. Es ging mir doch gut. Seit ich im *Haus der Verlorenen* ein und aus ging sogar besser, als lange zuvor. Sogar meine elenden Kopfschmerzen hatten sich gelegt, meine Einsamkeit sich geschmälert, meine Schuldgefühle Jens gegenüber waren verblasst und meine Hoffnung auf Alexanders Zuneigung gewachsen. Warum um alles in der Welt sollte ich mich jetzt umbringen wollen?

»Ich dachte, vor Ablauf eines Jahres darf man sowieso nichts ausführen – wegen der Mitgliedsbeiträge«, wendete ich zaghaft ein.

»Sicher!«, sagte Buchheim. »Aber Sie werden doch schon eine Grundvorstellung haben. Das mit dem einen Jahr, sagte ich Ihnen ja bereits, nehmen wir hier nicht so genau. Sie können sich ruhig schon damit befassen.«

Ich verfluchte ihn innerlich. Sein herausfordernder und beunruhigender Tonfall machte mir klar, dass er meine Mitgliedschaft ganz und gar nicht so arglos hinnahm, wie ich es im Nachhinein gehofft hatte. Gespannte Augenpaare blickten mich an. Sollte ich etwa zugeben, dass ich hier nur so reingerutscht war, ohne je ernsthaft an die Erfüllung ihrer todessüchtigen Vorstellungen zu denken? Dass ich sie betrog, mich eingeschlichen hatte in ihre verschworene Gemeinschaft, nur um teilzuhaben, um dazuzugehören, um Alexander nahe zu sein? In Gedanken sah ich ihre enttäuschten Blicke, Alexanders verletztes Gesicht und Buchheim in seinem schwarzen Buch nach einer unaussprechlichen Strafe blättern.

Ich rang um eine Ausrede.

»Bis jetzt habe ich nichts Vernünftiges in der Schublade. Aber es ist ja auch nicht so einfach, mit euch Schritt zu halten. Auch ich möchte natürlich nicht ganz alltäglich aus dem Leben gehen und mich erst einmal von euch inspirieren lassen.«

Mein Einwand wurde allgemein als gerechtfertigt empfunden, ich sah es an ihren Gesichtern, allerdings nicht von Buchheim.

»Das trifft genau das, was ich hier schon öfter angesprochen habe. Dieses *eine Jahr* und dieses ständige Planen besonders ungewöhnlicher Vorhaben hemmen mehr, als dass es vorantreibt.«

»Aber es macht uns Spaß und das ist, neben der Absicherung nach dem Tode, doch Sinn und Zweck unserer Mitgliedschaft. So empfinde ich es jedenfalls«, warf Kevin ein und fand dafür große Zustimmung. »Sonst könnte man es doch gleich im einsamen Kämmerlein machen.«

»Ihr sollt ja euren Spaß haben. Ich verstehe ja ...« Buchheim verzog den Mund und schüttelte den Kopf. »... Übertreibt es nur nicht so«, war schließlich sein Rat, woraufhin er mich zum Glück in Ruhe ließ und zurück zu diesem Jochen ging.

Ich atmete auf. Für heute war es gut gegangen. Allerdings schien mir nichts anderes übrig zu bleiben, als zu den nächsten Treffen ab und zu ein paar Selbstmordideen mitzubringen, die ich ja dann wieder verwerfen konnte. Ein Jahr – im Moment erschien es mir eine lange Zeit bis dahin. Über das, was ich nach Ablauf dieser Schonfrist tun sollte, wollte ich mir noch keine Gedanken machen. Ich wollte im *Jetzt* leben. Mein Blick fiel auf Alexander, der sich auch der neugierigen kleinen Menge angeschlossen hatte und jetzt Marc zum Tresen folgte. Er sagte nichts, er sah nicht enttäuscht aus, aber auch nicht zufrieden. Mit undurchsichtigem Ernst lehnte er sich an die Bar und nippte mal wieder an einem Glas. Er trank deutlich zu viel. Eine Tatsache, die mir immer mehr missfiel. Ständig lag ein Glas an seinen Lippen, roch sein Atem nach Alkohol, auch wenn man ihm sonst kaum etwas anmerkte. Es stimmte nicht, was Buchheim behauptet hatte. Alex vertrug sehr wohl eine Menge Alkohol. Ein Wunder, dass man es ihm noch nicht ansah. Er sprach mich nicht mehr an, an diesem Abend, und auch ich ging ihm aus dem Weg.

Am nächsten Tag durchsuchte ich das Internet nach außergewöhnlichen Todesfällen. Ich dachte, diese traurigen Fälle könnten mir als Anregung dienen. In jeder weiteren freien Minute dachte ich darüber nach, was ich ihnen als Köder hinwerfen könnte. Es war etwas Unheimliches dabei, seinen eigenen Tod im

Geiste zu planen, auch wenn ich es ja in Wirklichkeit nicht wahr machen wollte. Es war etwas Kribbelndes – das Wissen darum, etwas ethisch völlig Unmögliches, ja etwas Verbotenes, zu tun. So musste sich jemand fühlen, der von innen eine Toilettentür beschmierte, ein Mörder, der seine perverse Tat im Geist durchspielte, ein Terrorist vor einem Anschlag. Niemand bemerkte, was in meinem Geiste ablief, und niemand durfte davon erfahren. Gedanken sind frei, solange niemand von ihnen erfährt.

Ich fand einiges Makabres im Netz. Aber ich konnte mich weder für U-Bahn-Surfen noch für einen Sprung in ein Eisbärgehege oder Ähnliches erwärmen. All das erschien mir viel zu brutal und vor allem zu schnell durchführbar. Was ich brauchte, war Zeit. Doch Zeit wozu? Was wollte ich im *Haus der Verlorenen* erreichen? Wollte ich den Selbstmordkandidaten helfen? Bisher hatte ich noch keine Versuche unternommen, irgendwen vom Sinn des Lebens und vom Streben danach zu überzeugen. Selbst Marc ließ ich widerspruchslos immer tiefer in seine selbstmörderischen Absichten hinein sinken. Nein, ich wollte Marc nicht retten. Ich wollte Alexander! Ihn mussten sie mir geben! Darum ging ich Abend für Abend dorthin, redete ich mir ein. Dass ich mich in ihrer Gesellschaft immer wohler fühlte, war ein schöner Nebeneffekt, den ich einerseits genoss, der mir andererseits aber etwas Angst vor mir selbst machte.

Es sollte mir doch gelingen, innerhalb eines Jahres wenigstens Alexander zur Vernunft zu bringen und vom Streben nach dem Leben zu überzeugen. *Buchheim,* dachte ich, *der alte Mann ist der Antreiber.* Seine Gehässigkeit, sein Drängen mir gegenüber, machte es mehr als deutlich. Ich musste Alexander seinem Einfluss entziehen und ihn davon überzeugen, dass Buchheim das Übel in Person war.

# Der Crash

Am Nachmittag stand Marc vor der Tür. Er wollte unbedingt mit mir zu einem leer stehenden Industriegelände fahren, warum auch immer. Das schlechte Gewissen ihm gegenüber bewegte mich dazu, nachzugeben. Vielleicht, ganz vielleicht, wollte ich mich auch um Marcs Leben bemühen.

Marc sprach unterwegs dauernd von einem *großen Crash*. Es dauerte eine Weile, bis ich begriff, dass er die ganze Zeit über seinen kommenden Tod sprach.

Er wollte möglichst alle Details bei der Ausarbeitung seines Planes berücksichtigen und mit mir gemeinsam den Originalschauplatz seines heldenhaften Finales körperlich erkunden. Seine Wahl war auf ein stadtnahes verlassenes Industriegelände in Essen West gefallen. Während der Fahrt dorthin packte mich immer wieder die Erinnerung an unsere nächtliche Geisterfahrt auf der A40 und vor jeder möglichen Einbiegung auf eine falsche Fahrspur krallte ich mich in den Beifahrersitz, sodass mir ein Fingernagel umknickte. Er parkte den Wagen direkt auf dem Gelände einer ehemaligen Metall verarbeitenden Fabrik. Die Wege waren von Bauschutt übersät. Angefangene und wieder abgebrochene Abrissarbeiten hatten ihre Spuren hinterlassen. Das Gebäude stand noch zum größten Teil, die verbliebenen Fensterscheiben waren zerborsten und die spitzen Zacken der Glasreste gaben dem verlassenen Ort ein noch einsameres Aussehen.

Marc balancierte über das Geröll, das, außer aus den rötlichen Steinbrocken der Außenmauern, auch aus Draht und vor allem Beton bestand. Ich stolperte hinterher. Wir drangen tiefer in das Gelände vor, wo die Abrissarbeiten noch nicht einmal begonnen hatten. Dort fand er Untergrundverhältnisse, die ihm einigermaßen zusagten. Aber so ganz zufrieden war er noch nicht.

»Das braucht tatkräftige Unterstützung«, murmelte er. »An sich ist der Ort geeignet, aber da ist wirklich noch einiges vorzubereiten.«

Ich beobachtete ihn, wie er lange die weit entfernte massive rote Mauer des Gebäudes betrachtete.

»Was hast du eigentlich vor?«

Es überraschte mich selbst, dass ich mich wirklich für sein Befinden interessierte.

Geistesabwesend sah er mich kurz an, dann wanderte sein Blick wieder lange Zeit zu der Mauer des Gebäudes zurück. Schließlich sprach er, ohne mich anzusehen.

»Ich habe das alles schon zig Mal durchgeplant. Ich sehe es vor mir. Wie ich den Autoschlüssel aus dem Innenteil meiner Lederjacke nehme und ihn ein paar Mal um meinen Finger wirbele. Dann steige ich ein – langsam, damit jedem dieser Augenblick in Erinnerung bleibt, in der Gewissheit, mich das letzte Mal lebend gesehen zu haben. Bevor ich losfahre, vergesse ich nicht, das Verdeck zu öffnen. Zündung! Der Wagen springt sauber an, wie immer. Ich achte darauf, dass ich mich nicht anschnalle. Dann lege ich den Gang ein und fahre – rückwärts! Denn ich brauche mehr Schwung. Tags zuvor haben sie mit mir gemeinsam die Distanz ausgemessen, die mindestens nötig sein muss, um zu einem tödlichen Crash an der Mauer zu führen. Sie reicht mir an diesem Tag aber nicht mehr. Ich will vollkommene tödliche Sicherheit. Nach etwa zweihundert Metern – mehr sind örtlich nicht drin – stoppe ich. Durch die Frontscheibe sehe ich die Mauer. Diese Steine werden das Letzte sein, was ich sehe – alte dicke Steine eines verlassenen Industriegebäudes. Ich schalte in den ersten Gang und lasse den Motor aufheulen. Es darf nichts schief gehen. Ich gebe Vollgas. Die Räder quietschen, drehen sich durch und ich rase auf die Mauer zu. Alles geht blitzschnell. Die Mauer kommt näher, ein lauter Knall und Schluss. Keine Gefühle mehr. Das war's.« Er drehte sich um. »Buchheim sagt, der Tod ist süßer als das Leben.«

Schweigend hörte ich ihm zu und beobachtete seine müden Augen. Ich war sprachlos. Und betroffen! Wie hatte ich Marc nur mit seinen Schuldgefühlen und mit seinem inneren Kampf so alleine lassen können?

Seine Augen blinzelten mich bekümmert an. »Doch es gibt ein Problem.«

Ich ließ mir meine Betroffenheit nicht anmerken. »Welches Problem?«

»Seit Monaten bin ich nicht mehr derselbe, der ich mal war«, gab er zu. »Seit der elenden Geschichte mit Jens habe ich gewisse Ängste. Es ist mir peinlich, darüber zu sprechen. Vor was genau, weiß ich nicht einmal. Manchmal ist alles gut, doch manchmal, ohne Vorwarnung, bricht mir der Schweiß aus, zittere ich am ganzen Körper und kann mich nicht vom Fleck rühren. Dann wieder könnte ich weglaufen, kopflos, irgendwo hin, völlig sinnlos. Was, wenn ich plötzlich vor der Mauer Panik bekäme? Blamage! Wie stünde ich da? … Nein, ich weiß noch nicht. Vielleicht muss ich einen anderen Plan fassen … obwohl ich finde, ein solcher Crash hätte mein Leben irgendwie abgerundet. Findest du nicht? Ich kann das langsam auch nicht mehr aushalten. Es muss ein Ende haben, dieses Grübeln und Selbstzerfleischen. Freunde im *Haus der Verlorenen*, gut und schön, aber letztlich bleibt man mit sich doch allein, oder? Und einzig dieser Plan macht die kleine Zukunft, die ich vor mir sehe, erträglich.«

Hilfe suchend sah er mich an und ich blieb eine Weile stumm. Ich wollte nicht, dass er seinen Plan je in die Tat umsetzte, doch ich sagte es nicht, weil ich ihn verstand in diesem Moment. Ich wusste, wie er sich fühlte, wie es an ihm genauso nagte, wie an mir. Es hätte sein Leben tatsächlich abgerundet. Ja, so sah ich das. Doch das, was ich dachte, wollte ich ihm nicht sagen.

»Vielleicht denkst du einfach noch mal darüber nach. Du hast ja noch Zeit.«

Ich weiß, dass es viel zu wenig war, was ich sagte, aber Marc nickte.

»Vielleicht hast du recht«, antwortete er.

»Genau – und vielleicht ist dieses Gelände auch nicht der richtige Ort für deinen Plan! Überlege mal – die Mauern sind alt …«

»Aber sie sind extrem massiv!«

»… sie könnten aber auch zu sehr nachgeben, denke ich. Warum auch gerade hier?«

»Hier kann ich mich gut vorbereiten. Es ist so verlassen, dass kaum einer hierher kommt. An einen Brückenpfeiler habe ich auch schon mal gedacht …«

»Also ich würde diesen Mauern nicht trauen.«

Sein Blick schweifte gedankenversunken zum Gemäuer. »Ja … mal sehen.«

# Komposition eines Lebens

An einem der nächsten Sonntage war Vereinssitzung. Buchheim wollte etwas Wichtiges besprechen, deshalb setzten wir uns alle an diesen großen ovalen Tisch, der auch für mein Aufnahmeritual gut gewesen war. Ich hoffte, dass er nicht über mich sprechen wollte, da ich noch immer nichts verkündet hatte, was er gerne gehört hätte. Einige beschäftigten sich mit mitgebrachten Unterlagen, andere diskutierten flüsternd miteinander. Neben mir saß Larissa, daneben Alexander. Ich bedauerte, dass Alex nicht an meiner Seite saß. Er machte sich rar in meinem Leben, anders, als ich es mir erhofft hatte, als ich in diesen Verein eintrat. Mir war, als entfernte sich Alexander desto mehr, je näher ich ihm kam.

Buchheim erhob die Stimme und erklärte die Sitzung für eröffnet. Seine Autorität sorgte schnell für Ruhe.

»Es gibt einen offiziellen Tagesordnungspunkt, der zu besprechen ist. Und zwar die unerfreuliche Häufung von Selbstmorden, welche die Öffentlichkeit erregen und auf unseren Verein aufmerksam machen.«

Er nahm seine Lesebrille ab.

»Ich spreche es nicht zum ersten Mal an, dass ich sehr besorgt darüber bin. Also noch einmal: Niemand, aber auch wirklich niemand, darf vom eigentlichen Sinn unserer Gemeinschaft erfahren! Die Welt hat kein Verständnis für uns. Wer von unserer Vereinigung erzählt, verrät uns alle und macht sich schuldig.«

Sein Blick wanderte über unsere Köpfe hinweg und blieb, wie ich bereits befürchtete, lange an mir haften. Ich ertrug seinen Blick nicht und tat so, als suchte ich etwas in meiner Jackentasche. Irgendwann gab er es wohl auf und fuhr fort: »Muss es denn immer so aufsehenerregend sein? Geht es nicht etwas alltäglicher?«

An dieser Stelle gab es ein erstes unerfreutes Geraune. Alexander meldete sich zu Wort.

»Jeder von uns hat das Recht auf einen selbst gewählten Tod. Gerade, um ihn selbst zu wählen, sind wir hier Mitglieder geworden.«

Ich lachte innerlich, weil ich mich darüber freute, dass ausgerechnet Alexander Buchheim widersprach. Offensichtlich war er doch keine bloße Marionette Buchheims, wie ich es zwischenzeitlich befürchtet hatte.

»Den Tod kann man nicht wählen. Er ist immer derselbe!«, warf jemand von der anderen Tischseite ein.

»Dann eben das Sterben!« Alexander regte sich sofort auf und sprang vom Stuhl. »Das spielt doch keine Rolle jetzt! Jeder weiß, wie es gemeint ist.«

Buchheim mahnte zur Ruhe und bedeutete Alex, sich zu setzen, was dieser aber nur zögerlich befolgte. Die braune Farbe seiner Gesichtshaut rötete sich immer mehr.

»Was du sagst, ist richtig, Alexander, doch wir müssen an den Schutz unserer Gemeinschaft denken. Ihr alle dürft so sterben, wie ihr es für richtig haltet. Aber bitte, bitte, wählt eine Form, die unsere verdeckte Arbeit nicht gefährdet.«

»Jawohl, wir wollen nicht durch die Sensationslust Einzelner unser *Haus der Verlorenen* verlieren!« Dieser Zwischenruf sorgte wiederum für Aufregung.

»All diese Verabschiedungen, die jetzt für Aufregung sorgen, sind doch mit einer großen Mehrheit genehmigt worden«, gab Kevin zu bedenken.

Nun hatte Buchheim doch große Mühe, die Ordnung wiederherzustellen. Man rief über den Tisch hinweg und sprach durcheinander.

»Vielleicht sind wir jetzt an einen Punkt angelangt, an dem die unterschiedlichen Grundeinstellungen zu unseren Zielen deutlich werden. Wir müssen ein Auseinanderklaffen unserer Gemeinschaft unbedingt vermeiden. Das gefährdet uns alle.«

Zu diesen Sätzen von Franziska nickten die meisten wieder zustimmend, sogar Buchheim.

»Es sollen zwei Leute bestimmt werden, die das Für und Wider unserer Diskussion als Vorlage zur nächsten Sitzung – sagen wir im März – ausarbeiten.«

Forschend blickte Buchheim auf die Versammlung. Als seine Augen auf meine trafen, murmelte er undeutlich etwas, was ich erst Sekunden später für mich übersetzte und was mir das Blut aus dem Kopf weichen ließ: »Ja – Sie werden dann wohl nicht mehr bei uns sein.«

Alexander und sein Kontrahent von vorhin meldeten sich freiwillig.

»In Ordnung – ihr beiden!«, bestimmte Buchheim, völlig losgelöst von meinem entsetzten Gesichtsausdruck, der ihm aufgefallen sein musste. »Für heute soll es genug sein. Bevor wir diese Sitzung schließen – gibt es noch Wortmeldungen zu anderen Dingen?«

»Ja, ich.«

Eine unsichere Stimme meldete sich.

»Ich möchte etwas vorstellen.«

Alle drehten sich zu dem Wortmelder um. Es war ein schmächtiger Mann, etwa Anfang vierzig den man nie so richtig wahrnahm, weil er selten etwas sagte. Ein Mann, der so unscheinbar unter uns lebte, dass man seine Anwesenheit schon vergaß, obwohl er nebenan auf dem Barhocker sein Bier trank. Das plötzliche Interesse an ihm löste eine sichtbare Verlegenheit bei ihm aus.

»Bitte, Herr Lenger, sprechen Sie«, forderte Buchheim ihn auf. Sogar Buchheim sprach ihn sanfter und rücksichtsvoller an, als jeden anderen.

Lenger erhob sich und blickte flüchtig über alle hinweg. Dann senkte er die Augen, um sich auf die Unterlagen zu konzentrieren, die vor ihm auf dem Tisch lagen. Vielleicht brauchte er diese Papiere auch nur, um sich an irgendetwas zu klammern. Bevor er sprach, räusperte er sich den Hals frei. Alle warteten gespannt, was nun kommen würde.

»Ich wollte Ihnen allen mitteilen, dass ich eine Entscheidung getroffen habe ...« Seine Hand fuhr nervös vor den Mund, als er erneut hüstelte. »... das heißt, der Termin für mein Vorhaben steht fest. Es ist der 31. Dezember, nachts um 0.00 Uhr.«

Sein Vorhaben? Ich ahnte zwar, was er damit meinte, aber mein ohnehin aufgewühlter Verstand wehrte sich dagegen, es zu Ende zu denken.

Das Staunen über seine so präzise Bekanntgabe war unter den Anwesenden recht groß und man merkte, dass er nun, da er sich ernst genommen fühlte, schon fester in die Runde blickte.

»Wie wollen Sie es machen?«, fragte Buchheim voller Interesse.

Mit seiner neuen selbstsichereren Stimme kündigte Lenger stolz an: »Ich werde mich am Silvestertag alleine auf einen bestimmten Marktplatz begeben, und zwar mit drei oder vier Sprengkörpern um meinen Leib gebunden. Diese werde ich mithilfe eines manuellen Mechanismus genau um 0.00 Uhr zünden, sodass sie gleichzeitig hochgehen und mich in jedem Fall schnell und ganz sicher töten. Da sich dort zu Silvester bisher niemals Leute aufhielten, wird wahrscheinlich auch niemand sonst gefährdet werden. In dem Getöse der Silvesterkracher wird man es kaum bemerken und außerdem wird der Sachschaden gering sein.« Lenger stoppte und verbeugte sich knapp. »Ich danke Ihnen.«

Dann setzte er sich, ohne noch einmal aufzublicken und nahm seine Unterlagen leicht zitternd vom Tisch.

Einige klatschten leisen Beifall, andere bestätigten mit Klopfen auf dem Tisch. Nur Buchheim schlug sich die Hände vor das Gesicht und schüttelte den Kopf.

»Das ist genau das, was ich meinte! Kinder, warum könnt ihr es nicht unauffällig machen?« Dann fasste er sich wieder und stöhnte: »Wie ich dem Beifall entnehme, gilt der Plan dann wohl auch als einstimmig angenommen?«

Die übrige Gemeinschaft schmunzelte zustimmend und mir blieb jedes ablehnende Wort in der Luftröhre stecken.

Der schmächtige Mann stand auf und ging um den Tisch herum, bis er Buchheims Sitzplatz erreichte.

»Herr Buchheim, hier ist mein Beitrag für den Verein. Es ist der größte Teil meiner Ersparnisse.«

Mit demonstrativem Respekt nahm Buchheim einen dicken braunen Briefumschlag an, blickte kurz hinein und verstaute ihn zufrieden in einer Aktentasche neben seinem Sitz.

»Sollen Mitglieder Sie ein Stück auf diesem letzten Weg begleiten?«

Lenger schüttelte den Kopf. »Nein, das ist nicht nötig. Danke für Ihr Angebot. In diesem Punkt war ich zunächst unsicher, doch nach der Diskussion heute Abend, bin ich fest entschlossen, diesen Weg alleine zu gehen.«

Buchheim nickte anerkennend. »Wir werden Ihre Entscheidung respektieren.«

Da richtete sich Alexander auf und wandte sich in offensichtlicher Hochstimmung an uns übrige am Tisch.

»Ich schlage vor, am Silvesterabend für unseren Freund Lenger ein Abschiedsfest zu geben.«

»Vorschlag angenommen!«, verlauteten Franziska und Buchheim gemeinsam.

Alle Mitglieder stimmten gut gelaunt zu.

Lenger schien sich über die ihm zugedachte Ehre zu freuen. Er lächelte zaghaft.

»Danke schön«, hauchte er und schon wich sein fester Blick von vorhin wieder einem verschämten Wimpernschlag nach unten.

Nachdem sich die nun wieder entflammte Unruhe gelegt hatte, schloss Buchheim die Sitzung mit den Worten: »Da Weiteres nicht zu besprechen ist ...«

Damit war ich zumindest heute kein Thema und der offizielle Teil des Abends erledigt. Ich war sehr betrübt, im Gegensatz zu den anderen, die sich gut gelaunt schwätzend im Haus verteilten. Nicht einer von ihnen setzte eine traurige Miene auf. Alexander, Franziska, Kevin, sogar Larissa ... sie alle nahmen angeregte Gespräche auf, als hätten sie in ihrer Vereinssitzung etwas ganz Gewöhnliches erfahren und nicht von dem bevorstehenden Tod eines Menschen, den sie kannten. Keiner von ihnen schien Gewissensbisse zu haben oder sich schlecht zu fühlen, bei dem, was Lenger vorhatte. Heute fühlte ich mich als das, was ich wirklich war, als fremd unter ihnen, als ein Mensch, der sie nicht verstand, eine Außenstehende, die sie nicht ertrug. Alexander stritt gestenreich mit dem Kontrahenten von vorhin. Nichts in seinem Auftreten wies auf ein Gefühl von Betroffenheit hin. Wer war er? Was war er für ein Mensch, außer, dass er ein malender, ein trinkender und ein unberechenbarer Mensch war? In was für eine Person hatte ich mich verliebt?

Ich ging einsam im Saal auf und ab und versuchte, mich abzulenken. An der Wand beäugte ich mit Sorge die Galerie der verewigten ehemaligen Mitglieder, Männer und Frauen, Junge und Alte, in der auch Jens' Porträt hing. Sein Abbild zeigte ihn ein bisschen spöttisch. Wo war Jens' stets melancholischer und in sich gekehrter Gesichtsausdruck darauf? Ob er damals, genauso wie Lenger heute Abend, seinen Plan in einer Vereinssitzung bekannt gegeben hatte?

Ich nahm die Nähe eines Menschen hinter mir wahr. Es war Alex, ich spürte es bereits, bevor ich ihn ansah. Endlich einmal kam er mir wieder ein bisschen näher. Er lächelte, als ich mich zu ihm umdrehte und deutete auf Jens' Foto.

»Er hat seine Idee verwirklicht.«

Ich betrachtete Alexanders bewundernde Miene. Wann würde er seinen Termin in unserer Runde bekannt geben?

»Du darfst Jens' Tod nicht isoliert betrachten«, sagte er. »Erst im Zusammenhang mit dem Zeitpunkt, den er wählte, die ausgesuchten Mitspieler und die Rollen, die er euch jeweils zuteilte, ergibt sich eine in sich geschlossene Geschichte, in deren Vollendung Jens starb.«

»Mitspieler? Du meinst, er hat mit mir gespielt?«

»Versteh doch, es war kein gewöhnlicher Selbstmord, wie ihn andere stümperhaft ausführen – nein, es war eine Komposition, die wir mit geschlossenen Augen nachträglich mit ihm durchleben sollten.«

»Und dazu hat Jens ausgerechnet Marc und mich ausgewählt?«

Alex tat überrascht.

»Ist doch klar – Marc, weil der ihm das Leben schwer gemacht hat und dich, weil er dich liebte. Du warst ein wichtiger Mensch in seinem Leben. Auch, nachdem du ihn verlassen hast.«

»Ich weiß nicht, ob sich Jens wirklich so viel dabei gedacht hat, oder ob du ihm da etwas zu viel andichtest. Wie oft hast du mit Jens darüber gesprochen?«

»Sehr oft! Er hat mir alles über seine Pläne erzählt und alles über euch. Auch, dass Sarah Look die Einzige war, die er liebte und die sich ab und zu noch immer um ihn kümmerte.«

Bei diesen Sätzen fühlte ich mich noch unwohler, war ich doch nicht sicher, was Jens ihm tatsächlich anvertraut hatte. Es war ja nicht so gewesen, dass ich mich ihm gegenüber immer nur verständnisvoll verhalten hätte.

»Na ja, *gekümmert* ist eigentlich übertrieben. In Wirklichkeit habe ich nicht nur ein schlechtes Gewissen wegen Jens, sondern auch Wut! Mich plagen noch immer diese Albträume. Kannst du verstehen, dass mich das wütend macht?«

»Was hast du gegen deine Albträume? Schrei sie heraus! Male sie raus! Du schreibst – schreib sie heraus! Ich selbst nehme meine Träume als Inspirationsquelle. Sie können mich wunderbar in Stimmung bringen.«

»In düstere Stimmung!«, ergänzte ich. »In todesdüstere Stimmung! Ich weiß nicht, ob mich so etwas inspirieren könnte, genießen kann ich es jedenfalls nicht.«

»Ohne meine Träume könnte ich niemals die Kunst schaffen, die ich der Welt vermache. Ich lebe davon und ich sterbe dafür! Die wahre Kunst kommt von innen, aus tiefsten Gefühlen heraus, ist geprägt von betörenden Emotionen. Es ist vollkommen egal, welcher Art die Empfindungen sind. Sie müssen nur stark sein.«

Seine Augen glänzten bei dem, was er sagte, und er fasste sich mit der geöffneten Hand auf sein Herz. »Von ganz tief drinnen müssen sie kommen.«

»Aber sie kommen aus dem Kopf und nicht aus dem Herzen«, berichtigte ich ihn. »Der Kopf ist die Wurzel, aus der alles sprießt, nicht das Herz.«

»Du solltest niemals die Macht des Herzens unterschätzen, Sarah! Jens hatte sein Herz vertrauensvoll in deine Hände gelegt. Es ihm zurückzugeben, war nicht geplant.«

»Alex! Hör auf! Du wühlst in meinen Schuldgefühlen! Merkst du das nicht? Warum tust du das?«

Er hielt einen Moment inne, als schluckte er herunter, was er eigentlich noch sagen wollte.

»Schuldgefühle, die sind doch völlig in Ordnung. Die wollte er auch Marc verpassen. Wie war das so mit Jens und Marc?«

Ich hätte heulen können bei dem Gedanken, dass Alex meine Schuldgefühle noch immer in Ordnung fand. Doch jetzt sprach er auf einmal von Marc. Ich ging darauf ein, schob die grundsätzliche Frage beiseite, so wie er.

»Es war kein gutes Verhältnis zwischen Marc und Jens. Aber sie waren eben auch sehr verschieden. Marc war immer ein Lebemann, ein wenig arrogant, erfolgreich und gerne ständig im Mittelpunkt. Er hat Jens ein paar Mal vor gemeinsamen Freunden lächerlich gemacht, ja. Trotzdem war es nicht nötig, Marc diese Schuld aufzubürden. Das eigentliche Problem lag doch in Jens' Kopf.«

»So? In seinem Kopf?«

»Dann eben in seinem Herzen.«

Nun legte Alex seine Hand auf mein Herz. »Jens ist diesen Tod gerne gestorben und Marc hat, seitdem er bei uns ist, auch ein Ventil für seine Gewissensbisse. Und du – du wirst auch noch deinen Weg finden.«

Ich drückte seine Hand von mir weg. Anscheinend sah er weder etwas Verwerfliches noch etwas Entsetzliches darin, dass sie Marc im Verein noch tiefer in seine Selbstmordgedanken trieben.

»Wenn du den Sinn unserer Gemeinschaft wirklich verstanden hast«, sagte er, »dann weißt du, dass es einen Ausweg aus dem ewigen Kreislauf deiner Gedanken gibt – aus deinem Kopfsamsara. So wie Jens, werden doch auch Marc und du einen wundervollen selbst gewählten Abschied von diesem kümmerlichen Leben nehmen und damit seid ihr doch völlig rehabilitiert.«

Alex' beiläufig gemachte Bemerkung über mein so kümmerliches Leben schockierte mich. *Einen wundervollen selbst gewählten Abschied* wünschte er mir und der sollte mich von aller Schuld befreien? Gänsehaut überzog mich.

Auf einmal bemerkte ich Buchheim hinter uns. Ich hatte keine Ahnung, wie lange er uns schon belauscht hatte, doch ich war mir sicher, dass er gerade diese letzten Sätze von Alex in Bezug auf mein Verständnis über den Sinn dieser Gemeinschaft mitbekommen hatte. Buchheim sah mich überheblich an, als wollte er gleich etwas Dementsprechendes sagen, dann streifte er mich wortlos im Vorübergehen. Etwas heftiger und es wäre ein Rempler gewesen. Selbst Alex sah ihm verwundert nach.

»Er mag dich nicht besonders«, stellte er fest.

»Ja – ich vermute, er traut mir nicht.«

»Warum sollte er nicht?«

»Ich fürchte, Buchheim glaubt nicht, dass ich ernsthafte Absichten habe.«

Verständnislos schüttelte Alex den Kopf. »Das ist doch Unsinn. Ich werde mit ihm reden.«

»Lass das lieber. Er wird sich schon beruhigen.«

»Ja – spätestens, wenn du ihm deinen Plan vorlegst. Hast du inzwischen schon eine genauere Vorstellung?«

Marc gesellte sich zu uns, was mir nicht passte. Er kannte mich schließlich schon lange und für dumm hielt ich ihn keinesfalls. Ich war sicher, er ahnte, dass ich – im Gegensatz zu früheren Zeiten – keine ernsthaften Selbstmordabsichten hegte. Meine schauspielerischen Fähigkeiten, was meine Tötungsabsichten anging, konnte er sicher leicht durchschauen und wie vermutet, bohrte er sofort nach.

»Ach, du hast schon etwas geplant?«

»Das wirst du wohl mir überlassen«, giftete ich ihn an.

Doch Marc ließ sich nicht so leicht abwimmeln.

»Also, wenn du noch nichts Besonderes vorhast, könntest du doch bei mir mitmachen.«

Ich glaubte, nicht richtig zu hören. Worauf wollte er hinaus? Alex wurde neugierig. »Was meinst du? Erzähl doch mal!«

»Ich stelle mir das so vor …« Marc zog uns mit in eine Sitzecke und räumte den Tisch frei. Um seine Idee zu veranschaulichen, baute er verschiedene Gegenstände als Platzhalter für von ihm definierte Autos, Menschen, Häuser und, nicht zu vergessen, eine Mauer auf. Eine Tischdecke mit einem Aschenbecher darauf und zwei Tassen sollten das verlassene Industriegelände verkörpern. Ausschmückend beschrieb er seine Vorstellung von dem großen Crash mit seinem Auto und verstand es dabei, Alex zu begeistern.

»Ist das nicht eine großartige Idee?«, rief Alex und die beiden, wie auch Kevin und zwei weitere Vereinsmitglieder, die hinzugetreten waren, um zuzuhören, gafften mich auf einmal erwartungsvoll an.

»Wie bitte?«, fragte ich, obwohl ich durchaus verstanden hatte. Ich wollte es nur nicht wahrhaben, dass sie mich plötzlich in ihre mörderischen Pläne einbanden.

Alex aber hatte seine Freude daran. »Du setzt dich mit Marc in das Cabrio – in dasselbe, mit dem Jens überfahren wurde, und ihr fahrt zusammen gegen die Mauer. Das ist tatsächlich eine in sich geschlossene Geschichte. Findest du das nicht auch großartig?«

»Nein!«

»Nein?« Ungläubig schüttelte Alex den Kopf. »Wieso nicht?« Seine geradezu spürbare Enttäuschung schien auf die anderen überzuspringen und Unverständnis begegnete mir, sodass ich das Gefühl bekam, sie misstrauten mir. Ich suchte nach einer schnellen nachvollziehbaren Erklärung.

»Ich … ich habe doch andere Pläne.«

Die Spannung im Raum wich einer Erleichterung.

»Ach ja?«

Die anderen, außer Marc, lächelten beruhigt.

»Mach doch mal eine Andeutung!«, stichelte Marc und ich bereute, ihn eben noch in Schutz genommen zu haben.

»Das möchte ich noch nicht bekannt geben. Mein Plan ist noch nicht ausgereift und ich möchte nicht, dass jemand vorher davon erfährt.«

Die anderen blinzelten mir verständnisvoll zu.

»So eine bist du also!«, neckte Alex mich. »Na, dann sind wir ja mal gespannt.«

»Aber … aber, was wird aus meinem Vorhaben?« Marc schien empört. »Ich meine, die macht mir doch alles kaputt!«

»Quatsch! Das kannst du auch alleine machen. Es ist ein wirklich guter Einfall. Aber wir müssen respektieren, dass Sarah eigene Wünsche hat. Wenn du alleine im Wagen sitzt, bleibt das genauso wirkungsvoll.«

So nahm Alex mich in einen zweifelhaften Schutz und er schlug anerkennend auf meine Schulter.

»Aber …«, warf Marc noch einmal ein.

»Was haltet ihr davon, wenn ich euch alle – Marc, dich natürlich auch – für einen Abend zu mir nach Hause einlade, damit wir uns noch besser kennenlernen können?«, unterbrach ich ihn, um diese leidvolle Auseinandersetzung mit Marc zu beenden. Sie sagten sofort zu, auch Alex, Kevin und Franziska. Nur vor Buchheim versuchte ich, die Einladung geheim zu halten, doch Alex meinte, dass der sowieso kein Interesse daran hätte.

# Mein Riesenrad

Am selben Abend noch erfand ich einen aufregenden Selbstmord für mich. Er sollte ungewöhnlich, todsicher und auf keinen Fall durchführbar sein, ganz anders, als in den morbiden Träumereien mit Jens damals, während deren uns eine düster trostlose Stimmung leitete. So gesehen war es widersinnig, doch ich hatte meinen neuen Freunden einen besonderen Plan versprochen. Nun musste ich ihn auch liefern, ansonsten machte ich mich verdächtig und stellte mich noch weiter ins Abseits.

Nur fiel mir zunächst nichts Aufregendes ein! Ich verwarf alles, was ich in den letzten Tagen in den Zeitungen oder im Netz gelesen hatte. Was ich mir vorstellte, sollte eine lange, lange Zeit der Vorbereitung brauchen. Dennoch musste es die Mitglieder des *Hauses*, besonders Buchheim, für eine ganze Weile zufriedenstellen.

Nach einigen kitschigen Einfällen kam mir der Gedanke mit dem Sprung aus dem Riesenrad. Das war es doch! Fraglos – auch das war einfacher auszuführen, als mir lieb war, ich wollte jedoch meine unüberwindbare Höhenangst anbringen, die ich zusammen mit mir auslöschen wollte. Solche Höhenangst, an der ich tatsächlich litt, ließe sich nicht allzu schnell überwinden. Außerdem gab es zu dieser Jahreszeit keinen mir bekannten Jahrmarkt in der Gegend.

Ich fühlte mich seltsam getrieben, mir so einen Sprung und den Flug durch die Luft bis zum Aufprall auf den Boden genau vorzustellen. Balancierend auf meinem Bett, auf der weichen, nachgebenden Matratze, schloss ich die Augen. Über mir thronte in Gedanken ein dämmeriger Abendhimmel, unter mir die künstlich grelle Kirmeswelt. Das Riesenrad stand still und meine Gondel, ganz oben, an höchster Stelle, wiegte mich nur noch leicht hin und her. Der Moment, um zu handeln! Während ich aufstand, schaukelte die Gondel etwas mehr und meine Füße glichen angespannt das Ungleichgewicht aus. Ich wartete, bis das Pendeln ganz verebbte, bevor ich nach unten sah. Die letzte Möglichkeit, mein Vorhaben abzubrechen. Wenn meine Füße erst einmal den Halt verloren hätten, gab es kein Zurück mehr. Kein Mensch da unten blickte zu mir herauf. Nicht einer, der mich aufgefordert hätte, mich wieder hinzusetzen. Niemand, der mir das Gefühl gab, mein Leben wäre es wert, bewahrt zu werden.

Das rechte Bein hob ich zuerst über den Kabinenrand – erneutes Schaukeln – dann das linke und ich saß einsam auf dem harten Rand. Fast verlor ich schon jetzt den Halt. An ein langes Innehalten war nicht mehr zu denken. Ein letzter Blick sollte mir eine Vorstellung von dem Fleck Erde geben, auf den ich aufprallen würde.

Doch beim Hinuntersehen verlor ich das Gleichgewicht und fiel heraus. Ganz anders, als ich es geplant hatte – nicht mit angespanntem Körper in einer geraden Linie, sondern ungleichmäßig trudelnd und mit den Armen rudernd. Mein Magen rutschte während des Sturzes bis in den Hals und da unten sah ich die Stelle, auf die ich aufschlagen musste, verbaut mit Absperrungen aus stählernen Gittern.

In dieser Nacht träumte ich vier Mal von diesem Sturz und litt vier Mal an der Angst vor einem qualvollen Tod.

Für die Verpflegung meiner Gäste aus dem *Haus der Verlorenen*, die sich zahlreicher angesagt hatten, als ich es eingeplant hatte, bereitete ich Salate und Häppchen vor. Wie gehofft, kam Buchheim nicht mit. Er wäre der Letzte gewesen, den ich gerne in meiner Wohnung begrüßt hätte. Buchheim war mein Feind, ein ekelhafter Mann, dem ich nicht vertrauen konnte, der mir Angst machte und für den ich nur ein störendes Element in der Gemeinschaft war. Ich hasste ihn! Er stand zwischen mir und Alexander, zwischen mir und dem Leben. Warum plante der Kerl eigentlich nicht seinen eigenen Selbstmord? Wann sollte *seine* große Verabschiedung stattfinden? Ich hätte gerne applaudiert, während ihm in seinen letzten Atemzügen die Augen aus den Höhlen gequollen wären. Alles andere – nur einen friedlichen Abgang hätte ich ihm nicht gewünscht. Gewaltsam schnitt ich tiefe Furchen in den Lachs vor mir auf der Arbeitsplatte und seine Farbe erinnerte mich an eine ausgeblutete Wunde an Buchheims Brust. Eine Kette mörderischer Gedanken schlich sich in mein Hirn, die jeden beschwichtigenden Einwand im Keim erwürgte. Zwar erschreckte mich meine Mordlust an kaltem Fisch, doch wehren wollte ich mich nicht gegen diese Gefühle, die meine Hände trieben, sondern ich kostete sie stattdessen lieber aus. Wie hatte Alexander gesagt? *Egal, welche Gefühle, nur stark müssen sie sein!* Diese Gefühle waren angsterregend stark!

Die Erlebnisse im *Haus der Verlorenen* hatten unfraglich Einfluss auf mich. Abend für Abend beschäftigte ich mich mit dem Tod. Freier Gedankenmord – solche aggressiven Empfindungen mündeten inzwischen immer öfter in der Vorstellung, nicht nur mich selbst, sondern auch andere Menschen tot zu sehen. Menschen, die ich nicht mochte, nicht nur Buchheim. Auch der Polizist, der mich aufschrieb etwa, oder eine Frau, die mich auf dem Gehweg anrempelte. War die Distanz zwischen Selbstmord und Mord tatsächlich so gering? Musste man fürchten, dass derjenige, der nach seinem eigenen Leben trachtet, in einem Umschwung der Gefühle im nächsten Moment den Rest der Menschheit umbringen will? Buchheim, zum Beispiel, schien mir derart gefährlich. Machte er nicht genau das? Menschen in den Tod treiben? Was war mit der angedrohten Strafe für Verrat? Würde er mich töten, wenn ich den Verein verriete? Was, wenn ich einfach zur Polizei gehen würde? Buchheim hätte ich Schwierigkeiten gewünscht, doch hätte ich es beweisen können? Die Gemeinschaft bestand seit Jahren und ich war sicher nicht die erste Zweifelnde. Alex jedenfalls hätte mir das wahrscheinlich nicht verziehen und es hätte ihn auch nicht von seinen eigenen Selbstmord-Plänen abgehalten. Wusste der Teufel, was ich an Alex fand. Seine Gestalt, als die Wiedergeburt Manuels, als sehr viel liebenswertere Ausgabe jenes gewaltleidenschaftlichen Geliebten allein, war es nicht. Womöglich war es seine Begeisterungsfähigkeit, die er meistens ausstrahlte, wenn ich ihm begegnete, und seine Art, Ziele klar zu verfolgen. Sein Spiel mit dem Leben, sein eigenes Ziel – in seiner Gegenwart fühlte ich mich gezwungen, ihn jedes Mal so zu behandeln, als sähe ich ihn zum letzten Mal. Wir waren Teil einer Gemeinschaft, die sich jederzeit auflösen konnte und genau darum hielt es uns beisammen. Menschen, von denen wir wissen, dass sie uns Morgen schon für alle Zeit verlassen könnten, nimmt man ganz sicher intensiver wahr. Überhaupt schien mir der Tod in letzter Zeit nicht besonders tragisch. Jens ging es jetzt doch prima! Es stirbt sowieso jeder. Wenn man genau wusste, wann und wie, konnte man bis dahin doch ziemlich gelassen leben – unfraglich, ein Vorteil.

Es schellte. Ich stach das Messer in die Arbeitsplatte und es brauchte eine Weile, bis ich mich fasste.

Alexander stand mit Blumen an der Tür – Rosen, rote und gelbe. Gerührt nahm ich sie an mich.

»Komm doch rein!«

Ich hörte mich säuseln. Da stand er vor mir, dieser irre Junge und raubte mir den Verstand, ohne großartig etwas dafür zu tun. Er drückte sich langsam an mir vorbei und Alex' Körper löste einen spürbaren Windzug auf der nackten Haut meiner Unterarme aus. Diese Nähe hatten wir schon einmal gehabt und ich wusste, sie war gefährlich nahe an meinem Herzen.

»Darf man stören?«

Alex zuckte zusammen, genauso wie ich. Marc tauchte hinter ihm aus dem Dunkeln im Hausflur auf.

»Warum hast du kein Licht gemacht?« Ärgerlich zog ich ihn herein und schloss die Tür. »Muss das sein, dass du uns so erschreckst?«

»Weil ich kein Licht gemacht habe oder weil ich euch ertappt habe?«

Bei diesen Worten grinste Marc unausstehlich.

»Was du wieder denkst!«, schnauzte ich ihn an.

Alex klopfte Marc zur Begrüßung auf die Schulter. Ich sah sie von hinten nebeneinander in mein Wohnzimmer gehen und stellte mir Marc, genau wie Buchheim, als Opfer meiner vorangegangenen mörderischen Fantasien vor. Marc im Sturz von meinem

Balkon, aus der vierten Etage. Mit meinem Fleischmesser im Rücken! Vergiftet, sich am Boden krümmend, mit schmerzverzerrtem Gesicht! Stattdessen aber grinste er mich nun vom Sofa aus an. Ich hätte ihm dieses Gesicht zerfleischen können!

Es schellte erneut. Bald drohte meine Fünfzig-Quadratmeter-Wohnung, aus den Nähten zu platzen und der Trubel fraß meine Aggressionen allmählich auf. Wir saßen auf dem Sofa, dem Sessel, zwei Küchenstühlen und am Boden auf Kissen, während wir die Häppchen und Salate vom Wohnzimmertisch aßen. Dazu tranken wir Wein und Bier. Die Wenigsten begnügten sich mit Wasser, so wie ich, vor allem Alexander nicht.

»In dieser Wurst ist der Zusatz E 210 enthalten!«, erwähnte Jochen während des Essens. »Das ist krebserregend.«

Nahezu alle, einschließlich mir, stellten für ein paar Sekunden das Kauen ein. Larissa, das krebskranke Mädchen, sah zu ihm herüber.

»Das ist aber umstritten.«

»Stimmt, aber umstritten ist Vieles. Ihr wisst ja, welche Lobby dahinter steckt.«

Man merkte, dass sich hier Fachleute austauschten. Wir anderen, inzwischen wieder kauend, verfolgten ihre verschiedenen Standpunkte interessiert.

Larissa wurde schließlich ungehalten. »Du musst nicht glauben, an Krebs zu erkranken, nur weil du massenhaft solcher Wurst isst!«

Jochen fühlte sich sofort aufs Äußerste angegriffen.

»Natürlich nicht. Es ist ja nicht das Einzige, was ich tue. Allerdings ist es erwiesen, dass übermäßiger Verzehr von Fleisch und Wurst, mit oder ohne Zusatzstoffe, die Entstehung von Krebs fördert. Da wirst du mir ja wohl zustimmen.«

Die Atmosphäre war innerhalb weniger Minuten unangenehm umgeschlagen.

»Jedem das Seine …«

»Lasst doch die Streiterei«, versuchte Kevin, zu vermitteln.

»Richtig!«, sagte Franziska, während sie, wie die meisten von uns, jetzt mehr zum Salat griff. »Ihr arbeitet auf unterschiedliche Ziele hin. Es ist klar, dass ihr euch dabei zwangsläufig in den Haaren liegen werdet.«

Nun legte Larissa sogar ihr Besteck zur Seite. »Was der machen will, ist doch pervers! Das ist ein Schlag ins Gesicht für jemanden wie mich.«

Jochen sprang von seinem Stuhl auf. »Und du läufst vor deiner Krankheit davon!«

Langsam begann es für mich, spannend zu werden, wobei ich nicht verstand, welche unterschiedlichen Ziele sie haben sollten. Alexander, neben mir auf dem Sofa, lächelte ein wenig überheblich, als betrachtete er die beiden wie um Alltäglichkeiten streitende Kinder, die man nicht ernst nehmen konnte. »Ich würde sagen, Außenstehende würden uns alle für unnormal halten«, sagte er wie nebenbei. »Was streiten wir uns also. Jeder von uns soll es so betrachten, wie er möchte und die anderen sollten es respektieren. Ich persönlich sehe es als Sport an.« Er würdigte die beiden keines weiteren Blickes mehr, doch mich lächelte er an, als wollte er sich bei mir für deren Verhalten entschuldigen.

»Normalerweise geht es bei uns einträchtiger zu«, behauptete er und das Thema schien nun auch für alle anderen erledigt zu sein.

Er selbst sah das alles also als Sport an! Was gab Alex das Recht, sich den anderen gegenüber überlegen zu fühlen? Marc hatte mir erzählt, Alex plane eine ganz besonders aufsehenerregende Aktion im Hinblick auf seinen selbst gewählten Tod und wir alle dürften auf das Ergebnis gespannt sein. Ich selbst hatte nie gewagt, ihn danach zu fragen, aus Angst vor der Antwort. Warum musste ich mich zu einem Mann hingezogen fühlen, der schon bald unaufhaltsam aus meinem Leben verschwinden würde? So etwas konnte doch nur mir passieren.

Larissa und Jochen hatten sich vom Tisch entfernt, allerdings getrennter Wege, soweit es in meiner Singlewohnung ging.

»Warum können sich die beiden nicht einig werden, wenn sie doch anscheinend an derselben Krankheit leiden?«, fragte ich Alex.

»An derselben Krankheit? Welche?« Er sah mich erstaunt an.

»Na – ich denke, sie leiden beide an Krebs.«

»... beide an Krebs?« Er lachte auf, beherrschte sich aber und sah sich um, da sie es wohl nicht hören sollten. »Sie hat Krebs, aber er ...«

Er rutschte noch näher zu mir hin und flüsterte aufgewühlt in mein Ohr, das von seinem aufgeregten Atem kitzelte. Nie war mir mein Ohr derart als erogene Zone bewusst gewesen.

»Jochen hatte vor sehr langer Zeit einen wirklich guten Einfall«, sagte er. »Jahre, bevor ich zum *Haus der Verlorenen* kam. Doch es funktioniert einfach nicht so, wie es soll.«

»Was war das für ein Einfall?«

»Er hat den Wunsch, an Krebs zu sterben. Das ist

paradox, denn bevor er in den Verein kam – das war gleich nach der Gründung – wollte er nicht mehr leben, weil seine Gedanken ununterbrochen nur darum schwebten, bloß nicht einmal an Krebs zu erkranken. Davon war er besessen. Hypochondrischer Wahn! Es gibt da wohl nicht wenige Verwandte von ihm, die an dieser Krankheit gestorben sind. Nachdem er sich aber mit Buchheim und Franziska zusammengetan hat und seinen Tod nun selbst in die Hand nahm, kam ihm kein besserer Gedanke, als diese heimtückische Krankheit absichtlich hervorzurufen.«

»Wie will er das machen?«

»Pst«, Alex zischte.

»Hat er denn nun Krebs?«, flüsterte ich in sein Ohr zurück, wobei ich es genoss, diese wohlgeformte Muschel wie zufällig mit meinen Lippen zu berühren.

»Nein, das ist es ja, worauf ich hinaus will. Jochen arbeitet ständig daran. Er isst nur ungesundes Zeug, künstlich Hergestelltes, achtet auf den Inhalt von möglichst umstrittenen Konservierungsstoffen, meidet jedes Vollkorn. Er raucht schachtelweise filterlose Zigaretten, joggt im Ozon und setzt seine Haut stundenlangen Sonnenbädern aus. Bisher hat nichts gefruchtet. Wenn es ihm gut geht, ist er unglücklich.«

Ich bestaunte den Unglücksraben, der mir gerade den Rücken zukehrte, sonnengebräunt und nur ein klein wenig übergewichtig.

»War er denn schon mal beim Arzt?«

»Klar, Krebsvorsorge!«

»Und? Besteht Verdacht?«

»Ach was! Der Arzt sagte ihm, er sei kerngesund.«

Alex zog die Schultern hoch. »So ein Krebs braucht seine Zeit. Das kann Jahrzehnte dauern.«

»Wie viele Jahre lang treibt er das schon?«

»Seit elf Jahren.«

»Unglaublich!«

»Ja, es ist frustrierend für ihn. Aber er lässt sich nicht entmutigen. Eines Tages, meint er, wird es soweit sein und dann will er seine Krankheit so richtig ausleben.«

Jochens Lebens-Sterbens-Geschichte fesselte mich. Zum ersten Mal lernte ich einen Menschen kennen, der sich regelrecht nach einer tödlichen Krankheit verzerrte. Dabei sah Jochen richtig gesund aus. Ich beobachtete meine Gäste, wie selbstverständlich sie sich bewegten und unterhielten, als wäre das Bestreben, das sie allesamt vereinte, das Ziel eines Schäferhundvereins. Ihre Vertrautheit, ihre Verschworenheit untereinander, machte mich neidisch. An diesem Abend schienen sie mir alle derart über Leben und Tod stehend, dass ich das Gefühl bekam, ihnen auch etwas Besonderes präsentieren zu müssen. Ich wollte endlich richtig dazugehören, mich für heute wenigstens ein einziges Mal aus dem Abseits komplett in ihre Mitte begeben.

»Ich werde aus einem Riesenrad springen!«, sagte ich deshalb laut, damit es alle mitbekamen, und wartete gespannt auf ihre Reaktionen.

»Aus einem Riesenrad? Wie bist du denn darauf gekommen?«

Alex ließ vor Überraschung ein Stück Brot aus seinem Mund fallen. Immerhin entlockte ich meinen Gästen einiges Erstaunen. Anders jedoch, als ich erwartete, schienen sie gar nicht begeistert von meiner Idee. Franziska fixierte mich geradezu bemitleidend und Jochen ließ ein leises »Wie primitiv« verlauten. Irritiert versuchte ich, meine Idee zu verteidigen, denn so schlecht fand ich sie nicht. Was unterschied meinen Sprung aus einem Riesenrad denn schon von einem Sprung aus einem Flugzeug ohne Fallschirm oder von einer Brücke?

»Aus einem Riesenrad zu springen erfordert schon etwas!«, entrüstete ich mich. »Allein schon das richtige Ausbalancieren, ohne dass die Gondel nach hinten abdriftet und man dadurch auf die falsche Stelle aufschlägt, ist akrobatisch!«

Das wusste ich genau, seit meiner Übung auf der Matratze meines Bettes und den nervenaufreibenden Träumen. Es war Kevin, der mir dieses Mal zu Hilfe kam.

»Ich nehme an, sie hat ein besonderes Verhältnis zu Riesenrädern«, philosophierte er. »Sicher dachte sie dabei nicht einzig und allein an den Sprung.«

Mir ging auf, dass sie selbstverständlich mehr erwarteten, als Sensationshascherei. Wie hatte Alex zu mir gesagt? Jens' Selbstmord war eine in sich geschlossene Geschichte – eine Komposition! Ein primitiver Sprung aus einem Riesenrad, ohne jeden Bezug zu meinem Leben, war dagegen natürlich nichts als ein angeberisches Spektakel für sie.

»Nein«, antwortete ich Kevin. »Eigentlich habe ich sogar Höhenangst.«

Das war nicht gelogen.

»Die wolltest du überwinden?«

»Offen gesagt weiß ich nicht, ob ich das überhaupt schaffe. Mein besonderes Verhältnis zu Riesenrädern besteht darin, dass ich sie hasse. Vielleicht ziehen sie mich deshalb so an.«

»Lass nur«, sagte Alex. »Du brauchst dich nicht zu verteidigen. Es war schließlich deine erste Idee – möglicherweise sind unsere Erwartungen auch inzwischen zu hoch.«

Meine Gäste gaben sich zufrieden, doch allgemein schienen sie von mir enttäuscht und ich fühlte mich den ganzen Abend über noch mehr wie ein Gast in meinem eigenen Haus. Alexander sprach nach dieser Unterhaltung kaum noch mit mir. Aber vielleicht überbewertete ich das auch.

# Alex und ich

Meine Gäste blieben bis in die Nacht. Mich ärgerte ihre Sesshaftigkeit ein wenig, denn je später es wurde, desto mehr sah ich meine Chance schwinden, Alexander vielleicht diese Nacht für mich zu haben, trotz seiner offensichtlichen Enttäuschung über mein Riesenrad. Natürlich hatte ich es mir insgeheim ausgemalt, doch außer den Rosen zur Begrüßung und sein flüsternder Atem an meinem Ohr, als er mir von Jochen erzählte, gab er mir den ganzen Abend über kein weiteres Zeichen. Keine Umarmung, keine zufälligen Berührungen oder lange Blicke. Als die Letzten, bis auf Alex, endlich schwankend gingen, verstaute ich gähnend die Reste der Häppchen im Kühlschrank. Nein, an ein Liebesabenteuer dachte ich nicht mehr zu dieser Uhrzeit.

Trotzdem fiel mir natürlich auf, wie er nun in meiner Wohnung umherging, ab und zu nach mir schielte und auf einmal etwas verlegen wirkte. So kannte ich ihn gar nicht. Kannte ich ihn überhaupt? Die Gelegenheit kam so unverhofft, dass ich mir gar nicht vorstellen konnte, warum er noch immer im Wohnzimmer stand und mich mit großen Augen anblickte.

»Möchtest du hier übernachten?«

Ich bot es ihm an, ohne tatsächlich an etwas anderes als Schlafen zu denken. »Das Sofa im Wohnzimmer kann man ausziehen. Ich kann es dir zurechtmachen.«

»Darf ich die Dusche benutzen?«

Ich nickte.

Während er duschte, räumte ich die letzten Gläser von den Tischen und zog das Schlafsofa aus. Aus den Schränken kramte ich extra Bettwäsche, und erst als ich das Spannbettlaken über das Sofa zog, wurde mir bewusst, was ich tat. Meine Müdigkeit löste sich plötzlich in Luft auf. Unruhig fingerte ich an den Ecken des Lakens herum. Ich hörte das Wasser der Dusche prasseln und roch das Duschgel durch die Tür. Wahrscheinlich hing nicht einmal ein großes Handtuch am Haken, aber ich traute mich nicht mehr in mein eigenes Badezimmer hinein, um ihm eins zu bringen. Der Gedanke an seine Nacktheit machte mich verlegen. Ich war eine erwachsene Frau, aber wenn ich daran dachte, dass er gleich frisch geduscht in dieses Zimmer treten würde, die Haut noch feucht, um seine Lenden nur das knappe Handtuch gebunden, das für mein Gesicht und meine Hände gedacht war, machte es mich mehr als nervös. Bereits am allerersten Tag hätte er mich verführen können. Nicht ein Tag, an dem wir uns begegneten und sich nicht irgendetwas in meinem Bauch zusammenballte.

Auf einmal stand er im Raum. Nicht mit meinem kleinen Handtuch um seine Hüfte, sondern nackt, und mit dem Handtuch frottierte er sich die nassen Haare, die ihm in gelockten Strähnen ins Gesicht fielen. Und ich stand noch immer ungewaschen da! Mit dem Schweiß eines ganzen Tages an mir! Wie knapp doch von einem Moment zum anderen die Luft zum Atmen werden kann. Sekundenlang rührte ich mich nicht, dann huschte ich an ihm vorbei und sah seine glänzenden Augen mir folgen.

Ich duschte rasch. Fröstelnd trat ich aus der Kabine heraus und griff nach einem Handtuch. Da schlang Alex seine Arme von hinten um mich und wärmte mich mit der nackten Haut seines Bauches. Ich legte meinen Kopf in den Nacken und bereute, dass er so nach Duschgel roch und nur noch so wenig nach sich. Unser Atem ging schnell. Mit starken Armen hob er mich hoch und trug mich auf das Sofa. Unter der Decke küsste er mich. Er küsste meine geschlossenen Augenlider, tupfte viele winzige Küsse an meinen Haaransatz entlang, von der Stirn über das Ohr, bis zum Nacken und eine erregende Gänsehaut verbreitete sich von dort aus über meinen gesamten Körper. Seine feuchten Lippen tanzten auf den Innenseiten meiner Arme, vergruben sich in meinen Achseln und wanderten in einer Orgie prickelnder Liebkosungen an meinen Beinen entlang bis zu den Zehen, die er zärtlich einsog wie schmelzendes Eis. Alexanders Zunge strich über meine zitternden Schenkel. Sanft biss er in meinen Hals und ich hielt ihm meine Kehle hin, wie ein ausgeliefertes Reh. Dann seine Hände auf meiner Haut, streichelnd am Bauch, massierend an den Pobacken.

Seine Hände waren einfach überall, nur das Herz meiner Lust ließ er so lange aus, streichelte und küsste so viel darum herum, dass es mich fast verrückt machte vor Begierde. Er spielte mit meinem Verlangen, es machte ihn an, mich warten zu lassen, mich zucken zu sehen vor Sehnsucht nach ihm.

»Macht dich das verrückt?«, keuchte er. »Ja?«

An den Haaren zog ich ihn hoch, um mehr zu bekommen und um endlich seinen nackten Bauch auf meinem zu fühlen.

»Du machst mich verrückt!«, keuchte ich zurück.

Gierig schlang ich meine Beine um seinen Po und presste ihn an mich. Wir stöhnten auf.

Ich hatte nie einen solchen Liebhaber, wie Alex es war. Mit Nachdruck, aber zärtlich, ohne jede Gewalt liebte er mich. Ich fühlte mich weder benutzt, noch schuldig, und in dieser Nacht tauchte Manuel in die Tiefen zurück, aus denen er emporgekrochen war. Ich brauchte ihn nicht mehr, um Leidenschaft zu empfinden. Während Alex auf mir zuckte, wühlten seine Hände in meinem Haar und ich fühlte die Kraft seiner angespannten Muskeln, kniff in seine Arme und in seinen Hintern. Wir versanken in unserem Stöhnen und wir schwitzten, als hätten wir nie geduscht.

In dieser Nacht waren wir eins, eine Stunde lang, miteinander verschmolzen in einer grenzenlosen Symbiose unserer Körper und Geister. Nie zuvor und nie mehr danach waren wir uns so nah, wie in diesem Liebesakt. Bereits Minuten später entfernten sich unsere Geister weiter voneinander, als ich es mir je hätte vorstellen können.

Erschöpft und ineinandergeschlungen lagen wir noch immer nackt auf den Decken meines Sofas. Ich hörte dem beruhigenden Schlagen seines Herzens zu. Wir ließen unsere Gedanken weiter fließen, ohne zu sprechen und doch glaubte ich, dass er alle Erlebnisse und Wünsche, denen ich nachhing, erahnen könnte. Allmählich fröstelnd deckten wir uns zu, löschten das Licht und richteten unsere Augen in die Ruhe des Raumes. Im Dunkeln blieben schemenhafte Silhouetten der Möbel erkennbar, durch das Fenster schien das Licht einer Leuchtreklame auf der anderen Straßenseite.

»Hast du Jens jemals geliebt?«, fragte er plötzlich.

»Anfangs schon.«

»Später nicht mehr?«

»Er war so schwierig.«

»Hat er dich je so berührt wie ich?«

Ich drehte mich im Dunkeln dorthin, wo ich sein Gesicht wähnte. Fast amüsierte mich seine Frage.

»Du willst wissen, ob er im Bett war, wie du?«

»Hat er?«

Ich lachte, dann drehte ich mich zurück, um erneut an die unsichtbare Decke zu starren.

»Nein, Alex, so hat er mich nie berührt. Niemand hat mich je so berührt.«

Ich hörte das Rascheln vom Drehen seines Körpers.

»Aber geschlafen hat er mit dir?«

»Natürlich hat er das.«

Wir schwiegen.

»Bei nächster Gelegenheit werde ich dir etwas zeigen, was sehr wichtig für uns ist«, sagte Alex dann.

»Für uns?«

»Ja, ich finde, wir gehören zusammen. Sollten wir da nicht unsere Schritte gemeinsam weitergehen?«

Der Gedanke, gemeinsam mit ihm durchs Leben zu gehen, gefiel mir. Was mir nicht gefiel, war die Aussicht, dass Alex sich immer noch in näherer Zukunft umbringen wollte.

Dieser Verlust würde schlimmer werden, als ich ihn mit Jens erlebt hatte, wusste ich doch vorher ganz genau, dass Alex es vorhatte. Als Jens sich das Leben genommen hatte, liebte ich ihn längst nicht mehr. Alex aber liebte ich. In dieser Nacht um so mehr. Wie konnte ich mich mit jemandem einlassen, der vielleicht gerade einmal noch ein Jahr leben würde? Könnte meine Liebe zu ihm ihn davon abbringen? Wie viel Zeit würde mir bleiben, außer seine Leidenschaft auch seine Seele zu gewinnen? Liebe war das einzige Mittel, ihn solange wie möglich zu behalten. Und so, wie er mich eben geliebt hatte, musste auch er genügend für mich empfinden, um nach einer längeren gemeinsamen Zeit zu verlangen.

»Du brauchst dir keinen eigenen Selbstmordplan auszudenken«, sagte er in meine Gedanken hinein. »Vergiss das mit dem Riesenrad! Ich weiß etwas Besseres für uns beide! Du und ich, wir beide werden es gemeinsam tun.«

Das sollte also unsere gemeinsame Unternehmung sein! Unsere Symbiose und meine eben noch gehegte Hoffnung zerplatzten innerhalb weniger Minuten. Als Alex schon schlief, weinte ich in mein Kissen.

# Alexanders Kunstwerk

Das Wetter zeigte sich wechselhaft, doch Kevin und seine beiden jungen Freunde wollten ihre Aktion nicht absagen. Mit einer Ausrüstung, die nur Alibizwecken diente, da sie gar nicht benutzt werden sollte, brachen sie vor uns auf, um den Zeitplan einzuhalten. Sie waren gut gelaunt, als sie in den Wagen einstiegen. Fremde, die ihnen begegneten, hätten nie gedacht, dass sie gleich in den Tod springen wollten.

Als wir nach ihnen losfuhren, dachte ich noch über einen Weg nach, Kevin von seinem Vorhaben abzuhalten. Natürlich war es längst zu spät und ich wunderte mich darüber, warum ich das bislang nie versucht hatte. Ich hatte einfach nie geglaubt, dass es wirklich geschehen könnte. Insgeheim hoffte ich nun auf eine anhaltende Wetterverschlechterung, die einen Start des Flugzeuges unmöglich machen würde. Tatsächlich zog sich der Himmel mit einer dichten Wolkendecke zu. Buchheim fuhr den Wagen, Alex saß auf dem Beifahrersitz. Marc döste neben mir auf dem Rücksitz vor sich hin. Es sah nicht so aus, als dächte er über das Gleiche nach, wie ich. Marc war ganz und gar angekommen in ihrer Welt, wohingegen ich mal hinein und mal wieder heraus schwankte.

Der Weg war weiter, als ich es mir vorgestellt hatte und je länger die Fahrt dauerte, um so mehr verdrängte ich das Ziel unseres Ausfluges. Das inzwischen sehr trübe Wetter und die ewig gleiche Aussicht der Autobahn ermüdeten mich. Erst, als die ersten Regentropfen gegen die Scheiben unseres Fahrzeuges prasselten, wachte ich wieder aus meiner Trägheit auf. Wir fuhren auf der A3 in Richtung Leverkusen.

»Können sie denn bei Regen starten?«

Buchheim sah mich durch den Rückspiegel an.

»Wenn es so bleibt, wird es kein Problem darstellen. Die paar Tropfen werden ihren Start nicht behindern.«

Das klang wenig beruhigend und tatsächlich blieb die Frontscheibe bald trocken, ungeachtet der dunklen Wolken.

Unser Weg führte nicht zum Flugplatz, von dem aus die Drei starten wollten, sondern zu einem Aussichtspunkt, der eine erhebliche Strecke entfernt lag. In einer Landschaft, die sich hügelig in Wellen von Feldern und Wiesen zum Horizont hin ausbreitete. Mit uns reisten noch zwei weitere Fahrzeuge, vollgestopft mit Vereinsmitgliedern, die sich auf das aufregende Ereignis freuten. Vom Aussichtspunkt aus sollten wir die große Show beobachten und bewundern – um uns nicht verdächtig zu machen, weitab von Polizei und Notärzten, die später eintreffen würden. Auf einer recht steilen Erhöhung, direkt angrenzend an ein größeres Waldstück, stand ein altes Haus mit mehreren Nebengebäuden. Vermutlich ein ehemaliger Bauernhof, den wir anfuhren, um dort zu parken. Als wir ausstiegen, erfasste uns ein heftiger Regenguss und wir zogen unsere Jacken über den Kopf. Im Haus war es gemütlich und, entgegen dem äußeren Anschein, schön renoviert, mit Kaminecke und rustikalem Esszimmer. Es kam mir vor, wie eine Bauernkneipe und der niedrige Tisch in der Kaminecke erinnerte mich an das Bild von Jens und Alex, das ich in Alex' Atelier gesehen hatte. Hier also hatten sie zusammengesessen und getrunken. Hier hatten sie sich umarmt und Pläne geschmiedet.

Buchheim holte Gläser aus einem Holzschrank.

»Um genau 15 Uhr werden sie am Himmel auftauchen. Wir werden etwa fünfzehn Minuten vorher nach draußen gehen. Bis dahin sorgt Jochen für unser leibliches Wohl.«

Ich sah auf die Kuckucks-Wanduhr. Sie zeigte noch ungefähr sechzig Minuten Lebenszeit für Kevin und seine Freunde. Marc machte sich am Kamin zu schaffen.

»Sie werden Schwierigkeiten mit dem Wetter haben.«

Er sagte es so belanglos, wie eine nebensächliche Bemerkung über das Wetter allgemein, ohne jedes Anzeichen von Aufregung oder Angst. Ich dagegen wagte es kaum, zu sprechen, weil ein dicker Kloß meinen Rachen belagerte.

Jochen kochte auf die Schnelle etwas in der kleinen Küche. Teller wurden aufgetafelt und dampfende Spaghetti kamen zum Vorschein.

»Jochen«, rief jemand vom Tisch. »Du hast uns ja wohl nichts Krebserregendes untergemischt, oder?«

Sie lachten, nicht aber Jochen, der in Sachen Krebs keinen Spaß verstand. Ich stocherte unwillkürlich mit der Gabel in der Bolognese. Der Appetit war mir so oder so vergangen.

»Ist da auch wirklich nichts drin?«, argwöhnte ich, was bei den anderen nur ein mitleidiges Lächeln hervorrief. »Stellt euch vor, wir sterben alle an Krebs!«

»Ja – alle, außer Jochen!«

Gelächter brach aus, nur Jochen und ich fanden das, aus gänzlich unterschiedlichen Gründen, nicht komisch. Auch Buchheim lachte nicht.

»Beeilt euch lieber, gleich geht's los«, drängte Franziska, die neben mir saß und vom Stuhl aus mit ihren kurzen Armen gerade über den Tisch reichte. »Haben Sie sich das Kunstwerk inzwischen angesehen, Sarah?«

»Welches Kunstwerk?«

»Sagen Sie bloß, Alexander hat Ihnen noch nichts über sein unübertroffenes Kunstwerk berichtet.«

Sie zwinkerte mir und Alexander zu. Der lächelte verschmitzt.

Während die anderen sich bereits vor dem Haus versammelten, folgte ich Alex in eine weiter entfernt stehende Scheune. Vor der schweren Holztür hing ein Vorhängeschloss, das er mit einem Schlüssel aus seiner Hosentasche öffnete. In dem alten Schuppen war es stockdunkel. Zwangsläufig verlegte ich meine Empfindungen auf andere Sinnesorgane. Man hörte das Knarren der hölzernen Tür hinter uns und es roch nach Feuchtigkeit, aber auch nach morschem Holz, verrottetem Heu und Altöl oder Diesel. Ich mochte diesen muffigen Geruch nicht.

Alex machte Licht mit vier alten Petroleumlampen, die an Haken an den Wänden hingen. Jetzt erst vervollständigten meine Augen das Gesamtbild und boten mir weniger Gerümpel und Spinnengewebe, als vermutet, jedoch ein diesiges Licht.

Der Schuppen hatte mindestens eine Deckenhöhe von sechs Metern, vielleicht auch acht. An den Wänden lagerten noch immer alte Heuballen und es gab eine übliche Zwischendecke, die nur über eine Leiter zu erreichen war. Mitten in der Scheune stand irgendein großes, mit einem Segeltuch verdecktes, Gebilde. Eigentlich gab es auf dem Dachboden eine weite Öffnung, aus der zu Bauernhoftagen Transporte nach unten erfolgen konnten. Aber diese Öffnung war mit

Brettern vernagelt, sodass kaum Licht von dort in den Innenraum gelangte. Alex lief auf die Leiter zu und zog mich mit.

»Da hinauf?«

Ich hatte keine Lust auf die Leiter.

»Die siebte Sprosse fehlt! Vorsicht!«, warnte Alex.

Er stand bereits oben auf der Zwischendecke, als ich die Leiter noch prüfte, die sich als ziemlich alt und verwahrlost entpuppte und Zweifel in mir weckte, ob sie das Gewicht eines Menschen überhaupt aushielt.

»Keine Angst, ansonsten ist sie stabil«, rief Alex nach unten.

Nur äußerst zögerlich folgte ich ihm nach oben, in Erwartung, mein Halt bräche mir unter den Füßen weg. An der höchsten Sprosse angekommen, reichte Alex mir die Hand und zog mich hoch. Viel sicherer fühlte ich mich allerdings auf dem, unter jeder Bewegung knarrenden, Boden der Zwischendecke auch nicht.

»Gleich wirst du mein Wunderwerk sehen.«

Er benutzte zusätzlich eine Taschenlampe. Aufgeregt löste er eine festgebundene Schnur und zog daran, bis das meterlange angegraute Tuch sein Geheimnis freigab, das gut ein Drittel der Scheune einnahm. Zum Vorschein kam ein seltsamer Aufbau, der mir nichts sagte, zusammengesetzt aus einer Menge Metall, Zahnrädern und Ketten. Und mittendrin standen ein Kaffeebecher und eine dicke Kerze.

Verschämt hauchte Alex: »Ich nenne es mein Kunstwerk!«

Das war also sein Kunstwerk. Für mich sah es aus, wie das Bastelwerk eines Jungen in riesengroßer Ausführung. Damals war ich eher enttäuscht, denn von dem, was vor mir stand, konnte ich mir keinerlei Funktion ausmalen. Doch Alex war stolz, sehr stolz sogar.

»Wie findest du es?«

»Ziemlich gewaltig«, sagte ich, ohne zu lügen.

Er sah mich nachdenklich an und dann warf er einen langen Blick auf sein Werk.

»Gut, es hätte zierlicher ausfallen können, wenn ich andere Elemente benutzt hätte. Daran habe ich auch schon gedacht. Schließlich ließ ich es so, besonders da … am Ende …«

Alex zeigte auf einen, an einem dicken Seil von der Decke hängenden, uralten Ofen.

»… ein Kohleofen! Ich habe mich bewusst für solche alten banalen Dinge entschieden. Du wirst es verstehen, wenn ich dir erst den Mechanismus vorgeführt habe.«

Um die Konstruktion aufgedeckt zu lassen, befestigte er die Schnur der Abdeckung an einem Haken im Gebälk.

»Um den Schuppen durch das Gewicht des Ofens nicht dem Einsturz preiszugeben, musste ich eine aufwendige Metallunterstützung bauen. Hier …«, Alex bückte sich und klopfte auf einen Stahlträger, der unter uns quer durch den Raum und an den Außenwänden des Hauses verlief. »… hier klebt der Schweiß vieler Stunden!«

»Wie hast du das alles hierher gebracht?«

»Frag mich nicht! Immer nur stückchenweise! Seit zwei Jahren konstruiere und baue ich daran. Fast immer habe ich alleine daran gearbeitet. Wenn ich ehrlich bin, war es mehr ein Ausprobieren, als ein konstruieren. Die Idee dazu stammt aus einem meiner

Comics. Aber so etwas in die Realität umzusetzen, ist natürlich schwierig.«

»Wer hat dir denn mit der Stahlkonstruktion geholfen? Jemand aus dem *Haus*?«

»Ja, das war das Einzige, was ich nicht alleine schaffen konnte. Und natürlich auch das mit dem Ofen. Jens hat mir geholfen und manchmal Günter Buchheim.«

»Jens?«

Ich sah mich um. Dass Jens sich hier einmal bewegt und geschwitzt hatte, verlieh dem Raum für mich plötzlich ein Gedenkstättenflair. Wie ein Feuerwehrmann schwang sich Alex an einer Stange, die neben der Leiter von der Zwischendecke bis zum Boden reichte, nach unten.

»Elegant«, kommentierte ich und rutschte lachend hinter ihm her. Alex fing mich auf, hielt mich fest im Arm und küsste mich auf den Mund. Dann schob er mich vor sein Kunstwerk.

»Pass auf! Bleib mal da stehen!«

Aufgeregt griff er nach einer verschlossenen Cola-Flasche und goss die große Kaffeetasse, die auf einem Brett stand, voll. Dann legte er einen weißen Drops, der aussah, wie ein Pfefferminzbonbon, auf eine Halterung aus Pappe, lief zu der Kerze, und zündete sie an. Eine Weile bestaunte er sein eigenes Werk, bevor er beschwingt zu mir zurückkam.

»Jetzt pass auf!«

Er nahm ein sehr langes und dünnes Metallrohr in die Hand.

»Willst du es tun?«, fragte er.

»Was denn?«

Er drückte mir das Metallrohr in die Hand.

»Wir machen es gemeinsam. Du hältst mit fest und ich puste.«

Verwundert fasste ich mit an. Alex stand hinter mir, wir zielten auf ein feines Windrad und dann blies Alex mit aufgeblähten Backen kräftig hinein. Gespannt beobachtete ich, was passieren würde.

Erst eine Sekunde später bewegte sich das Rad. Es drehte sich und brachte wiederum etwas anderes in Gang. Der Drops fiel in die Tasse und die Cola schäumte wie bei einem Vulkanausbruch. Der ganze Ablauf dauerte nur Sekunden. Ein Brett auf einer Wippe kippte, ein schwerer Zylinder rollte herab und verschob die Kerze ein ganz klein wenig nach vorne. Ich blickte kurz zu Alex, der extrem angespannt auf die Kerze starrte. Nach einer Zeit, die mir wie eine Ewigkeit vorkam, fing das gespannte Seil über der Kerze Feuer. Es riss und der schwere Ofen, der an dem Seil hing, löste sich und krachte mit lautem Getöse auf einen extra markierten Fleck am Scheunenboden. Der Schuppen erschütterte schwer. Ich hielt mir die Ohren zu. Alex sagte etwas, aber ich verstand ihn nicht. Ich sah nur seinen Mund sprechen und sein verzücktes Gesicht, als er auf mich einredete. Dann nahm er mir die verkrampften Hände vom Kopf.

»Es hat geklappt! Es hat geklappt! Na, was sagst du dazu?«

Befremdet betrachtete ich den unversehrten Ofen am Boden. »Wozu?«

Es erschloss sich für mich überhaupt kein Sinn für diese aufwendige Kettenreaktion. »Ich habe zwar keine Ahnung, worum es eigentlich geht, aber mir stellt sich die Frage, warum du nicht einfach nur das Seil löst und dir die Kettenreaktion sparst?«

Für eine Weile erstarb Alex' Begeisterung. Er schüttelte den Kopf, als wollte er meine eben gemachte Bemerkung aus sich heraus schütteln. Dann lachte er wieder.

»Hey, Sarah, das ist doch gerade das Einzigartige. Comics, verstehst du? Comics sind Kunst! Das Leben am Rande des Extremen verlangt nach einem ebensolchen Tod!«

Verliebt in sein Kunstwerk wandte er sich zu dem Ungetüm in der Scheune um.

»Wow, das war jetzt sozusagen die Generalprobe. Es passt perfekt! Der alte Ofen trifft genau dort auf, wo ich es markiert habe!«

Er rannte zu der Markierung und dem Ofen und lief aufgeregt darum herum.

»Was meinst du also? Könntest du dir vorstellen, das mit mir gemeinsam zu vollenden?«

»Ich? Aber ich habe doch gar keine Ahnung von solchen Konstruktionen.«

Aber Alex meinte etwas anderes. Er kam auf mich zu und packte mich an beide Schultern.

»Du und ich – wir beide gemeinsam, Arm in Arm, küssend, eng umschlungen, stellen uns in diesen Kreis, den ich da aufgezeichnet habe, und warten auf den Tod!«

Erschrocken trat ich einen Schritt zurück. Dabei hielt er weiterhin meine Schultern fest. Er sah auf einmal nicht begeistert aus, sondern fanatisch. Sein Griff tat mir weh und ich wusste plötzlich nicht mehr, was ich denken sollte.

»Du erwartest, dass ich dort stehen bleibe und darauf harre, dass mir ein Kohleofen auf den Kopf fällt?! Bist du verrückt?«

Ich starrte verständnislos in sein besessenes Gesicht und befreite mich von seinen Händen.

Alex ließ seine Arme nach unten fallen, als begreife er mich nicht.

»Was ist bloß los mit dir? Ich dachte, wir beide wollten das gemeinsam machen. Ich dachte, du liebst mich!«

Buchheim betrat die Scheune, leise, doch wir bemerkten ihn. Ich war fast dankbar, dass er uns unterbrach. Auch er sah enttäuscht aus.

»Kevin hat die Aktion abgesagt.«

Es dauerte eine Weile, bis Alex sich gefangen hatte. Doch er ließ sich Buchheim gegenüber seinen Frust über meine Reaktion nicht anmerken.

»Das Wetter?«, fragte Alex, noch etwas gereizt.

»Sie haben keine Starterlaubnis erhalten.«

Kevin, Tim und Patrick waren also nicht gesprungen. Für mich war es eine Erleichterung. Ich hatte nicht gewollt, dass es geschieht. Wenigstens das blieb mir heute erspart.

»Na, Sarah, haben Sie sich von dem einsatzfähigen Zustand dieses Kunstwerks überzeugen können?«

Buchheim wies auf den umgekippten Ofen vor uns. Er umging den Ort des Aufpralls und nickte anerkennend. »Klappt doch! Es wird ein schweres Stück Arbeit werden, ihn erneut in Position zu bringen.«

Er lächelte mich von Weitem schmutzig an. »Dann können wir ja bald einen Zeitpunkt für euer gemeinsames Projekt festlegen.«

Dieser Satz brachte mich innerlich aus der Fassung. So hatte er sich das also gedacht. Sollte das etwa Alexanders und meine gemeinsame Zukunft sein? Meine Augen wanderten zwischen Buchheim und Alex hin und her. Das Schlimmste war, dass Alex jetzt doch noch so zufrieden und zuversichtlich lächelte, dass er scheinbar überhaupt nicht mitbekam, wie zerrissen ich mich fühlte. Ich sagte nichts. Ich ließ die beiden einfach stehen und ging hinaus an die Luft. Sie redeten hinter mir in der Scheune, ich hörte es, aber ich verstand es nicht.

Auf der Rückfahrt – alle blieben wegen der Absage der Kevin-Aktion stumm – grübelte ich über Alexanders Plan nach, der auch irgendwie Buchheims Plan zu sein schien. Ich ärgerte mich immer mehr, je länger die Fahrt mit diesen Irren dauerte. Noch mehr allerdings ärgerte ich mich über mich selbst, da ich scheinbar nicht in der Lage war, mich ihrer Einflussnahme zu entziehen und meine heimlich gehegte Hoffnung, Alexander da rauszuholen, rückte in weite Ferne.

Kevin und seine beiden Freunde betraten das Vereinshaus. Es ist schwer zu beschreiben, wie die Unzufriedenheit über die misslungene Aktion ihre Gesichter prägte. In ihrem stummen Ausdruck spielte auch eine Art Scham über ihr vermeintliches Versagen mit, was durch unpassende Bemerkungen einiger Vereinsmitglieder noch genährt wurde. Gerne hätte ich ihnen jetzt meine Freude über die vermeintliche Niederlage gezeigt. Buchheim und Alexander aber trösteten sie auf ihre Art.

*»Nehmt es nicht so schwer«*, und *»Das nächste Mal klappt es«*, waren ihre aufmunternden Worte.

»Das Wetter war nicht so vorhergesagt worden«, entschuldigte sich Kevin. Er setzte sich auf einen der Barhocker und strich mit Daumen und Zeigefinger um sein Kinn herum.

»Scheiße!«

Mit seinem Ausruf entlud sich ein winziger Teil seines Frustes.

»Ja – allerdings, schließlich war die Strecke zu diesem Bauernhof lang genug.«

Geradezu sträflich wurde der Zwischenrufer von Alex taxiert und ich bemerkte mit Gänsehaut, zu welcher Aggressionslust er sich mal wieder aufladen konnte. Ich registrierte allerdings auch sein soziales Empfinden, welches ihn trieb, den ungerechtfertigten Angriff auf seine drei Freunde nicht ungestraft zu lassen.

»Kann es sein, dass unsere Mitglieder Marten und Kessel sich ernsthaft beschweren über den missglückten Versuch dreier unserer Freunde, während sie selbst ...« Er presste die Worte zwischen seinen Zähnen merkbar zurückgehalten hervor, wobei er sich zunehmend in seiner Lautstärke steigerte. »... sie selbst nicht einmal einen Versuch unternehmen vor lauter jahrelanger Planerei?!«

Alex war bei den letzten Worten aufgesprungen und auf die beiden Angesprochenen zugegangen, die wiederum von zwei weiteren Mitgliedern beruhigt wurden. Marten und Kessel waren die beiden, die Alex sowieso nicht ausstehen konnte, diejenigen, welche sich stets mit Buchheim von uns anderen absonderten. Buchheim legte seine Hand beruhigend auf Alex' Schulter.

»Ruhig, Alex!«

Doch Alex schüttelte seine Hand ab.

»Ich will nicht ruhig sein!«, rief er. »Was ist mit euren Plänen? Sind sie tatsächlich jedes Mal so schlecht, dass man sie nicht durchführen kann? Was ist mit der Höhlentour, um eingeschlossen zu werden, was mit dem Bootsausflug bis auf die hohe See? Sind alle diese Vorhaben etwa wirklich nicht durchführbar oder ist es tatsächlich so, dass ihr es in Wahrheit gar nicht verwirklichen wollt?«

Alex war kaum noch zu bändigen. Sein Kopf glühte vor Hitze und Buchheim und Kevin hatten Mühe, ihn davon abzuhalten, die beiden am Hals zu packen. Schließlich brachten sie ihn zum Stehenbleiben. Seinen Mund konnten sie ihm jedoch nicht zuhalten.

»Entweder seid ihr zu feige oder ihr seid Verräter!«

An dieser Stelle gab es wiederum Schwierigkeiten, die beiden älteren Herren auf ihren Plätzen zu halten.

»Diese Anschuldigungen«, rief Kessel außer sich, »sind so übel, dass man meinen könnte, sie kämen von einem frustrierten Unglücksraben, dessen eigene Pläne nur deshalb so kompliziert sind, weil er sich so wichtig wie möglich machen will. Alexander, du bist nicht nur ein Irrer, sondern auch ein eingebildeter Sprücheklopfer! Ob du es besser kannst, musst du uns erst noch beweisen. Wo ist denn deine viel gepriesene Tötungsmaschine, die alles bisher Dagewesene in den Schatten stellen soll? Wir haben sie noch nicht gesehen! Oder ist das auch etwa nur ein Plan ohne Durchführungsmöglichkeit?«

Die Erinnerung an Alex' Kunstwerk in der alten Scheune schmerzte. Allzu leicht und zu gern vergrub ich alles, was Alexander negativ umhüllte und was meiner Zukunft mit ihm im Wege stand, in unergründbare Hirnwindungen. Jetzt, wo ich meinte, sein Vertrauen zu haben, als seine Freundin, die er doch liebte, musste ich so bald wie möglich handeln. Ich musste ihn so fest an mich binden, dass er sich von Buchheim und diesem Irrenhaus losriss. Stattdessen aber fesselte er mich immer mehr an sich und zog mich Stück für Stück einem gemeinsamen Tod entgegen.

Wahrscheinlich wussten Marten und Kessel, dass sie für diesen Abend am besten aus dem *Haus* verschwinden sollten.

»Und Verrätern geht es schlecht!«, schrie Alex ihnen hinterher.

Kevin und seine Freunde sahen müde aus.

»Wir werden einen neuen Termin bekannt geben«, kündigte Kevin mit matter Stimme an.

# Leo und Mathilde

Der Kalender zeigte den 16. November, einen der inzwischen sehr kühlen Tage, die bereits mit Schneeregen und Graupelschauer in unsere Straßen einfielen, jedoch noch nicht die nötigen Temperaturen für einen ordentlichen weißen Schneefall mit sich brachten. Da das Brummen in meinem Kopf sich auf Sparflamme hielt, jedoch ab und zu größer aufzüngelte, wollte ich mir neue Tabletten besorgen. Dazu musste ich extra zu meinem Hausarzt in die Sprechstunde. Ich dürfte sie nicht so oft nehmen, mahnte er mich an. Als ob ich das nicht gewusst hätte!

»Was soll ich denn machen?«, brüllte ich ihn an. »Was?!«

Er wollte, dass ich endlich zum Neurologen ginge. Ansonsten wäre es das letzte Rezept über Triptane, das er mir ausstellte. Ich nahm das Rezept und ging.

Gerade an diesem Tag klatschten fette kalte Graupeltropfen auf dem Weg in unser *Haus* in mein Gesicht. Ich bemerkte die beiden, wie sie im Dunkeln das Vordach der Haustür erreichten, die Nässe von ihren Schuhen stampften und ihre Kleidung ausklopften. Sie standen vor der Tür und besprachen sich. Ich kümmerte mich nicht weiter um sie, weil ich dachte, sie hätten nur einen Unterschlupf gegen dieses scheußliche Wetter gesucht und würden bei Abflauen des Niederschlags weiterziehen.

Etwas später kamen sie jedoch zu uns herein. Sie nahmen, im Eingang stehend, ihre Mützen vom Kopf und reichten sich gegenseitig die ausgezogenen Mäntel an, nicht wissend, wohin mit den tropfenden Dingern. Dies war der Tag, an dem wir Mathilde und Leo kennenlernten, beide knapp neunzig Jahre alt, grau- und dünnhaarig, und noch immer zusammen. Ich muss zugeben, dass wir überrascht waren. Keiner von uns, nicht einmal Buchheim, wäre auf die Idee gekommen, sie wüssten genau, wo sie hier gelandet waren. Vereinsmitglieder in diesem Alter hatte es bis dahin noch niemals gegeben. Franziska ging auf die alten Leute zu, um sie in Empfang zu nehmen.

Es wurde eine schwierige Unterhaltung, besonders, da Leo stark schwerhörig war und entsprechend wenig verstand. Daraufhin wiederholte Mathilde ihm alles noch einmal und sie schien manchmal geradezu verärgert über seine Taubheit. Somit war es fast unmöglich, die beiden nicht wahrzunehmen und es bildete sich bald ein Kreis von Neugierigen um sie herum. Ich beobachtete Leo, der mit kleinen, fast schon tippelnden Schritten seiner Frau und Franziska zu einer Sitzgruppe folgte, aber im Gegensatz zu seiner Frau keinen Gehstock benutzte. Nach mehreren Verrenkungen landete er im Sessel, stellte fest, dass man in diesen aber sehr tief einsackte, und blieb dann weit nach hinten gelehnt dort sitzen. Wir konnten uns denken, dass er sich so schnell nicht wieder erheben würde.

Was Mathilde und Leo zu uns führte, erfuhren wir gleich in Mathildes nächstem Satz.

»Ja, weil wir uns doch umbringen wollen!«

»Nun einmal ganz langsam«, beruhigte Franziska sie, die nervös Augenkontakt zu Buchheim suchte. »Sie brauchen Hilfe. Woher haben Sie denn unsere Adresse?«

»Was sagt sie?«, fragte Leo dazwischen.

»Die Adresse? Die haben wir von einem alten Freund! Sie müssen uns aber helfen!« Mathilde presste beide Hände zusammen vor ihrer Brust, als wollte sie beten. »Bitte, Sie müssen uns helfen! Schicken Sie uns nicht weg. Wir wissen nicht, was wir sonst tun sollen.«

Beruhigend nahm Franziska ihre wippenden Hände und hielt sie fest.

»Ist ja gut! Wir helfen Ihnen, wenn wir können. Wir können über alles reden. Nun sagen Sie uns erst einmal, was Sie so bedrückt, dass Sie sich umbringen wollen.«

»Was sagt sie?« Leo streckte seinen Kopf seitlich nach vorne, um sein rechtes Ohr in Richtung der Sprechenden zu halten, doch man ignorierte ihn.

»Wir sind doch schon so lange zusammen, mein Leo und ich – über sechzig Jahre schon! Wir wollen nicht auseinandergerissen werden. Darum!«

Mathildes Stimme bebte und ihr schmaler Kopf zitterte, während sie sprach und ihre Augen schweiften Hilfe suchend in die Runde. Ich erschrak, als sie mich mit ihren geröteten Augen ansah. Fast hätte ich mit ihr geweint.

»Sie sollen auseinandergerissen werden? Kommt jemand von Ihnen in ein Heim?«

»Ins Heim? Warum sollen wir ins Heim? Nein – ER wird uns auseinanderreißen.«

»Wer ist ER?«

»ER, der uns alle trennt! Der Knochenmann wird kommen und einen von uns mitnehmen, aber wir wollen zusammenbleiben bis zum Ende! Keiner von uns beiden darf alleine zurückbleiben.«

Jeder von uns hielt inne. Wir waren erschüttert. Franziska stand auf und besprach sich mit Buchheim, der weiter hinten an einem Schreibtisch saß, jedoch genau zuhörte. Dann kam sie zurück und legte eine beruhigende Miene auf.

»Ich verstehe Ihre Angst. Wenn Sie möchten, geben wir Ihnen eine Adresse, wo man Ihnen besser helfen kann als hier. Ihr Fall ist vielleicht etwas zu schwierig für unsere … Therapie.«

Doch damit ließ sich Mathilde nicht vertrösten. Und auch Leo, der offensichtlich doch mehr mit bekam, als wir dachten, rutschte aufgeregt im Sessel hin und her.

»Wir wollen keine andere Adresse. Sie sollen uns helfen!«

»Aber wir können nicht. Was Sie brauchen, ist eine wirklich gute Therapie und psychologische Unterstützung, damit Sie von diesen Gedanken weg kommen.«

»Wir brauchen doch keine Therapie!«, rief die alte Dame entrüstet. »Wir wollen uns gemeinsam umbringen, bevor es das Schicksal tut. Basta! Und Sie müssen uns beistehen, sonst ist es zu schwierig für uns.«

Jetzt erst begann uns zu dämmern, dass die beiden Alten wirklich genau wussten, was sie wollten und wo sie sich befanden. Jetzt kam Buchheim doch mit an den Tisch und mischte sich in das Gespräch ein.

»Wie kommen Sie darauf, dass wir Ihnen dabei helfen könnten?«

»Na, hier werden doch Selbstmörder unterstützt. Sie helfen doch allen, sich umzubringen.«

Entsetzt riss Buchheim die Augen auf und wir alle blickten uns gegenseitig fragend an. In der Regel sprach man im *Haus der Verlorenen* nur sehr leise das Verbotene aus.

»Psssst …«, machte Franziska deshalb.

Buchheim fasste sich an die Stirn, als wollte er sie

mit seiner Hand kühlen oder seine schwirrenden Gedanken auf diese Weise festhalten.

Hinter seiner müden Fassade kam Leo hervor, während Mathilde zu weinen anfing. Er legte ihr tröstend eine Hand auf den Oberschenkel und sah Buchheim an, mit Augen, die plötzlich unglaublich intelligent aufflackerten.

»Mathilde und ich wissen genau, was wir wollen und was Sie hier machen. Denken Sie, in unserem Alter wüsste man nicht, was man sagt und macht Spaß mit dem Tod? Es ist uns bitterernst. Entweder Sie helfen uns oder wir müssen uns woanders Hilfe holen.«

Alle waren auf einmal sehr betroffen. Buchheim nickte uns ernst zu und wir verstanden auch ohne Worte, dass wir uns zurückzuziehen hatten. Er und Franziska sprachen nun alleine mit den beiden.

Noch am selben Abend beriet die Gemeinschaft über Leos und Mathildes Schicksal. Ihre Beweggründe waren klar, ihr Wunsch war eindeutig und sogar ich konnte innerlich Verständnis für ihre Todessehnsucht aufbringen.

Ihre Angst, nach so vielen Jahren getrennt zu werden, konnte ich vollkommen nachvollziehen. Zu all dem meinte ich herauszuhören, dass Buchheim sich sorgte, sie könnten vor Frust anderen von unserer Gemeinschaft berichten, wenn sie nicht ihren Willen bekämen. Nicht klar war, wie es geschehen sollte, da sie selbst keinen Plan mehr zustande brachten. Vor allem war es schwierig, die beiden so zu unterstützen, dass sie ihren Tod letztendlich alleine herbeiführen konnten. Mit allen Ideen bewegten wir uns unvermeidbar am Rande des Mordes.

Schließlich schlugen wir den beiden eine Kohlenmonoxidvergiftung vor, nachdem sie uns erzählt hatten, sie schliefen immer noch ab und zu in einem Wohnwagen. Die dortige Gasheizung, Marke Eigenbau von Leo aus früheren Tagen, machte jedes Mal beide aufgrund ihrer »*Wärme*« so angenehm müde. Alexander vermutete deswegen, dass diese Heizung undicht war und so permanent zu Sauerstoffmangel führte. Als Mathilde das hörte, regte sie sich auf und beschimpfte Leo.

»Da hätten wir beide ja schon lange tot sein können!«

Wie vorauszusehen, kamen Mathilde und Leo nur mit einiger Mühe aus den tiefen Sesseln heraus. Buchheim versprach, sich sehr bald bei ihnen zu melden und sie versprachen ihrerseits, niemandem ein Sterbenswörtchen zu sagen.

»Ich bin dafür, diese Geschichte sehr schnell über die Bühne zu bringen«, sagte Buchheim besorgt, als sie schon fort waren. »Sie wissen einfach zu viel. Wir können nicht sicher sein, wie lange die beiden alles für sich behalten werden. Ich habe mir ihre Adresse geben lassen. Der besagte Wohnwagen steht in ihrem eigenen Garten hinter dem Haus. Jemand von uns muss dorthin fahren und diese Gasheizung überprüfen.«

Er sah in die Runde und blieb an Marc hängen. »Ein bisschen technisches Verständnis ist schon notwendig, um zu sehen, wie es mit der Heizung bestellt ist.«

Marc blickte interessiert auf. »Die Frage ist, ob so ein Wohnwagen abgedichtet genug ist, um eine tödliche Dosis Kohlenmonoxidvergiftung herbeizuführen.«

»Dann muss man dafür sorgen, dass es so ist!«

Buchheim blinzelte ihm zu und nahm dann zu meinem Schrecken auch mich ins Visier. »Leo und Mathilde wohnen in Burgaltendorf. Im Grunde eine schöne Gelegenheit für Sie und Marc, sich unser Vertrauen zu verdienen.«

»Ich soll was?« Mein Herzschlag verdoppelte sich.

»Keine Panik, meine liebe Sarah, das Technische daran kann Ihnen Marc sicher erklären und gegebenenfalls auch abnehmen« Buchheim kniff kritisch die Augen zusammen. »Es ist nicht viel zu tun dafür: ein bisschen was abdichten, ein kleines Loch im ohnehin schon maroden Abgassystem … Marc sollte doch nicht alleine für den Ablauf der Aktion verantwortlich sein, nicht wahr? … Sind Sie etwa nicht bereit, für den Schutz unserer Gemeinschaft diese kleine Handreichung zu erbringen? Ich muss sagen, dass mich das schon sehr erstaunen würde.«

Bei seinen Worten beäugten mich die Übrigen fragend und an einigen Augenpaaren erkannte ich, dass sie mich misstrauisch musterten. Als ich dann auch noch Alexanders gerunzelte Stirn bemerkte, versuchte ich mich halbherzig zu verteidigen: »Besagen die Regeln nicht, dass die anderen Vereinsmitglieder nicht mit Hand anlegen sollen?«

»Aber Sarah! Die beiden alten Leute sind nicht mehr in der Lage, selbst tätig zu werden. Sie haben es doch gehört! Abgesehen davon gehören sie unserem Verein nicht an. Sie würden den beiden Alten doch ganz sicher bei allen anderen Tätigkeiten auch gerne helfen, wenn sie darum bäten, oder?«

Ich sah Marc an, der mir gegenübersaß, und fand seinen Gesichtsausdruck ein wenig verunsichert, doch auf einen Blick von Buchheim hin nickte er mir aufmunternd zu. »Komm schon – die beiden wollen es ja so und gerade eben waren wir uns alle noch einig darüber, dass sie ein Anrecht auf ihren selbst gewählten gemeinsamen Tod haben.«

Stockend stieß ich meine tief eingeatmete Luft aus und zögerte mit meiner Antwort. Alex legte seinen Arm um meinen Hals und lächelte Buchheim zufrieden an, als hätte ich bereits zugesagt. »Warum sollte sie uns den kleinen Gefallen nicht tun? Natürlich wird sie mithelfen.« Er blickte mir fürsorglich in die Augen. »Möchtest du, dass ich euch begleite?«

Ich schüttelte langsam den Kopf. »Nein«, sagte ich leise. »Lass mal.«

Als Marc mich zwei Wochen später tatsächlich abholte, war mir gar nicht gut. Er trug einen Rucksack mit sich und wartete vor der Tür. Stumm schritten wir die Treppe im Hausflur herunter und schlugen den Weg zu Fuß in Richtung Felder ein. Es war kalt und es fiel niemandem auf, wenn wir unsere Mützen tief ins Gesicht zogen. Leo und Mathilde wohnten in meinem Stadtteil. Ihr altes Haus stand auf einem weit abgelegenen Grundstück mit einem ausgedehnten Garten. Vor dem Zaun, nicht direkt vor dem eigentlichen Tor, blieben wir stehen und starrten auf den kleinen Wohnwagen, der geschützt unter einem großen Kirschbaum sein vermoostes Dasein fristete. Marc blickte sich kurz um und sprang dann über den Holzzaun.

»Marc, warte!«, flüsterte ich ihm hinterher, doch er schlich bereits in geduckter Haltung am Rande ehemaliger Beete entlang.

Fluchend folgte ich ihm, kletterte über die Holzlatten und landete in wildem Gestrüpp. Der Garten hatte schon gepflegtere Tage gesehen; man sah ihm an, dass die Bewohner dieses Hauses nicht mehr viel Kraft für eine Rasenpflege aufbringen konnten. Als ich Marc so hinterher schlich, fühlte ich mich wie eine miese Verbrecherin und fürchtete, dass uns jemand beobachten könnte, doch das Grundstück war lediglich vom Haus aus einsehbar. Die Rollläden des Hauses selbst waren geschlossen.

»Marc, warte doch mal!«

Ich lief ein paar Schritte über den vor Kälte verhärteten Boden, um ihn einzuholen. Dann erwischte ich ihn an der Schulter. »Was ist, wenn die beiden sich gar nicht mehr an uns erinnern und die Polizei rufen, wenn sie uns entdecken?«

»Was? Warum sollten sie sich nicht erinnern?«

»Naja, sie sind alt …«

»Sarah – die waren tough genug, bis in die Innenstadt zu fahren und unseren Verein aufzusuchen. Glaube mir – sie würden sich erinnern!«

»Und wenn sie es sich anders überlegt haben?«

Marc schüttelte den Kopf. »Dann werden sie sich wohl nicht in diesen Wohnwagen schlafen legen oder vorher ihre Heizung reparieren lassen!«

Wir standen inzwischen vor dem Wohnwagen. Ausgeblichene Scheibengardinen verwehrten uns von außen den Einblick in das kleine Ersatzheim. Marc lief einmal um den Wagen herum und suchte anscheinend nach einem Zugang zur Heizung.

»Und?«, fragte ich, als er wieder neben mir stand.

»Du musst wohl reingehen.«

»Ich?!«

»Dann eben wir. Irgendetwas musst *du* aber auch machen!«

»Wieso – was wolltest du denn machen?«

Marc packte an den Griff der schmalen Tür und drückte sie auf. »Wir müssen die Dachluke zudecken und innen nach dem Abgasrohr suchen ... Nach dir!«

»Warum ist die Tür nicht verschlossen?« Ich flüsterte noch immer. »Da könnte ja jeder rein.«

»Wahrscheinlich halten sie das auf ihrem einsamen Grundstück für überflüssig.«

Er schubste mich ein bisschen von hinten und widerwillig trat ich ein. Marc folgte direkt dahinter und zog die Tür wieder zu. Der Wohnwagen roch muffig und erinnerte mich an ein museumsreifes Ausstellungsstück. Die eingebauten Holzschränke waren aus dunklem Eichenfurnier und auf dem Klapptisch stand eine kleine Vase mit künstlichen Blumen. Marc hatte inzwischen eine Silikonpistole aus seinem Rucksack geholt.

»Prüfe mal, ob es an den Fenstern zieht. Wenn ja – dichte sie hiermit ab.« Er presste mir die Pistole in die Hand. »Geöffnet ist sie schon, du brauchst es nur von hinten herauszudrücken.«

»Wird man nicht misstrauisch werden, wenn man diese Abdichtungen findet?«

»Wieso? Das kann Leo doch selbst gemacht haben. So, wie das hier aussieht«, er blickte stirnrunzelnd in den Kleiderschrank, unter dem sich die Heizung befand und durch den ein langes Rohr nach draußen führte.

Ich begann, mit den Händen die Fensterränder abzutasten.

»Warte!«, rief Marc, » ... zieh dir vorher Handschuhe an!« Er kramte in seiner Jackentasche und überreichte mir ein Paar Einmalhandschuhe. Er selbst trug die ganze Zeit über schwarze Lederhandschuhe.

»Du hast also doch das Gefühl, etwas Strafbares zu tun!«, warf ich ein, während ich mir die kalten gelben Dinger über die Finger zog.

»Sarah! Mach es einfach!«

Ich zuckte zusammen und beobachtete beklommen, wie er sich an das Abgasrohr im Kleiderschrank heranmachte. Schließlich schmierte ich zwei, drei Stellen am Fenster über der Kochnische mit Silikon zu. Es war ja eigentlich nicht viel, was ich dazu beitrug. Nur ein bisschen gallertartige Masse auf ein paar Löcher quetschen und verschmieren. Das war alles. Konnte man das schon Mord nennen? Mord war sowieso nicht das richtige Wort – Beihilfe zum Selbstmord, würden sie es wohl nennen … falls es herauskäme …

Marc stieg auch noch mit einem Bein auf die Spüle und hangelte sich an die Dachluke.

»Wenn du da was abdichtest, könnte man das aber kaum Leo andichten!«, bemerkte ich.

Er hantierte ein bisschen und sprang dann wieder herunter.

»Die Luke ist ewig nicht mehr benutzt worden und komplett verklemmt.«

Eilig nahm er mir das Silikon aus der Hand und verstaute es wieder in seinem Rucksack. Bevor ich hinter ihm den Wohnwagen verließ, fiel mein Blick noch einmal auf die beiden bezogenen Betten und in Gedanken sah ich die beiden alten Leute dort schlafend, Hand in Hand …

Ich sprang hinter Marc aus der Tür und wunderte mich, wieso er eine Plastiktüte mit dem vermoderten Laub des Kirschbaumes füllte. Dann kletterte er mit der Tüte den Stamm hinauf und schüttete das halb kompostierte Zeug über der Dachluke aus.

Mit ausgestrecktem Arm hielt er mir die Tüte entgegen. »Fülle sie auf.«

»Wozu?«

»Die Luke muss dicht sein, sonst wird das nichts. Einen Teil hat die Natur schon von sich aus darauf ausgebreitet.«

Zwölf Mal füllte ich den Plastikbeutel mit Kirschbaumlaub auf, das ich mit meinen behandschuhten Händen vom Boden aufsammelte. Zum Schluss verteilte Marc einiges davon, wie zufällig darauf gefallen, über das gesamte Dach des Wagens.

»Das sollte wohl reichen«, meinte er, als er herabgeklettert war. »Sie müssen nur noch das Gas so weit wie möglich aufdrehen und lange genug liegen bleiben. Den Rest erledigt Leos gebastelte Heizung.«

»Und das Abgasrohr, das du durchstochen hast?«

Marc antwortete nicht darauf. »Komm – lass uns hier verschwinden!«, sagte er stattdessen.

Wir huschten über den kahlen, halbgefrorenen Rasen zurück zum Zaun. Verstohlen sah ich zum Fenster des Wohnhauses. Die Rollläden waren noch immer heruntergelassen.

Wir nahmen nicht denselben Weg zurück, den wir gekommen waren, sondern liefen absichtlich in entgegengesetzter Richtung und machten einen großen Umweg, um mögliche Zeugen unseres Einbruchs auf eine falsche Fährte zu locken. Erst als wir ganz sicher waren, dass uns niemand gefolgt war, zogen wir uns die Mützen von den verschwitzten Köpfen. Der Wind schnitt noch immer eisig in unser Gesicht. Trotzdem lief mir der Schweiß zwischen den Brüsten entlang. Vor der Einbiegung zu meiner Straße blieben wir stehen, um uns zu trennen.

»Nun haben wir es getan«, sagte ich leise.

»Ja.«

»Und du meinst, diese einfachen Maßnahmen können ihren Tod verursachen?«

»Ganz sicher.«

»Werden sie auch bestimmt nicht leiden?«

»Sie werden es gar nicht merken«, seufzte Marc.

»Ich fühle mich schäbig, ganz ehrlich. Es war, glaube ich, nicht richtig, was wir getan haben.«

Marc senkte kurz die Augen. »Die beiden können noch immer selbst entscheiden, ob sie die Heizung aufdrehen oder nicht …«

»Marc! Mach dir nichts vor! Wir haben uns strafbar gemacht, nicht nur nach dem Gesetz, sondern auch moralisch!«

»Vorgestern waren wir uns noch alle einig, dass es moralisch richtiger sei, ihnen zu helfen.« Er wackelte nervös mit dem herabhängenden Gurt seines Rucksacks. »… Vielleicht tun sie es ja nicht …«

»Hoffen wir das …«, sagte ich, »… ich würde mich weitaus wohler fühlen.«

Ich ging heim und zwang meinem widerstrebenden Geist den Gedanken auf, den alten Leuten etwas Gutes getan zu haben.

Im *Haus* war man indes sehr zufrieden mit uns. Nach ein paar Tagen vergaß ich die beiden.

# Kevin und seine Freunde

Am 20. November fuhren wir ein zweites Mal zu dem abgeschiedenen Waldstück, von dem aus wir Kevin und seine Freunde bei ihrem Fall ohne Fallschirm beobachten sollten. Die Stimmung im Wagen war eher missmutig, denn auch heute sah das Wetter nicht eben beständig aus.

Wir speisten, wie damals, in dem Bauernhof am Waldrand und zur vereinbarten Zeit standen wir an der Aussichtsposition. Anders, als bei ihrem ersten Versuch, war ich mir heute viel sicherer, dass sie es bei dieser Witterung nicht schaffen konnten, und fühlte mich dementsprechend ruhiger.

Wie sehr ich mich doch irrte!

Denn da tauchten sie plötzlich am Himmel auf.

Ein kleines Flugzeug näherte sich dem für den Absprung vorgesehenen Ort. Alle, die mitgefahren waren und nun vor dem Bauernhaus warteten, sprangen von ihren Stühlen, die sie sich trotz der Kälte nach draußen geholt hatten. Sie klatschten, während ich noch nicht so richtig begriff, was da eigentlich gerade passierte. Wir hatten doch bisher immer nur über den Tod gesprochen, immer nur geplant, ein bisschen Laub und Silikon verteilt und abgewartet! Ich konnte mir einfach nicht vorstellen, dass es nun wirklich geschah.

Je näher das Flugzeug dem eigentlichen Ziel kam, desto mehr spürte ich meinen Magen. Würden sie tatsächlich ohne Fallschirm abspringen? Ich hatte niemals versucht, Kevin von seinem Vorhaben abzuhalten. Wer sollte das jetzt noch tun? Ich wischte mir salzige Tröpfchen von der Oberlippe. Kein Horrorfilm der Geschichte hatte je ein so grauenhaftes Gefühl in mir hervorgerufen. Da oben, weit entfernt von uns, öffnete sich, kaum zu erkennen, die Luke des kleinen Flugzeuges und Menschen erschienen, wie winzige Puppen, so klein.

Sie zögerten nicht und sprangen, was bei meinen Vereinskameraden Beifall hervorrief, während mein Herz dieses Klatschen in meinen Ohren fast übertönte. Die Springer bildeten zu dritt eine Formation, indem sie aufeinander zuflogen, und gaben sich die Hände. Ob sie Fallschirme bei sich trugen, konnte man gar nicht erkennen.

*Bitte, zieht die Fallschirme!*, flehte ich. *Bitte!*

Doch sie zogen nicht. Vor unseren Augen flogen sie – es war eine Sache von Sekunden – einem freien, niedergemähten Feld entgegen.

»Jetzt müssten sie spätestens ankern!«, bemerkte Buchheim gespannt.

Für einen Moment hielten auch die anderen den Atem an.

Sie ankerten nicht, sondern prallten, ohne sich gegenseitig loszulassen, auf sicher genau der Stelle auf, die sie sich dafür ausgesucht hatten. Es war passiert! Drei Menschen, die ich kannte und mochte, starben grausam vor meinen Augen, ohne, dass jemand half.

Ich glaube, ich war die Einzige, der zu diesem Zeitpunkt der Darbietung schlecht wurde. Alle anderen riefen begeistert durcheinander und sprachen von einer gelungenen Aktion. Sie umarmten sich, in Freude ausbrechend, während ich mit einem Teil meines Mageninhaltes und der Schwärze vor meinen Augen kämpfte. Mühsam riss ich mich zusammen und schluckte und schluckte und spürte gleichzeitig, wie sich noch andere meiner Innereien bemerkbar machten. Ich verschwand in der Hütte, um schnell den Ort aufzusuchen, an dem ich beide Körperöffnungen entleeren konnte.

# Hoffnung auf Zukunft

An der Beerdigung von Kevin, Patrick und Tim nahm ich nicht teil. Es gingen ohnehin nur Einzelne zum Friedhof, damit die Gemeinschaft dort nicht als solche in Erscheinung trat. Ich aber, ich hielt mich für längere Zeit vom *Haus der Verlorenen* fern, tischte Alex gegenüber immer andere Lügen auf, um nicht zu den Treffen mitfahren zu müssen. Es gefiel ihm offensichtlich nicht und nur unter Protest ließ er mich jedes Mal zurück.

Durch den Schock des Vorfalls mit Kevin trat eine Art Ernüchterung bei mir ein, die mir in der Folgezeit vorgaukelte, über den Dingen zu stehen. Es war jedoch eine Selbstlüge, der ich aufsaß, denn in Wirklichkeit beschäftigte ich mich nach wie vor mit allem, was das *Haus der Verlorenen* betraf. Ich fragte Alex aus, wenn er zu mir nach Hause kam und bei mir übernachtete. Jede Zeitung durchforstete ich nach verdächtigen Artikeln, jede Todesanzeige las ich aufmerksam durch. Bei vielen Dingen, mit denen ich mich am Arbeitsplatz und Zuhause beschäftigte, dachte ich an die Menschen im *Haus*, an das, was sie wohl gerade machten und vor allem an Alex. Abend für Abend bekniete er mich, doch wieder mit ihm mitzukommen. Das ging so weit, dass er mich das eine Mal regelrecht anflehte und mir das andere Mal vorwarf, ihn nicht mehr zu lieben.

»Wir vermissen dich!«

»Es tut mir leid, aber ich bin mir plötzlich nicht mehr sicher, was ich wirklich will.«

»Aber warum denn? Was ist denn geschehen, dass du dich abwendest?«

## Buchheims Drohung

Eines Abends klopfte es an meiner Wohnungstür. Ich wunderte mich, da Alex sonst eigentlich schellte, aber ich öffnete arglos. Völlig unerwartet stand Buchheim vor mir mit einem seiner hässlichen Hunde an der Leine. Damit hatte ich nun wirklich nicht gerechnet.

»Was wollen Sie?«, fragte ich.

»Wir haben lange nichts mehr von Ihnen gehört.«

Er setzte seinen Fuß über meine Schwelle und zog den Hund mit. Vollkommen verdutzt ließ ich ihn eintreten.

»Odin! Platz!«

Damit positionierte er das Tier vor meiner eigenen Wohnungstür, die er hinter sich zuzog. Von da an wusste ich, dass es ein großer Fehler gewesen war, Buchheim überhaupt in meine Wohnung zu lassen.

»Nun wissen Sie ja, dass ich noch hier bin«, sagte ich und beobachtete ihn, wie er durch mein Wohnzimmer schritt und mit herablassendem Blick meine Privatsachen musterte.

»Hübsch, hübsch«, meinte er ironisch. Langsam kam er auf mich zu und blieb nur wenige Zentimeter vor mir stehen. »Wir sehen es nicht gerne, wenn sich eins unserer Mitglieder so selten blicken lässt. Wenn Alexander in einer Anwandlung von Unzufriedenheit eine Weile nicht kommt, habe ich keinerlei Bedenken, aber Ihnen kann ich leider nicht vertrauen.«

»Was wäre denn, wenn ich es täte?«

»Wenn Sie was täten?«

»Zur Polizei gehen oder zur Zeitung zum Beispiel.«

Er spitzte seine Lippen wie in Zeitlupe und es entstand eine angespannte Pause.

»Sie haben einen Schwur geleistet!«, knurrte er dann.

»Ich weiß, ich habe auch nicht gesagt, dass ich es tun werde.«

Sein Tonfall wurde bedrohlich. »Das würde ich Ihnen auch nicht raten!«

Ich weiß auch nicht, was ich mir dabei dachte. Ich wollte mir seinen Auftritt in meiner Wohnung nicht ohne Weiteres gefallen lassen, deshalb provozierte ich ihn ein wenig.

»Was sollte mir denn geschehen? Wir sind doch sowieso alle so gut wie tot. Womit wollen Sie mir also drohen?«

Mein Herz raste, als ich das sagte und mit einem mulmigen Gefühl merkte ich, wie Wut in ihm aufstieg und er sich immer mehr beherrschen musste.

»Ich glaube, Sie können sich gar nicht vorstellen, was Ihnen alles zustoßen könnte«, sagte er gepresst. »Abgesehen davon, dass Sie bei den Vorbereitungen für einen angekündigten Selbstmord teilgenommen haben. Es sind zwei senile alte Leute, denen nicht klar war, was sie sagten. Ihre Manipulation der Wohnwagenheizung ... So etwas nennt man Mord!«

Dann drehte er sich um und schlenderte wieder mit seinen Schuhen auf meinem sauberen Hochflorteppich umher. Sein Blick blieb an den zwei Kissen auf meinem ausgezogenen Schlafsofa haften.

»Hier haben Sie also mit Alex geschlafen?«

»Möglich!«

»Und ...«, er grinste unausstehlich, als er vor dem Sofa stehen blieb, »... wie ist er so?«

»Das geht Sie gar nichts an! Und jetzt möchte ich, dass Sie gehen!«

»So, das möchten Sie also gern?«

Dreckig lachend setzte er sich mit seinem Hintern auf unser Bett und wippte auf und ab. Das Bett, auf dem nur Alex und ich Platz hatten, auf dem wir uns liebten und uns so nahe waren. Nun kochte in mir Wut hoch und ich versuchte, ebenso dreckig zu lachen, wie er.

»Sie auf diesem Bett – das wirkt geradezu lächerlich!«

Seine Lache verebbte mit jedem meiner Worte ein bisschen mehr und was übrig blieb, war das boshafte Antlitz eines gekränkten Machos.

»Odin! Achtung!«, befahl er unvermittelt.

Misstrauisch beobachtete ich den Hund an der Tür, der bei seinen Worten aufsprang und die Ohren spitzte, als wartete er auf den Befehl, mich zu zerreißen. Alarmiert wich ich zurück und suchte mit den Augen nach einer geeigneten Waffe, mit der ich auf den Hund eindreschen könnte, aber da war nichts in greifbarer Nähe. Eine Tischleuchte? Ein Rucksack? Ein Stuhl? Ein Stuhl kam noch am ehesten infrage. Oder ich müsste es bis zur Küche schaffen, um mir ein Fleischmesser zu greifen. Ich bereute es nicht zum ersten Mal, dass ich keine richtige Waffe im Wohnzimmer aufbewahrte.

Auf meinem Rückzug vor dem Hund, stieß ich rücklings gegen etwas und sah, dass es Buchheim war, der aufgestanden war. Plötzlich packte er mich am Hals und warf mich mit Wucht auf das Bett. Noch ehe ich mich rühren konnte, fixierten seine Knie meinen Körper.

»Hör zu, du kleines Miststück! Ich finde das nicht witzig!« Sein Griff war wie eine Zange, als wäre seine

Hand aus Stahl. Hektisch wehrte ich mich dagegen und trat um mich. Neben uns am Bett sah ich den Hund kläffen. Mit meinem Strampeln erreichte ich gar nichts. Buchheim warf sich auf mich und das Gewicht seines Körpers machte mir Abwehrbewegungen unmöglich.

»Hast du verstanden?«, drohte er laut.

Ich stöhnte auf und röchelte unter dem Zangengriff seiner Hand.

»Mmmh …!«

»Ob du mich verstanden hast!«

Speichel spritzte aus seinem Mund, als er mich anschrie.

»Ja«, presste ich mit Kraft heraus, kaum noch Luft, um meine Stimme zu finden.

»Ich werde dir zeigen, wer von uns beiden lächerlich ist!«

Er ließ meinen Hals los, nur um mir jetzt seinen Unterarm auf die Kehle zu drücken. Ich fühlte ihn auf meinem Bauch liegen und merkte, wie er nach unten in meine Hose griff. Panisch schlug ich seitwärts mit meinen Fäusten auf seinen Kopf ein, der jetzt auf meiner Brust lag, während er versuchte, mir die Hose auszuziehen. Ich schrie aus Leibeskräften! Ich packte in sein Haar und riss wie eine Furie an diesen grauen dünnen Büscheln, um ihm Schmerzen zuzufügen. Der Köter neben mir bellte mir Fischgeruch in die Nase. An den Haaren zwang ich Buchheims Kopf höher. Jetzt griff er mir wieder an die Gurgel und ich sah sein rotes Gesicht und die rote Kopfhaut, als er über mir kniete. Er ließ sich wieder auf mich fallen und ich fühlte etwas Hartes im Schritt.

»Neeeiiin!«

Verzweifelt versuchte ich zu schreien, doch ich bekam kaum noch einen Ton heraus. Mein *Neeeiiin* verhallte zu einem verkümmerten Krächzen. Die Luft blieb mir weg und ich wurde immer schwächer, zu schwach, mich weiter zu wehren.

»Was ist? Du willst das doch so, habe ich mir sagen lassen!«, hörte ich ihn wie aus weiter Ferne.

Plötzlich hielt Buchheim inne. Der Hund kläffte anders.

»Pscht!«, befahl Buchheim dem Tier und ließ meine Kehle los.

In einem Nebel von Eindrücken hörte ich, dass die Schelle meiner Wohnung ging. Buchheim keuchte und wartete. Es schellte noch einmal. *Alex,* dachte ich, *bitte, lass es Alex sein!*

»Sarah?«, rief es von draußen.

Es war Alex!

Buchheim stieg von mir runter und sortierte seine Kleidung, dann zog er mich an einem Arm zum Sitzen hoch.

»Komm hoch!«, zischte er und zupfte an meinen Haaren und meiner Bluse herum, um mich ordentlich herzurichten.

Noch immer völlig benommen schloss ich langsam und mechanisch den Reißverschluss meiner Hose und steckte die heraushängende Bluse hinein.

»Sarah, mach auf!« Alex klopfte erneut.

Buchheim, das Schwein, beobachtete, wie ich mich fertigmachte, und betrachtete mich dabei mit abgrundtiefem Hass.

»Du hast Familie!«, raunte er.

Ich sah ihn kraftlos an und ahnte, worauf er hinaus wollte. »Nein!«, antwortete ich.

»Aber Eltern hast du noch, ja?! Und ihn hier …« Er wies mit dem Kopf zur Tür. »Alex! Du liebst ihn doch, oder?«

Ich schluckte nur.

Dann nahm Buchheim das Tier am Halsband und ging mit ihm zur Tür. Unterwegs strich er sich das Haar glatt.

Als Alex die Wohnung betrat, hätte er eigentlich sofort merken müssen, was los war. Ich wartete darauf, dass er ein Riesenspektakel machte, so aggressiv, wie ich ihn in anderen Situationen schon erlebt hatte. Er blickte zwar auch etwas verwundert auf uns beide und ich glaube auch nicht, dass er Buchheim hier erwartet hatte, doch er sagte nichts dazu. Heute frage ich mich, ob er dachte, Buchheim und ich hätten etwas auf freiwilliger Basis miteinander gehabt. Jedenfalls machte er keinerlei Bemerkung über das, was er vorfand und unterhielt sich mit seinem alten Kumpel so, als wäre nichts geschehen. Zum Abschied gaben sie sich sogar noch die Hände und ich hätte kotzen können. Ich saß die ganze Zeit über stumm und erschöpft auf dem zerwühlten Schlafsofa. Erst als Buchheim verschwunden war, fand ich meine Sprache wieder und machte Alex Vorwürfe.

»Dein Freund ist ein Schwein«, sagte ich voll Abscheu.

Schweigen.

»Buchheim hat versucht, mich zu vergewaltigen!«

Alex blickte mich wortlos an, als suchte er noch krampfhaft nach einer Entschuldigung für seinen Freund.

»Du glaubst das nicht?«, rief ich. »Ich sag dir was: Buchheim ist nicht so ein guter Freund, wie du denkst,

Alex. Er lacht über dich! Er sieht in dir ein Kind, sonst nichts. Und eine Marionette, die ihm gehorcht. Eine Marionette an einem langen Band! Und er erpresst mich mit dir! Mit dir und meiner Mithilfe am Wohnwagen der alten Leute!«

Doch Alex reagierte nicht so, wie ich es mir gewünscht hätte. Er reagierte gar nicht, so, als glaubte er mir noch immer nicht.

»Ich wusste schon immer, dass er das eines Tages versuchen würde«, dachte ich laut.

»Ich rede mit ihm«, sagte Alex schließlich.

»Was?!« Ich konnte nicht verstehen, dass er das so gelassen hinnahm.

»Ich rede mit ihm, okay?«, sagte er erneut.

Entnervt ließ ich meine Arme hängen. Dann schossen mir Tränen in die Augen und ich begann, am ganzen Körper zu zittern.

»Ich bin am Ende, Alex … ich kann nicht mehr … Der Kerl versucht, mich zu vergewaltigen und bedroht mich, nur, weil ich ein paar Tage nicht in das *Haus der Verlorenen* komme und du drängst mich dazu, mich von einem verdammten Ofen erschlagen zu lassen! Und mein Kopf droht von Woche zu Woche vor Schmerz mehr auseinanderzusprengen. Ich kann das alles nicht mehr ertragen.«

Alex kam auf mich zu. Er streichelte mein Haar und meine Wangen.

»Alles ist gut, hörst du? Du musst nichts tun, wofür du nicht bereit bist. Niemand wird dich mehr unter Druck setzen. Okay?«

Bei seinen Worten schlang ich meine Arme um ihn und heulte an seiner Brust. Wir liebten uns nicht an diesem Abend, weil ich dauernd an Buchheim denken musste, und mehr als eine Umarmung nicht ertrug. Aber ich fühlte mich geborgen für ein paar Stunden und ich genoss sie, gerade, weil ich wusste, dass ich Alex niemals wirklich an mich binden konnte. Er gehörte mir nicht, ebenso wenig, wie ich ihm gehörte. Nur diese Stunden gehörten uns beiden.

Als wir nachts, noch immer wach, nebeneinander im Bett lagen, schockierte mich nicht, was er sagte.

»Hör zu, Sarah, ich erwarte nicht, dass du meiner Einladung in die Scheune folgst, aber versuche bitte nicht, mich davon abzubringen. Du hast die Wahl: Komm mit mir oder bleibe zurück! Ich werde es auf jeden Fall auch alleine durchziehen. Wie auch immer du dich entscheidest. Bis dahin könnten wir unsere Zeit gemeinsam verbringen. Willst du das nicht, dann werfe mich jetzt hier raus.«

Ich warf ihn nicht heraus. Natürlich nicht. Ich wollte die Grundlage unserer Beziehung einfach vergessen, wenigstens für heute, doch noch lieber direkt für die nächsten Wochen oder vielleicht sogar Monate.

»Können wir heute einmal über etwas anderes reden, als den Tod?«

Schmunzelnd drückte er mich an sich.

»Natürlich, Sarah! Was sollen wir tun?«

»Alex, ich meine das ernst! Alle schönen Dinge kann man nur tun, solange man lebt.«

»Tote vermissen nichts, Sarah.«

»Verstehe mich doch! Ich möchte Zeit mit dir verbringen, deine Nähe spüren und dich lieben. Ich möchte nicht meine Gefühle in einen Fast-Toten investieren. Davor habe ich Angst. Denn ich werde diejenige sein, die zurückbleibt, während du nichts mehr vermissen wirst.«

»Du musst ja nicht zurückbleiben, Sarah. Komm mit mir. Es wird nur ein kurzer Schmerz sein.«

Meine Augen wurden nass, aber das sah er im Dunkeln nicht.

»Alex, bleib bei mir! Lass uns doch leben! Ich will, dass du bei mir bleibst. Versprich mir das!«

»Das kann ich nicht.«

»Warum nicht? Wegen deiner Ehre? Wegen Buchheim und diesem dämlichen *Haus*?«

In meiner Aufregung wurde ich laut und kniff ihm in die Oberarme. Um mich zu beruhigen, küsste Alex mich.

»Du wolltest doch heute nicht über den Tod reden. Wir reden später darüber.«

# Der Tag X

Alex überredete mich, doch wieder mit in das *Haus* zu kommen. Buchheim sei für ein paar Tage verreist, sagte er. Und ich bin mir sicher, hätte er mir das nicht gesagt, wäre mir vielleicht ein endgültiger innerlicher Abschied von diesem Haus gelungen. Ein Abschied, den ich so lange hinziehen wollte, bis ich Alex entweder gewinnen oder ganz verlieren würde. So aber, da Buchheim nicht dort war, ließ ich mich überreden. Ich fuhr mit Alex mit und an Buchheims Stelle leitete die kleine Franziska den Verein.

Am selben Abend noch sprach sie mich an, als wir uns alleine gegenübersaßen.

»Sie sind recht still«, sagte sie mit besorgter Miene. »Geht es Ihnen nicht gut?«

Ich blickte auf ihr sanftes Gesicht und frage mich, wie nahe sie Buchheim stand. Waren sie ein Paar? An manchen Abenden hatte ich den Eindruck gehabt, dass die beiden mehr als der Verein verband. Auf jeden Fall kannten sie sich wohl schon sehr lange. Wie viel konnte ich ihr anvertrauen? Und wäre es nicht meine Pflicht gewesen, sie von dem brutalen Überfall ihres Partners auf mich aufzuklären?

Mit einem Handgriff löste ich die Schleife meines Schals, den ich um den Hals trug, und ließ ihren Blick auf die dunklen Abdrücke auf meiner Kehle zu. Franziska sah es sofort.

»Um Himmels willen, was haben Sie da?«

Sie sah entsetzt aus.

»Jemand hat versucht, mich zu vergewaltigen.«

Nun war es raus und ich wusste, ich würde es ihr sagen.

Sie blickte sehr ernst. »Wer hat Ihnen das angetan?«

Für einen Moment zögerte ich. Sie kam schneller zum Punkt, als ich es gedacht hatte.

»Günter Buchheim!«

Ich wartete gespannt auf ihre Reaktion. Es war nur gerecht, wenn seine Partnerin davon erfuhr und ich meinte, ihm sollte wenigstens dieser Ärger nicht erspart bleiben.

Franziska blieb eine gefühlte Minute stumm und verlor in dieser Zeit einen großen Teil ihrer sonst so gesunden braunen Gesichtsfarbe. Ich hatte den Eindruck, sie würde in dieser Minute vor Schreck nicht einmal blinzeln. Dann aber zwinkerte sie gleich mehrfach hintereinander.

»Wie konnte es so weit kommen?«, fragte sie mit einer gewissen Bestürzung, aber durchaus gefasst. Viel gefasster, als ich es gehofft hatte und das ärgerte mich. Vielleicht war es nicht das erste Mal, dass ihr Freund so mit anderen Frauen umging. Ein Mann, der so etwas fertig brachte, beließ es sicher nicht nur bei einem Mal. Wer sollte das besser wissen, als ich?

»Ich weiß nicht, wie ein Mann dazu kommt, so etwas zu tun«, sagte ich bitter. »Können Sie es mir sagen?«

Ich blickte sie herausfordernd an. Natürlich konnte sie nichts dafür, aber ich sah sie so an, als hätte sie selbst versucht, mir etwas anzutun, alleine deshalb, weil sie die kleine nette Frau an Buchheims Seite war.

»Ich glaube, darauf kann Ihnen wirklich nur ein Mann Antwort geben.«

Ihre Stimme klang schmerzlich. Sie rührte mit leicht zitternder Hand lange in dem heißen Tee, der vor ihr auf dem Tisch stand, obwohl sie keinen Zucker benutzte. Schließlich ließ sie den Löffel klimpernd auf den Unterteller fallen und blickte mir offen in die Augen.

»Wenn er wieder kommt, werde ich ihn darauf ansprechen, Sarah. So etwas darf nie wieder vorkommen!«

Ihre Antwort überzeugte mich. Zufrieden hob auch ich meine Teetasse, als sie mir die ihre entgegen hielt.

»Auf die Frauen!«, sagte sie mit einem traurigen Lächeln.

»Auf die Frauen!«, antwortete ich.

Das Weihnachtsfest verbrachte ich nun doch mit Alex im *Haus*. Es war das erste Mal, dass ich zu den Festtagen nicht zu meinen Eltern fuhr. An diesem Tag sollten Leo und Mathilde verabschiedet werden und meine verdrängte Erinnerung an die Silikonpistole und das Laub auf der Dachluke ihres Wohnwagens glühte auf. Die beiden wollten unbedingt das Fest mit allen Vereinsmitgliedern zusammen feiern und freuten sich über unsere stimmungsvolle Dekoration. Mathilde sah ausgesprochen fein aus und Leo war gekleidet, wie ein Gentleman aus den Zwanziger Jahren. Es war rührend für uns zu sehen, wie sie sich nach all den Jahren, die sie sich kannten, immer noch liebten. Im Dunkeln, bei Kerzenlicht, duftend gefüllten Tellern und Weihnachtspyramide, genossen sie den letzten Abend, den sie nun zusammen lebend verbringen wollten. Franziska persönlich gab ihnen später letzte Anweisungen. Sie sollten sich im Wohnwagen nur wie gewohnt zu Bett legen und vorher die Gasheizung voll aufdrehen. Es wäre ja ohnehin sehr kalt. Danach, versprach Franziska ihnen, würden sie ganz sanft einschlafen.

Da alle anderen so unbeschwert damit umgingen, beruhigte sich mein Gewissen bald wieder. Die beiden wollten es ja so und sie waren zufrieden mit der Aussicht auf einen sanften Tod.

Wir saßen noch lange harmonisch am Kerzentisch und ich fühlte mich so wohl, an Alex' Schulter gelehnt, dass ich davon träumte, mit ihm solche Tage wieder und wieder zu erleben. Seine Nähe war so schön. Ich wusste, dass wir nicht so viele Jahre haben würden, wie Leo und Mathilde, aber eine geringe Zeit blieb auch uns und letztlich auf noch meine Hoffnung auf mehr.

Kurz vor elf Uhr blickte Alex plötzlich auf seine Uhr und richtete sich auf. Ich wunderte mich, denn er wirkte auf einmal so förmlich. Darum dachte ich, es ginge um Leo und Mathilde, doch ich täuschte mich gewaltig.

»Liebe Freunde«, begann er. »Heute, an diesem besonderen Tag, möchte ich euch endlich den Termin für meine lang angekündigte Aktion mitteilen.«

Ich glaubte, nicht richtig zu hören. Eben noch träumte ich von einem Stück gemeinsamer Zukunft, jetzt gab er offiziell bekannt, wann er sich töten wollte! Ohne mit mir vorher darüber gesprochen zu haben! Wieso hatte ich nur geglaubt, er würde sich das noch einmal anders überlegen? Alexander strahlte vor Stolz, während ich überhaupt nicht hören wollte, wann der Tag X sein würde. Meine Ohren verschlossen sich mit einem Rauschen, und als er sich zu mir herab beugte, um mich zu küssen, meinte ich, vor lauter Rauschen ohnmächtig zu werden. Ich fragte niemals nach diesem Datum und doch bekam ich es irgendwann mit.

# Silvester auf einem Marktplatz

Wie nahezu jedes Jahr fiel Silvester der erste Schnee und die Straßen glänzten vor Glatteis. Wir alle hatten uns im *Haus der Verlorenen* eingefunden, um an diesem Tag nicht nur das neue Jahr zu verabschieden, sondern auch Rolf Lenger. Ihm zu Ehren wollten wir an diesem Abend ein besonderes Fest geben.

»Sagt mal, hat einer von euch schon etwas über Leo und Mathilde gehört?«, fragte Franziska.

Wir zuckten die Schultern. Niemand war über den Stand der Lage informiert.

»Wäre es möglich, dass die beiden noch nicht gefunden wurden?«

Diese Befürchtung sprach Larissa aus und es war das, was wir alle inzwischen dachten. Aber niemand wollte sich verdächtig machen, indem er zu dem Wohnwagen fuhr, um zu sehen, ob sie immer noch in ihren Betten lagen. Mir wurde bei diesem Gedanken fast schlecht.

»Vielleicht hat es bloß nicht geklappt und sie sitzen jetzt vorm Fernseher und halten Händchen«, sagte Marc und wir wollten es glauben, auch wenn es unwahrscheinlich war, dass sie sich in diesem Fall bis heute nicht gemeldet hatten.

Lenger war sehr aufgeregt. Immer wieder wischte er sich mit einem Taschentuch seine Stirn trocken. Ich konnte ihn verstehen. Hätte ich vorgehabt, mich mit vier Sprengkörpern selbst in die Luft zu sprengen, hätte ich auch geschwitzt. Franziska überreichte ihm unser Geschenk. Mit schelmisch geheimnisvollem Lächeln zauberte sie hinter ihrem Rücken ein flaches quadratisches Präsent hervor. Lenger war überwältigt, noch bevor er es auspackte. Zu Tränen gerührt und zitternd öffnete er die rot glänzende Verpackung und hielt das Quadrat schließlich entzückt in die Höhe.

»Das ist wirklich gut getroffen.«

Es war sein Porträt, welches ab morgen seinen Platz neben Kevin und seinen Freunden haben sollte. Darauf sah er gut aus, vor allem nicht so kalkweiß, wie heute. Während ich bei Leo und Mathilde mein schlechtes Gewissen verdrängte, plagte es mich bei Lenger um so heftiger. Ein Mensch, der seinem Leben willig ein Ende bereiten wollte, konnte doch nicht so elend aussehen. Ich wusste, es war meine Pflicht, ihn davon abzuhalten. Doch ich erfüllte diese Pflicht, wie so viele andere Pflichten in meinem Leben, nicht, sondern bildete mir ein, keine Gelegenheit zu haben, ihn alleine zu sprechen. Obwohl ich von seinem Plan, genau wie von Kevins Plan, seit Wochen wusste!

Es war ein grauenhafter Silvesterabend. Lenger ging um halb elf. Er verabschiedete sich noch nicht einmal besonders überschwänglich und indes wir um Mitternacht den Geist des alten Jahres mit lautem Knallen verjagten, zerriss auf einem nahegelegenen Marktplatz in der Stadt der schmale Körper eines mutigen Mannes, den ich vielleicht hätte retten können. Noch am frühen Morgen des Neujahrtages brachte das Fernsehen die Nachricht von Lengers Selbstmord. Alex und Marc hingen sein Bild an der Galerie des *Hauses* auf. Das Bild eines stillen lächelnden Mannes mit großen Sorgen.

Ich überredete Alex in der Nacht, mit mir zu diesem Marktplatz zu gehen. Warum es mich dort hinzog, wusste ich nicht. Es war eigentlich gar nicht meine Art, mich solchen Herausforderungen zu stellen, aber wir waren nicht die einzigen Schaulustigen. Der Platz sah sehr verwüstet aus, die Leiche war weggeräumt. In einem größeren Umkreis war noch immer alles abgezäunt, sodass niemand an das Zentrum der Opferstätte herankam. Ich schritt mehrfach um die Absperrung herum, suchte sinnlos nach Spuren von Lenger, der Stunden zuvor noch bei uns zu Abend gegessen hatte. Alex ermahnte mich, mich nicht so auffällig zu benehmen. Tatsächlich sprach mich jemand an. Doch es war kein Polizist, wie ich zunächst fürchtete. Es war ein Journalist, genau wie ich auf Spurensuche. Hastig zog Alex mich fort. Er legte den Arm um meine zitternde Schulter und schlug mit mir den Heimweg an. Niedergeschlagen ging ich mit, hielt aber an einem Baum, um meine Jacke zu schließen.

»Lenger hat sicher nichts gespürt. Dafür ging es viel zu schnell«, sagte Alex.

»Woher willst du das wissen?«

Ich ärgerte mich über seine Behauptung. Nichts schien mir im Moment schlimmer, als das Geschehene herunterzuspielen. Um einem beschwichtigenden Kuss auszuweichen, neigte ich meinen Kopf zur Seite. Da sah ich es. Es glänzte leicht im Licht einer Straßenlaterne am Rande des Marktplatzes. Was da am Boden lag, sah so seltsam aus, so ähnlich wie ein kleines überfahrenes Tier ohne Fell. Sofort merkte ich, dass da etwas nicht stimmte. Ich zog Alex mit mir in die Hocke, um dieses mysteriöse Etwas genauer zu betrachten. Tatsächlich entpuppte es sich, je länger wir es ansahen, als ein nasses rotes Fleischstück, ein kleines Teil von Lenger vielleicht, das womöglich, als er zerrissen wurde, bis hierher geflogen war. Ein Fetzen seines Beines vielleicht oder ein Brocken seiner Innereien. Wir untersuchten die Umgebung noch weiter, doch außer diesem, fanden wir kein weiteres Stück. Diesmal schien es auch Alex getroffen zu haben, denn er war auf einmal so auffallend stumm und suchte mit mir nach mehr. Als wir schließlich der Meinung waren, dort nichts mehr zu finden, wollte er das blutige Fleisch in ein Papiertaschentuch wickeln und mitnehmen.

Ich protestierte.

»Das ist ekelhaft!«

»Aber es darf nicht hier zurückbleiben. Entweder es kommt zu seiner Leiche oder wir nehmen es mit.«

»Ich will es nicht mitnehmen!«

»Wenn wir es hier lassen, wird es ein Tier fressen.«

Dieses Argument überzeugte mich schließlich. Aber den ganzen Weg über stritt ich mit Alex, in dessen Hand das Papiertaschentuch mit dem eingewickelten Fleisch langsam durchweichte, wo wir es loswerden könnten.

»Auf keinen Fall nehme ich es mit zu mir nach Hause!«

»Dann nehme ich es halt mit«, sagte Alex leise, wobei er seine Hand von seinem Körper fernhielt.

»Das kannst du gerne machen, Alex. Nur zu mir kommt es nicht!«

Alexander war wütend, als er ging. Er wollte es an der Scheune vergraben, in dem sein Kunstwerk stand. Ich sah ihm an, dass er sich genauso ekelte wie ich, aber ich wollte ihm nicht helfen. Es sollte eine gerechte Strafe für seine Glücksgefühle sein, die er bei dem Gedanken an den Selbstmord seiner Freunde aus dem *Haus der Verlorenen* bisher bekommen hatte. Vielleicht ging ihm jetzt erstmals auf, dass auch sein eigener fantastischer Plan durchaus schmerzhaft werden könnte. Nicht nur für ihn schmerzhaft, sondern auch für die, die ihn liebten.

# Meine Hölle

Es geschah ungefähr eine Woche, bevor Alex seinen Traum verwirklichen wollte, und kam für mich völlig unerwartet. Als ich es hörte, begann mein Herz, aus allen Poren zu bluten. Gefühle sitzen im Kopf, hatte ich immer gedacht, doch das stimmt nicht. Alex hatte recht. Seit diesem Tag weiß ich, dass es tatsächlich das Herz ist, das schmerzt, wenn man jemanden verliert, den man wirklich liebt.

Ich saß an der Bar im *Haus* und zermürbte mir wieder einmal insgeheim den Kopf, wie ich Alex von seinem Vorhaben abbringen könnte. Quälenderweise konnte ich mit niemandem darüber sprechen. Marc, neben mir, sprach gerade zum zweihundertsten Mal von seinem *großen Crash*, dessen Details er uns minutiös schilderte, obwohl er bisher keinerlei Vorbereitungen dafür getroffen hatte. Da betrat Franziska das *Haus*, mit einem Gesichtsausdruck voller Leid. Sie warf einen längeren ernsten Blick auf mich und kletterte abgeschlagen auf einen der Barhocker. Dann bat sie Marc um ein Glas Schnaps. Wir alle warteten stumm auf das, was sie gleich berichten würde.

Franziska fiel es offensichtlich schwer, es auszusprechen. Sie schüttelte sprachlos immer wieder den Kopf, als müsste sie etwas Unbegreifliches erfassen. Nach einem tiefen Atemzug sammelte sie sich schließlich.

»Alex ist tot!«

Zunächst dachte ich, ich hätte es falsch verstanden.

»Wer?«

»Alex!«

»Aber er wollte doch erst nächste Woche …«

Schwerfällig nickte Franziska mir zu.

»Ich weiß«, sagte sie flüsternd. »Es war ein Unfall.«

Ein Unfall!? Alex wollte sich nächste Woche mithilfe seines comicartigen Kunstwerks selbst umbringen und nun starb er vorher durch einen Unfall? Vermutlich konnte niemand der Anwesenden das einfach so glauben. In mir sperrte sich alles! Wo war die Woche Frist, die ich gemeinsam mit ihm noch genießen wollte und in die ich meine letzte Hoffnung gelegt hatte?

»Er fiel von einer Leiter ... eine Sprosse war morsch. Er trat sie ein und stürzte sehr unglücklich ... eine Verletzung am Rücken. Ich sorgte für den Transport ins Krankenhaus ... aber ...«

In meinem Schädel schwirrte es. Alex' Leben endete mit einem ganz banalen Leiterunfall und seine raffiniert durchdachte Selbsttötungsmaschine blieb unbenutzt! Das konnte doch nicht sein! Eine Woche – wir hatten doch noch eine ganze Woche! Hatte der Tod selbst, so lange von ihm geplant, ihm tatsächlich diesen Plan zerstört? Allein der Gedanke, dass er nicht so hatte sterben können, wie er es gewollt hatte, schmerzte fast so stark, wie sein Verlust. Der ganze Sinn seines Kunstwerks, wie er es gesehen hatte, war verloren, sein Leben durch einen verpassten Höhepunkt zerstückelt. An einem einfachen Unfall, im Krankenhaus, ohne Vorankündigung oder heldenhaften Auftritt zu sterben, passte nicht zu Alex. *Nein Alex, diesen Tod hast du nicht verdient!*

Alex' Beerdigung war das Traurigste, was ich im *Haus der Verlorenen* erlebt habe. Niemand lächelte, niemand klatschte beim Herablassen der Urne. Uns allen war zum Heulen zumute.

*Alex, mein Alex, warum hast du mich verlassen? Nie mehr werde ich den Duft deines Körpers riechen, nie mehr die Wärme deiner Haut spüren, das schräge Schmunzeln deiner Lippen betrachten. Du bist weg aus meinem Leben.*

Diesmal folgte kein scheinheiliger Trauerzug dem Toten. Mit einer Handvoll Rosen blieb ich vor Alexanders geöffnetem Grab stehen. Nun war auch er zu einer Urnengröße geschrumpft. Alex war es nicht gelungen, sein Schicksal zu beeinflussen, indem er es selbst in die Hand nahm. Sein größter Wunsch war unerfüllt geblieben. Ich stand da und dachte über die Unwichtigkeit der Existenz des einzelnen Menschen im Vergleich zum Universum nach. So egal, wie uns das Schicksal eines Insektes ist, das unter unseren Schuhsohlen zerquetscht wird, so unbedeutend sind wir Menschen für die Welt. Alex hatte recht gehabt, dachte ich, bewirken kann man nur etwas für sich selbst. Er hatte intensiv gelebt und wollte genauso sterben. Wozu warten, bis es passiert, wenn es einem gerade nicht passt? Mit den Blumen warf ich im Stillen ein Versprechen in Alex' Grab. Ich wollte sein Kunstwerk irgendwie zu Bedeutung verhelfen.

»Ein sinnloser Tod«, bemerkte Franziska, die neben mir auftauchte, und gab mir einen festen Händedruck mit ihren kleinen Fingern. »Ich weiß sehr wohl, wie nahe Sie ihm standen.«

Sie schob mich zur Seite, damit andere ihre Blumen in Alex' Grab werfen konnten.

»Sarah«, Franziska fasste mich an beide Hände. »Wir alle wissen von Alexanders größtem Wunsch. Und dem noch größeren Wunsch, dies mit Ihnen gemeinsam zu tun. Wäre es nicht an der Zeit, ihm das nachträglich zu gewähren?«

Ich sah ihre grauen Augen an und wusste, was sie hören wollte und nicht einmal eine Zelle in mir wehrte sich dagegen. Alex war tot! Fort für immer! Scheinbar konnte ich keinen Menschen, den ich liebte, im Leben behalten. Wäre ich an diesem traurigen Tag zu der Scheune gefahren, hätte ich es vermutlich sofort getan.

»Vielleicht!«, sagte ich.

Tröstend nickte sie mir zu. »Warten Sie nicht zu lange.«

Zuhause warf ich mich auf das Kissen, auf dem Alex viel zu wenig gelegen hatte, grub meine Nase hinein und roch den schwachen Duft, den er hinterlassen hatte. Dann heulte ich stundenlang in Krämpfen, ohne mich beruhigen zu können. An diesem Tag wurde aus meinem Kopfschmerz eine Hölle, die auf mich einbrach, wie eine nie enden wollende grauenhafte Folter. Keine der Tabletten wirkte. Der Schmerz ließ auch nicht nach, als ich meinen Kopf wieder und wieder gegen den Türrahmen schlug.

*Alex ist tot!* Kein anderer Gedanke schaffte es in und aus meinem Hirn heraus.

Erst Tage später konnte ich mein Haus verlassen, um mitten im Winter mit Sonnenbrille einzukaufen. Davor war ich ungewaschen, verdreckt, entwässert und zum Schluss ohne Nahrung gewesen. Völlig erschöpft, aber endlich mit einem erträglichen Maß an Schmerz, schleppte ich mich durch die Straßen und besorgte mir, was ich zum Leben brauchte. Kann man leben, wenn man Schuld am Tod anderer hat?

Ich fasste einen Plan an diesem Tag. Noch bevor diese Schmerzen und die Kotzerei in ihrer Abartigkeit zurückkommen würden, wollte ich Alex' Scheune aufsuchen und dort wollte ich eine endgültige Entscheidung treffen. Auf dem Weg zurück nach Hause fühlte ich ständig eine Berührung in meinem Nacken. Ich drehte mich um, aber ich sah niemanden. Dabei hätte ich schwören können, dass mich die Augen eines Menschen beobachteten.

Erst kurz vor der Haustür entdeckte ich ihn – er stand auf der anderen Straßenseite, mit einer abgedunkelten Brille, angelehnt an eine Straßenlaterne und starrte in meine Richtung. Ich sah ihn ganz deutlich dort stehen und er blieb auch dort, während ich mir ganz kurz einredete, dass dies nichts weiter als das wahnwitzige Bild meiner Ängste sein musste: Manuel!

*Nun hat dich die Vergangenheit doch eingeholt!*, durchzuckte es mich. Ich hatte gewusst, dass er eines Tages wiederkommen würde, um mir wehzutun; dass ich ihn nicht einfach vergessen durfte. Warum war ich nicht ganz aus dieser Stadt geflohen? Sofort verspürte ich einen zunehmenden Schmerz im Unterleib, der in einem Stechen gipfelte. Der Mann auf der anderen Straßenseite bewegte jetzt seinen Kopf, als hätte er mich gerade erst erspäht.

Wie ertappt, wandte ich rasch meine Augen von ihm ab und griff hektisch nach dem Haustürschlüssel in meiner Jackentasche. Vielleicht hatte er mich ja nicht erkannt? Meine Finger zitterten bei dem Versuch, das Schlüsselloch zu treffen.

Als es mir endlich gelang, fasste mir jemand von hinten auf die Schulter. Ich zuckte abermals zusammen und ließ den Schlüssel fallen. Ein Schwall von Säure durchflutete meinen Magen.

»Ich wollte dir nur sagen, dass es mir leidtut.«

Verwundert wagte ich einen Blick in das Gesicht neben mir. Diese Stimme passte nicht zu meinem Angstbild.

Es war Marc. Marc, der mich ab da an zu quatschte

und von mir und Alex sprach. Ich bückte mich nach dem Schlüssel und blickte mich noch einmal um. Manuel war verschwunden.

Marc folgte meinem Blick. »Ist was?«, fragte er.

Ich schüttelte den Kopf. Nirgendwo war auch nur ein Schatten von Manuel zu sehen. Mein Kopf machte mir Angst.

Sicher wunderte sich Marc, dass ich ihn so spontan in meine vernachlässigte Wohnung einlud. Ich war einfach nur froh, dass er mich begleitete und hoffte, dass er mich vor meinen eigenen Trugbildern schützte. Er setzte sich mit etwas angewiderter Miene auf den einzigen freien Platz meines Sofas, schob die ungewaschenen Kleidungsstücke auf dem Teppich vor ihm mit dem Fuß zur Seite und hörte zu, wie ich ihm von der Scheune erzählte.

# Die Scheune

Die Holztür zur Scheune war nur angelehnt. Vielleicht war sie schon seit Alex' Unfall vor drei Wochen nicht mehr verschlossen. Ich war mit dem Zug angereist und den Rest mit einem Rucksack gewandert, in einer Art Pilgerreise bis zu Alex' Gedenkstätte. Autofahren in meinem Zustand war unmöglich. Aus meiner Hosentasche zog ich eine Taschenlampe und stemmte die Tür nur so viel auf, dass ich eben hindurchschlüpfen konnte. Alles war noch immer an seinem Platz: das Windrad, der Haken, auch der Ofen, der wieder oben hing. Ich ging näher und blieb ein paar Schritte vor der Leiter zur Zwischendecke stehen. Es war so, wie Franziska erzählt hatte. Die dritte Sprosse von oben war zusätzlich zu der bereits fehlenden siebten Sprosse herausgebrochen. Holzreste davon lagen noch unten am Stand der Leiter. Hier musste Alex gelegen haben. Um die Stelle, auf die er gefallen war, genau zu lokalisieren, stieg ich mit meinem Rucksack vorsichtig die Leiter hoch. Über der herausgebrochenen Sprosse hielt ich inne und blickte nach unten. Alex selbst hatte sicher nicht nach unten gesehen, sondern nach oben oder geradeaus.

Vielleicht hatte er auch etwas in Händen gehalten und war somit nicht einmal in der Lage gewesen, sich beim Einbrechen der Leiter festzuhalten. Ich ahmte seine mutmaßliche Stellung auf der Leiter nach, um mir vorzustellen, wie es ihm ergangen war. Rückwärts musste er gestürzt sein, direkt auf den Rücken, da er ja nicht nach unten geblickt hatte. Mit einem Satz sprang ich rückwärts ab. Dabei setzte ich in Hockstellung auf, aus der heraus ich sofort nach hinten kippte.

Auf dem Rücken liegend, auf dem Hügel meines weichen Gepäcks, starrte ich an die Decke der Scheune. Möglicherweise hatte Alex sogar nach Hilfe geschrien, jedoch nicht aufstehen können. Wie lange musste er hier unter Qualen gelegen haben, bis ihn jede Hoffnung auf Rettung verlassen und Franziska ihn gefunden und ins Krankenhaus gebracht hatte? Ich wälzte mich auf die Seite und stand auf. Um die Leiter herum suchte ich nach Spuren des Unfalls, doch ich entdeckte nichts, außer meine eigenen Spuren im Dreck des Scheunenbodens.

Die komplette Ausrüstung seines Kunstwerks war noch vorhanden. Langsam schritt ich die einzelnen Stationen seiner Maschine ab. Sein verrücktes Hirn hatte sie erfunden, angelehnt an einer Reihe von Comics. Ein extremes Spiel, aus dem Ernst hatte werden sollen.

Ich blieb über Nacht in Alex' Scheune. Ich tat es, weil ich so lange wie möglich an dem Ort bleiben wollte, an dem er die letzten lebenden Stunden verbracht hatte. Und um mir über meine eigene Zukunft klar zu werden, die immer noch wie ein undurchsichtiger Nebel vor meinen Augen waberte.

Diese Nacht sollte über mein Schicksal entscheiden und sie wurde sehr lang für mich. Meine Gedanken ließen mich nicht ruhen; sie durchwühlten alle Schubladen meiner Erinnerungen und fanden so viele unbeantwortete Fragen, dass sie mir den Schlaf nicht gönnten. Irgendwann beschloss ich, die restlichen Stunden oberhalb der Leiter auf dem Dachboden zu verbringen. Die morschen Bretter, mit denen Alex eine Dachöffnung provisorisch vernagelt hatte, sprengte ich mit einem Schraubendreher ab, den ich dort oben fand. Ihre Splitter verteilten sich um meine Füße und ich schob das pilzbefleckte Holz mit den Schuhen zur Seite. Ich wollte die Sterne sehen. Der Abend war klar und kalt. Aus meinem Rucksack holte ich den Schlafsack, kroch hinein und spürte die eisige Luft, die durch meine Strickmütze drang. Sie tat meinem Kopf gut.

Es war bereits hell, als ich die Augen wieder öffnete und ich blickte direkt auf einen blauen Himmel. Die Luft wehte leicht frostig durch die Dachöffnung. Draußen war alles still. Ich stieg nicht sonderlich warm aus meinem Schlafsack, aß ein mitgebrachtes fast gefrorenes Brot und trank ebenso kalten Tee aus einer Thermoskanne. Dann schluckte ich die letzten Tabletten. Noch immer war ich mir nicht sicher, wohin mich dieser Ausflug bringen würde.

Auf einmal hörte ich von draußen Autotüren zuschlagen und Stimmen näher kommen. Hunde kläfften und entfernten sich. Eilig packte ich oben auf dem Boden der Zwischendecke meine Sachen wieder in den Rucksack. Hatten die anderen Vereinsmitglieder die gleiche Idee wie ich und wollten Alex' letzte Stätte noch einmal sehen?

Jemand drückte die Tür auf und das Licht der noch tief stehenden Sonne erhellte die Scheune. Ich spähte heimlich von oben auf den Eingang, sah aber nur einen langen Schatten, der sich hin und her bewegte. Er schob die Tür immer weiter auf und ging weg. Ich hörte wieder die Autotür, er kam zurück und trug irgendetwas auf Händen. Dann wurde er sichtbar. Vor seinem Gesicht bepackt mit langen Holzbrettern wankte er unter der Last herein und lud sie schwer fallend auf dem Scheunenboden ab. Von hinten erkannte ich diese Hose mit den Bundfalten und die glänzenden Schuhe sofort. Es war Buchheim!

Ich wollte auf keinen Fall diesem Schwein begegnen. Auf Knien zog ich mich leise von meinem Standort zurück und hielt inne, verließ mich nur auf meine Ohren und folgte den Geräuschen des Mannes. Seine Schritte hallten rein und raus und jeweils ein dumpfer Aufprall unterbrach diese Schritte, als brächte er noch mehr Gegenstände herein. Jedes Mal, wenn er die Scheune verließ, hoffte ich auf das Geräusch einer zuschlagenden Tür und eines startenden Motors. Doch darauf wartete ich vergebens. Als es eine Weile ruhig blieb, wagte ich mich vorzubeugen und nach unten zu blinzeln. Er stand vor der Scheunentür und rauchte. Ich sah seinen Schatten. Dann ertönte ein freudiges Gebell und die Konturen zweier Hunde tauchten auf, die er tätschelte und die sich wieder entfernten. Verdammt, warum musste er ausgerechnet heute hier herkommen? Unentschlossen blieb ich oben in meinem Versteck und wartete ab. Dann hörte ich, dass Buchheim mit jemandem sprach. Es war die Stimme einer Frau. Ich konnte zunächst nichts verstehen, weil sie sich zu weit entfernt aufhielten. Sie lachten und währenddessen kamen sie näher. Buchheims Schritte führten direkt in die Scheune.

»Bis jetzt kann ich deine Zuversicht nicht teilen«, sagte er.

»Und ich sage, je länger das Miststück zögert, desto weniger die Chance, dass sie es tut. Du hast deine Wette verloren.«

Ich horchte völlig überrascht auf. Das war doch Franziskas Stimme. Miststück? Eine sehr grobe Ausdrucksweise für die freundliche kleine Frau. Es machte mich gleich neugierig darauf, wer das Miststück sein sollte. Meinen vage aufgekeimten Plan, mich doch zu erkennen zu geben, gab ich vorerst auf und ich presste mich mit dem Rücken an die Wand, um nicht entdeckt zu werden.

»Und ich habe sie gewonnen!«, meinte Buchheim in bissigen Tonfall. »Die Frage ist, was wir jetzt tun. Wenn die Kleine nicht alleine darauf kommt, werden wir nachhelfen müssen.«

Verwundert dachte ich an Larissa, das einzige Mädchen unter den Mitgliedern des Vereins. Aber was hatte sie Franziska getan, das sie als Miststück herabwürdigte? Franziskas Stimme klang ganz anders, als sonst. Nichts daran erinnerte mehr an ein liebenswürdiges Mütterchen. Sie klang hell und fiepsig wie immer, dabei aber gleichzeitig hart und kaltherzig. »Ja – sie weiß zu viel von uns!«

Eine kleine Pause entstand. Mindestens einer der Hunde kam in die Scheune gerannt. Seine Pfoten tapsten unruhig durch die Hütte und er hechelte und schnüffelte laut vor sich hin.

»Sie wird uns verraten, da bin ich mir sicher! Wenn wir nicht bald handeln, ist unsere gesamte Gemeinschaft in Gefahr. Ich werde das nicht zulassen. Niemals! Sarah muss sterben, und zwar bald!«

Mir blieb die Luft weg! Sarah? Sie meinten mich? Ich war das Miststück? Und ich musste sterben? Mein Mund blieb offen stehen und ich glaubte, sie könnten mich da oben keuchen hören, weil mein Herz so schnell schlug, dass ich kaum noch atmen konnte.

»Das ist schon klar. Alex meinte nur, sie würde sich ganz von selbst unter dieses wundersame Kunstwerk legen.«

Plötzlich vernahm ich eine Stimme da unten, die mir mit jedem einzelnen Wort die Kehle zuschnürte.

»Ja – ich dachte wirklich, ich hätte sie so weit!«

Alex! Das war Alexanders klare tiefe Stimme. Doch Alex war tot?!

Ich fasste mir vor den Mund, um nicht zu schreien. Alex? Wie konnte das sein? Mit klopfendem Herzen beugte ich mich vor zur Leiter und starrte hinunter, ungeachtet der Gefahr, entdeckt zu werden.

Da stand er. Alex, mein Geliebter, mit allem, was ich so an ihm begehrte. Mit dem weichen Haar und den flusigen Bartstoppeln, mit den vollen Lippen, die immer ein bisschen zu neckisch in den Mundwinkeln zuckten. Mit dem Körper, dessen Geruch und Wärme ich so vermisst hatte und für den ich fast bereit gewesen war, mich in den Tod zu werfen. Er trottete die Stationen des Kunstwerkes ab und senkte seine Augen enttäuscht zu Boden. Dann hob er den Kopf und blickte geradeaus in die Luft.

»Sie liebt mich, ich weiß es.«

Gedankenverloren zupfte er mit zwei Fingern an dem Seil, das über die Kerze gespannt war.

Ja, ich liebte ihn … noch immer.

Der hechelnde Rottweiler erschien unten an der Leiter und knurrte zu mir nach oben. Ruckartig zog ich meinen Kopf aus dem Sichtfeld. Ich kroch rückwärts tiefer in den Dachboden hinein. Unter mir knarrte das Holz der Zwischendecke bei jeder meiner Bewegungen. Angstvoll hielt ich inne. Hatten sie mich bemerkt?

»Ich habe die Wette noch nicht verloren«, hörte ich Alex. »Lasst mich darüber nachdenken, was ich machen kann.«

Buchheim seufzte gereizt.

»Du bist tot, Alex, schon vergessen? Was willst du noch tun? Sieh ein, dass du verloren hast. Euer Plan ist nicht aufgegangen. Warum auch immer so komplizierte Aktionen? Einen Menschen dazu zu bringen, dich zu lieben, ist das eine. Aber ihn dazu zu bringen, sich für diese Liebe umzubringen? Ihr habt euch entschieden zu weit aus dem Fenster gelehnt.«

Der Köter bellte. Flach auf dem Bauch liegend lugte ich durch den Spalt einer Holzdiele nach unten. Sie beobachteten den Hund, der fast die Leiter hochsprang, und blickten verwundert nach oben.

»Was ist Zeus?« Buchheim klopfte dem aufgeregten Tier den Rücken.

»Sicher Mäuse, die gibt es hier in Massen!«, meinte Alex.

Fast sah ich durch den Holzspalt seine Augen. *Alex, warum hast du mir das angetan?*

Sie wandten ihre Köpfe wieder von dem Hund und dem Dachboden ab.

»Jedenfalls müssen wir sehen, dass wir sie schleunigst los werden«, drängte Franziska ungehalten.

Alex schien das nicht zu gefallen. Nachdrücklich schüttelte er den Kopf. Nahm er mich in Schutz? Wollte er, mit dem ich Nächte voll Liebe in meinem Bett geteilt hatte, mir eine Chance geben?

»Aber unser Plan! Dann war ja alles umsonst.« Er spreizte die Hände und hielt sie Rat suchend vor die Brust. Seine Augenbrauen zogen sich verzweifelt nach unten. »Es ist eine Komposition, die beendet werden muss, begreift ihr das nicht? Es ist eine Komposition!«

Buchheim warf Franziska einen langen Blick zu. Dann fasste er Alex' Hände und drückte sie bedächtig nach unten.

»Ist ja gut, Alex. Alles ist gut. Du musst dich nicht aufregen.«

Beruhigend legte er seinen Arm um Alex' Schultern und führte ihn aus der Scheune. Der schmale Spalt in dem Holz schränkte meine Sicht ein und ich verlor sie aus den Augen ... verlor Alex schon wieder. Nur der Hund ließ sich scheinbar nicht von der Leiter abbringen. Zwischen dem Rauschen in meinen Ohren und den aufflackernden Schmerzen in meinem Kopf hörte ich nur noch, wie jemand zurückkam und auf den Hund einredete und ich hoffte, dass sie einfach nur verschwänden und mich alleine ließen.

Doch der Mensch da unten betrat jetzt die Leiter. Ich spürte die Vibrationen bis nach oben. Panisch warf ich mich hin und drückte mein Auge auf den Holzspalt. Egal, wie ich mich wendete, ich konnte nur noch Beine sehen, die langsam nach oben kletterten. Buchheims Beine! Ich riss mich hoch und sah mich hektisch um. Wohin? Es gab keine Versteckmöglichkeit hier oben. Mein Rucksack! Planlos kroch ich zu dem in der Ecke stehenden Rucksack, der mich so eben verdecken konnte, wenn ich mich nur klein genug dahinter kauerte. Buchheims Tritte kamen oben an. Stille. Nicht einmal der Hund bellte. Dann raschelte wieder Kleidung und er polterte auf meine Holzdielen. Schritte kamen näher. Was jetzt?

Ich wartete noch zwei Sekunden. Dann sprang ich mit dem Rucksack vor meinem Bauch und einem irrsinnigen Schrei auf, der all meine Angst und Schmerzen in die Welt sprengte. Ich raste nach vorne, spürte einen Widerstand gegen meinen Rucksack, und schob ihn rücksichtslos von mir, bis er plötzlich nachgab. Buchheim schrie. Ich sackte in ein Loch und stürzte.

Im letzten Moment griff ich nach der Leiter und umschlang die Sprossen mit meinen Beinen. Entsetzt blickte ich nach unten. Buchheim lag am Ende der Leiter, daneben mein Rucksack, umringt von seinen winselnden Hunden. Er rührte sich nicht.

Von draußen kam Franziska in die Scheune gerannt.

»Günter?!«

Franziska blieb stehen und starrte entsetzt auf Buchheim, der jetzt seinen Kopf bewegte, und anschließend auf mich, wie ich noch immer die Leiter umarmte. Dann schrie sie grell auf. Dieser Schrei konnte niemandem entgehen. Angestrengt wand ich mich auf den Dachboden zurück. Ich sah, wie Franziska sich auf Buchheim warf.

Das Fenster im Dach! Ich musste hier raus! Vor dem Fenster war eine Kurbel befestigt und ein Seil. Die Autos standen auf der anderen Seite der Scheune. Meine Chance, von hier aus zu fliehen, schien mir größer, als bei dem Weg über die Leiter an Franziska vorbei.

Ohne lange zu überlegen, löste ich die Kurbel und ergriff das Seil. Was ich nicht wusste, war, dass dieses Seil ohne Halt bis zum Boden brausen würde. Im freien Flug stürzte ich dem Erdreich entgegen, bis ein heftiger Ruck meinen Körper erschütterte. Vor Schmerz stöhnte ich auf. Ich rang nach Atem, doch schon vernahm ich das Gebell der Hunde und Franziskas gellende Stimme. Flüchtig durchdachte ich die Möglichkeiten, die mir blieben. Links von mir lag ein Waldstück. Die einzige Aussicht, ein Versteck zu finden, denn der Rest der Landschaft ergoss sich in frei gemähten Feldern oder führte als steiler Weg an einer Böschung entlang.

Gerade, als ich mich für den Pfad an der Böschung entschieden hatte, tauchte ein paar Meter von mir entfernt Manuel auf und versperrte mir den Weg – mit seiner Sonnenbrille und dem teuflischen Grinsen, das er mir so oft entgegen gespien hatte.

Ich kehrte ihm den Rücken zu und rannte los, hinein in das dunkle Waldstück, stolperte über Wurzeln und Totholz, knickte um, fiel hin, stand wieder auf und rannte weiter, ungeahnt ausdauernd. Mit jedem Schritt pochte es in meinem Kopf. Zuviel Anstrengung! Aber ich musste weiter. Immer nur weiter. Ich nahm gar nicht mehr wahr, was hinter mir passierte, ob die Hunde mich jagten oder nicht, ob Manuel mir folgte ... bis ich schließlich vor einer Böschung hielt, völlig außer Atem. Die Lunge schmerzte mir vor Gier nach Luft und dem frostigen Wetter, und in meinen Wangentaschen sammelte sich der Speichel. Ich sackte auf dem kalten Waldboden zusammen und hörte mich selbst heiser japsen.

Dann vernahm ich sie – die Hunde. Ich kniff die Augen zusammen, um besser sehen zu können. Aus dem Dämmerlicht der kahlen Winterbäume bewegte sich weit entfernt etwas auf mich zu. Ihr Bellen und Keuchen erschallte durch den ganzen Wald. Mir wurde endgültig schlecht und ich würgte auf die frostigen Blätter unter mir. Mit letzter Kraft bemühte ich mich, die Böschung vor mir hochzuklettern, doch ich rutschte immer wieder ab. Ich versuchte es noch einmal und verlor auf halber Strecke meinen Schuh. Krampfhaft hielt ich mich an einer Wurzel fest und zog mich hoch. Unter mir sprang einer der beiden Rottweiler zu dem verbliebenen Schuh und biss danach. Ein stechender Schmerz ließ mich aufschreien.

Dann jedoch, vor lauter Angst, spürte ich den Schmerz kaum noch. Verzweifelt zog und trat ich, packte eine Wurzel nach der anderen, schleppte den Hund an meinem Fuß mit mir hoch, bis er samt Schuh von mir abfiel. Verbissen kletterte ich weiter. Da oben war eine letzte Hoffnung für mich, aber für die Hunde war die Böschung nicht mehr als zwei Sätze mit ihren kräftigen Beinen.

Im gleichen Moment, in dem ich auf die dort angrenzende Fahrbahn kroch, bauten sie sich knurrend vor mir auf. Ich sah sie nur noch wie durch einen trüben schmierigen Film.

Auf einmal hörte ich von hinten das Geräusch eines Autos. Es hielt neben mir und eine Tür öffnete sich.

»Zeus! Odin! Aus!!«

Mein verschleierter Blick versuchte zu bestätigen, was meine Ohren mir vormachten zu hören. Ich blinzelte. In der trüben Suppe, die meine Sicht erschwerte, sah ich die Silhouette eines Mannes und seinen Arm aus dem Auto heraus auf mich zuschießen. Er griff nach meiner Hand.

»Steig ein, Sarah.«

Es war Alex!

»Komm, steig ein! Ich weiß nicht, wie lange die Hunde wirklich auf mich hören.«

Wankend stieg ich mithilfe seines starken Armes in den Wagen. Alex beugte sich über mich hinweg zur Beifahrertür und schloss sie, gerade, bevor die Hunde mich anspringen konnten. Er legte den Gang ein und wendete den Wagen.

Ich sah ihn von der Seite an, während er wortlos den Wagen lenkte. Da saß er neben mir. Alex, der tot war, der wieder auferstanden war, mit Buchheim und Franziska irgendetwas gegen mich ausgeheckt hatte und mich nun vor den bissigen Ungetümen im Wald gerettet hatte – ein Mensch mit vielen Gesichtern, den ich niemals durchschauen würde.

»Danke«, flüsterte ich. Mein Hals schmerzte.

Alex sah nur kurz zu mir herüber und sagte nichts. Dann, nach einiger Zeit, legte er mir eine Hand auf mein Knie. Er lächelte. Ich lächelte müde zurück und ließ mich in das Gefühl von Sicherheit fallen.

Wir fuhren am Waldrand entlang und die kahlen Bäume bewegten sich wie im Film an mir vorbei. Ich fragte mich, ob die Hunde jetzt alleine zurückfinden oder ob sie ewig durch den Wald irren würden.

»Buchheim fiel durch diese Öffnung von der Zwischendecke in der Scheune«, sagte ich und blickte Alex unsicher an.

»Franziska fährt ihn gerade ins Krankenhaus«, sagte er, ohne mich anzusehen.

Beruhigt wendete ich mich wieder den Bäumen zu, aber der Wagen entfernte sich jetzt vom Wald und fuhr über eine unebene Schotterstraße. Unsere Körper schaukelten von Schlagloch zu Schlagloch. Dann stoppte Alex, stieg aus, lehnte sich an die Haube des Autos und nahm ein paar Schlücke aus einer kleinen Flasche, die er aus seiner Jackentasche hervorholte.

Zuerst blieb ich sitzen, erschöpft von den Erlebnissen und der Hetzjagd durch den Wald. Ich machte mir noch keine Gedanken, wie alles weitergehen sollte. Dafür war ich einfach noch nicht klar genug. Nach einer Weile stieg ich ebenfalls aus und stellte mich vor Alex. Er sprach immer noch nicht und sah an mir vorbei, während er an der Flasche nippte. Was er wohl dachte? Wer sollte je wissen, was dieser Mann dachte?

Ich folgte seinem gedankenverlorenen Blick zu einem Holzhaus, ein paar Meter von uns entfernt.

Der Anblick durchfuhr mich wie ein Blitz! Wir parkten direkt vor der alten Scheune, aus der ich eben noch geflohen war! Entsetzt fuhr ich Alex an: »Warum bringst du mich wieder hierhin zurück?«

Er leerte die Flasche. Dann warf er sie auf den Boden und trat die Scherben weg.

»Alex, ich will nicht hier sein! Kannst du uns bitte woanders hinfahren? Was auch immer dazu führte, dass du deinen Tod vorgetäuscht hast und plötzlich wieder auftauchtest – lass uns morgen darüber sprechen.«

Langsam hob er den Kopf und sah mir endlich wieder in die Augen. Ich dachte noch, wie schön seine Augenfarbe doch sei und wie sehr ich ihn vermisst hatte. Da packte er mich unter eine Achsel und zog mich mit großen Schritten in Richtung Scheune.

Er lief so schnell, dass ich stolperte, doch er wartete nicht, bis ich aufstehen konnte, sondern zog weiter. Ich sah das Scheunentor, erblickte diese Maschine, die er gebaut hatte und ein Gefühl unbeschreiblicher Angst ergriff mich.

Mit aller Kraft stemmte ich mich mit meinem ganzen Körper gegen seine Laufrichtung, ließ mich hängen, um es ihm schwerer zu machen, doch Alex zog mich weiter. Als sich mein Arm aus seiner Hand löste, zerrte er mich an den Haaren so lange voran, bis wir in der verfluchten Scheune standen. Dort stellte er mich ab, wie eine Puppe. Ich weiß nicht, warum ich da stehen blieb. Es war die wahrscheinlich beste Möglichkeit für mich, zu fliehen. Doch wohin sollte ich? In den Wald zu den Hunden? Den Weg entlang? Aufs offene Feld? Alex hätte mich in weniger als einer Minute wieder eingefangen.

Er ging in aller Ruhe zu seinem Kunstwerk, füllte die Cola in die Tasse, legte das Bonbon auf die kleine Halterung und zündete die Kerze an.

»Alex?« Ich bibberte. »Was hast du vor?«

Mit dem langen dünnen Blasrohr kam er auf mich zu. Er sah etwas weniger aggressiv aus, als eben noch und ich versuchte verzweifelt den Alex in ihm zu finden, der mich einmal geliebt hatte.

Er stand jetzt vor mir und schmunzelte. Dann nahm er fast sanft meine bebende Hand und drückte mir das Metallrohr hinein.

Mit der freundlichsten Stimme, die er wohl aufbringen konnte, säuselte er: »Tue es, Sarah!«

Ich ließ das Rohr fallen. Alex zog ein genervtes Gesicht, bückte sich, um es aufzuheben und wollte es mir erneut in die Hand drücken. Als hätte ich mich daran verbrannt, warf ich es abermals weg. Ich ging ein paar Schritte rückwärts, ein Stück auf den Ausgang zu. Alex folgte mir und hielt mir das Metall vor die Nase.

Plötzlich schrie er so laut, dass ich vor Schreck fast zusammenbrach.

»Du sollst das jetzt tun!!«

Das war der Moment, indem ich mich endgültig entschloss zu fliehen, egal wie, nur weg von ihm, obwohl meine Beine schon jetzt einzusacken drohten. Vibrierend vor Furcht griff ich nach dem Rohr, das vor meinem Gesicht schwebte, und nahm es an mich. Ich riss mich zusammen.

»Sag mir nur eins, Alex. Warum muss es gerade dieses Lebensende sein? Habe ich nicht genauso ein Recht auf mein eigenes Ende, wie du?«

Ich wollte ihn mit Worten schlagen, ihn weichmachen, ihn an seine eigene Philosophie erinnern.

»Das Riesenrad, ja?« Er lachte auf einmal laut und irr und ich dachte, er würde gar nicht wieder aufhören zu lachen.

»Wieso lachst du?«

Er sah mich an, kicherte noch ein paar Mal, dann grinste er nur noch.

»Weißt du«, sagte er, »Jens hätte dich jetzt sehen sollen.«

»Jens?«

»Ja, er hätte deine Angst jetzt sehen sollen, in deinen verlogenen schuldigen Augen. Du und das Riesenrad! Als wenn du das je vorgehabt hättest. Das passt doch gar nicht zu dir.«

Er wies auf sein Kunstwerk hinter sich.

»Das ist deine Bestimmung! So wollte er es. Er wollte, dass du dich genauso beschissen fühlst, wie er, dass du dich einmal ebenso trostlos verlassen fühlst und dich darunterlegst, um das alles zu vergessen.«

»Du willst sagen, das war Jens' Plan?«

Ungläubig schüttelte ich den Kopf.

»Das war unser Plan, Sarah. Jens und ich, wir waren eine Einheit! Nicht du und Jens! Auch, wenn er mit dir geschlafen hat. Du warst nur ein winziger Teil in seinem Leben! Dein freiwilliger Tod, dein Leib unter diesem Werk, das ist genau das, was seiner und meiner Komposition noch fehlt – unserer Komposition! Das wird alles in den Schatten stellen, was je im Verein verwirklicht wurde.«

»Das glaube ich dir nicht. Jens war depressiv, er war ein Stalker, ja, aber so etwas kann er sich nicht gewünscht haben.«

»Oh doch, das hat er!«

»Das hat er nicht. Er hat mir einen Abschiedsbrief geschrieben.«

»Mir auch, du erinnerst dich?«

»Der Zettel, den ich euch brachte?«

»Ja genau der, willst du ihn sehen?«

Er kramte seine Brieftasche aus der Hosentasche und förderte den Zettel zutage, den ich damals nicht hatte lesen dürfen. Alex gab ihn mir. Es war genau so ein Stück Rechenpapier, wie das, auf dem Jens die letzten Zeilen für mich geschrieben hatte, nur sah es inzwischen noch zerknitterter aus.

Ich faltete es auseinander. Auf dem Blatt standen nur zwei Sätze, in Jens' krakeliger kleiner Handschrift. Zwei Sätze nur, die so schockierend waren, dass es mich von innen zerriss und mich für Minuten lähmte.

*Das Miststück muss sterben! Gruß von Jens und Manuel.*

Meine Umgebung verschwand im Dunkeln …

Ich bekam keine Luft. Es war stickig und roch nach Alex. Wo war ich?

Ich riss die Augen auf! Alex umklammerte mich, er erdrückte mich fast, weil er mich im Schwitzkasten hielt. Angestrengt versuchte ich, tiefer zu atmen, aber ich sog nur meine eigene ausgeatmete Luft durch seinen Pullover wieder ein und die sättigte mich nicht. Ich wollte zappeln und dachte dann, je mehr ich mich bewegte, desto mehr Luft würde mir fehlen. Alex bemerkte wohl, dass ich aus der Ohnmacht erwacht war. Ließ er locker, weil ich mich nicht mehr bewegte? Oder wollte er nur mein Gesicht sehen?

Wir lagen auf dem Scheunenboden und er beugte

sich über mich. Über uns schwebte der schwere Kohleofen, der an dem Seil ganz leicht hin und her schwankte. Alex nahm meinen Kopf zwischen beide Hände, wie er es so oft getan hatte, und er lächelte mich an. Heute aber fühlten sich seine Hände wie ein Schraubstock an. Ich bäumte mich etwas auf.

»Schscht«, zischte er leise. »Halt still!«

Vorsichtig streichelte er mit den Daumen meine Wangen.

»Es wird ganz schnell gehen. Keine Angst, ich lass dich nicht allein. Wir machen das gemeinsam. Gestern, Sarah, habe ich mein letztes Bild gemalt. Es ist ein Bild von uns beiden. Hörst du? Du hast genauso einen Platz an meiner Seite, wie Jens auf dem Bild daneben! In meinem Herzen ist Platz für euch beide!«

Dann lehnte er sich zur Seite und griff nach dem Metallrohr. Ich blickte auf den Ofen über uns und holte tief Luft.

Mit einem Satz sprang ich auf. Alex erschrak. Ohne ihn noch einmal anzusehen, rannte ich los. Aus dem Scheunentor hinaus und irgendwo hin, auf Strümpfen, weil ich meine Schuhe den Hunden überlassen hatte. Den Schmerz der Bisswunde an meinem Knöchel spürte ich nur entfernt. Hinter mir hörte ich Schritte. Der bedeckte Himmel tauchte den Tag in dämmriges Licht und ich wählte den Weg an der Straße entlang. Wenigstens könnte ich so auf Spaziergänger oder Autofahrer treffen. Meine Füße fühlten sich heiß an und wund, aber nicht so, dass ich es nicht ausgehalten hätte. Ich hatte plötzlich das Gefühl, ewig laufen zu können. Die Gegend war hügelig. Sogar bergauf lief ich schnell. Es wurde immer steiler. Neben mir führte eine Böschung ebenso steil nach unten und ich lief direkt an dieser Böschung entlang. Dann ging es wieder bergab und meine Beine liefen schneller. Die klatschenden Geräusche von Schuhen auf dem Schotterweg hinter mir wurden lauter und jetzt hörte ich ein angestrengtes Keuchen in meinem Nacken. *Er hat mich eingeholt,* dachte ich seltsam furchtlos, *Endorphine, sie lassen mich laufen, ohne, dass ich etwas dazu tun muss, aber die Kraft meiner Muskeln reicht trotzdem nicht aus, ihm wegzulaufen.*

Das Schnaufen kam näher. Ich wusste auf einmal nicht mehr, warum ich überhaupt weglief. Wozu lief ich? Mitten im Laufschritt blieb ich stehen, abrupt.

Alex hatte damit wohl nicht gerechnet und womöglich gerade einen letzten Spurt hingelegt, um mich einzuholen. Mit Wucht prallte er gegen meinen Rücken und stieß mich um. Ich rutschte auf meinen Händen den Weg entlang und sah gerade noch, mit meinem Gesicht nahe am Boden und zur Seite gewandt, wie Alex sich überschlug und mit einem Satz hinter dem Kamm der Böschung verschwand.

Sekundenlang blieb ich regungslos liegen. Dann kam ich richtig zu mir.

»Alex?«

Auf allen Vieren kroch ich zu dem Abhang und starrte nach unten. Es ging erschreckend steil bergab und ganz unten verlief ein steiniges Flussbett. Von Alex fand ich erst keine Spur, bis ich auf einmal seine Beine entdeckte, mit der grauen Jeans, die er heute trug, kaum erkennbar im Dunkeln zwischen den Steinen vor dem Wasser.

»Alex!« Ich rief es keuchend, aber er antwortete nicht und er rührte sich nicht.

Ich sah mich um. Niemand, der mir helfen könnte.

Unsicher stieg ich hinab, mit zerfetzten Strümpfen und blutigen Füßen. Teilweise rutschte ich nach unten, so steil ging es bergab. Mir war nicht bewusst gewesen, dass ich laufend eine solche Höhe bezwungen hatte.

Dann saß ich vor Alex und er starrte geradeaus, als wollte er den Himmel sehen. Sein Mund war leicht geöffnet und man hätte denken können, dass er gerade etwas unglaublich Interessantes dort entdeckte. Mit seinen schönen blauen Augen und den dichten schwarzen Wimpern. Nur unter ihm, auf dem Felsen, verteilte sich blutrote Farbe wie ein großer gemalter Klecks Graffiti und tropfte immer weiter bis in die ersten Wasserlachen des Flusses hinein. Ein zartes Rinnsal roter Farbe zog wellige Fäden durch das Wasser.

Mit zwei Fingern drückte ich ihm sanft die Augen zu – ich wollte ihm nicht wehtun. Dann legte ich mich neben ihn auf die harten Steine, lehnte meinen Kopf auf seine Brust und nahm seine schwere schlaffe Hand, damit er mich ein letztes Mal umarmte – zum ersten Mal in völliger Ruhe, ohne dass er vom Tod sprach.

*Heute Abend reden wir mal nicht über den Tod.*

Ich sah nach oben in den Himmel, der sich immer mehr verdunkelte und ich fand nichts als Leere – einsame, stille und tröstende Leere.

Irgendwann erhob ich mich und küsste ihn auf die Stirn.

»Tschüss, Alex«, flüsterte ich in sein Gesicht.

Dann ging ich. Ich ließ ihn liegen, wie damals Jens, kletterte den Abhang hinauf und ging erschöpft zurück zur Scheune. Die Kerze war inzwischen abgebrannt, doch Alex hatte noch einen Vorrat an Kerzen und Cola auf einem Regalbrett deponiert. Auf dem Boden, vor der Leiter, lag noch mein Rucksack, der mit Buchheim zusammen dort gelandet war. Ich holte den Schlafsack heraus und kroch hinein. Aus den Untiefen der Rucksacktaschen kramte ich nach etwas, auf dem ich schreiben konnte und ich fand dieses rote Notizbuch in einer Seitentasche, in welchem ich bisher nur wenige Seiten beschrieben hatte, nichts Wichtiges, nur ein paar lyrische Kritzeleien. Ich riss sie heraus.

Dann schrieb ich es auf. Das hier. *Die Notizen einer Verlorenen.* Die Notizen einer, die schuldig ist. Mit zitterndem Stift, sodass die Schrift überhaupt nicht aussieht, wie meine eigene Schrift, mit Buchstaben, die in den Tränen verlaufen.

Das Grauen in meinem Kopf beginnt. Ich habe keine Tabletten mehr, die es mir erträglich machen könnten, nur noch ein leeres Blister Sumatriptan.

Alex war kein schlechter Mensch. Er war Opfer wie ich, ein gespaltenes Wesen. Nicht alles in ihm wollte mich töten, bestimmt nicht. Er wollte mich auch nicht umbringen, weil er mich hasste, nein, er wollte es in Liebe tun, gemeinsam mit ihm und er wusste auch genau, dass ich meinen Kopf nicht mehr tragen kann.

Alex – ich teile mein Schicksal mit dir. Wir sahen zu, wie Menschen sich das Leben nahmen und unternahmen nichts dagegen, halfen sogar noch nach. Kevin, Patrick und Tim, Leo und Mathilde, Lenger … und Marc, wann wird er zum Opfer werden? Wir sind schuld am Tod vieler Menschen. Und ich bin nicht nur schuld an Jens' Tod, sondern auch an seinen Seelenqualen davor.

Es ist jetzt Morgen und ich war eben noch einmal an dem Flussbett. Du liegst noch immer dort. Deine

Augen sind jetzt zu. Die Küsse, unsere Liebe – waren das alles Lügen? Ich glaube das nicht.

Vor mir liegt der Blister mit den leeren Löchern der letzten herausgedrückten Tabletten gegen die Folter in meinem Kopf. Sie haben nicht gereicht. Sie werden niemals reichen. In meinem Kopf ist so vieles, was mich quält. Manuel und Jens sind da drin, die Schuld … und du … du bist da drin. Dieser rebellierende Schädel ist meine ganz persönliche Hölle, wie ich sie anscheinend verdient habe. Sie hämmert mir das Leben weg. War das denn ein Leben? Ich kann nicht mehr. Nein, ich kann nicht mehr.

Wenn ich aus dieser Scheune hinausblicke, sehe ich Manuel vor der Tür stehen und warten. Ich kann hier nicht mehr rausgehen.

Alex, ich komme. Vielleicht ist dein Himmel ja ein Graffiti-Paradies.

# Marc

Die Petroleumlampe flackerte schon länger. Nun ging sie aus. Doch inzwischen brach nach der kalten Nacht der ebenso kalte Morgen an. Marc schloss die Augen. Er klappte das rote Notizbuch zu und lehnte sich an die pilzbefallene Scheunenwand. Dann betrachtete er von Weitem Sarahs geplatzten Kopf unter diesem Ofen. Ob sie nun alles aus ihrem Schädel entlassen hatte?

Das Leben ist grausam, der Tod ist süß. Nein, sie sah nicht süß aus. Sie war tot. Grausam zermalmt und er, Marc, hätte das vielleicht verhindern können. Er blickte erneut auf das rote Notizbuch. *Notizen einer Verlorenen*, was für ein Titel! Buchheim hatte gelogen, der Tod war nicht süß, er war grausam, er stank und nahm nichts von der Schuld einfach mit.

Schwankend nach der durchwachten Nacht stand Marc auf. Er packte Sarahs Buch in seine Jackentasche, nahm einen Reisigbesen von der Wand der Scheune und fegte seine Fußspuren hinter sich fort, während er rückwärts aus dem alten Holzbau schritt. Den Besen nahm er mit und stieg in sein Cabrio ein. Zweihundert Meter weiter hielt er an, stieg aus und verwischte auch die Reifenspuren seines Wagens auf dem Schotterweg. Er war nicht einmal sicher, ob das seine Spuren waren. Dann warf er den Besen tief in ein Gebüsch.

»Adieu, Sarah«, murmelte er mit Blick auf die Scheune und fuhr los, unentschlossen, wohin er sollte. Zurück in sein altes Leben? Konnte er das noch? Wieder in das *Haus der Verlorenen*, als wäre nichts geschehen? Vor allem fragte er sich, wie er mit Manuel umgehen sollte. Er hatte es ja damals Sarah nicht sagen wollen, weil er von der chaotischen Beziehung zu ihrem Jugendliebhaber vor Jahren wusste. Wenn er ihr gesagt hätte, dass Manuel ein Cousin von Alex war, der seit Jahren im *Haus* ein und aus ging, würde sie dann heute noch leben?

Marc fühlte eine Mischung aus Wut und Verzweiflung. Er fuhr auf die Autobahn und gab Gas …

# Buchheim

Auf dem viel zu grell eingestellten Bildschirm, oben an der Wand, lief eine Kochsendung. Sie hatten den dämlichen Kasten angestellt, obwohl er entschieden dagegen protestiert hatte. Dabei konnte er nicht einmal den Ton hören, weil die Kopfhörer, unerreichbar für ihn, am Griff des mit Medikamenten und abgestandenem Tee überladenen Rollcontainers hingen. Buchheim streckte seinen Arm danach aus, doch der Ständer mit dem Tropf stand dazwischen und versperrte ihm den Weg. Resigniert gab er auf. Was wollte er auch hören von einem Fernsehkoch, während er selbst noch immer mit Sondennahrung durch die Bauchdecke aufgepäppelt wurde?

Er hatte keine Schmerzen. Lediglich die von Nadeln zerstochenen Armbeugen machten sich bemerkbar. Den Schlauch der Sonde spürte er ja nicht. Es war überhaupt viel zu wenig, was er noch spürte.

Sein Blick wanderte von dem Fernseher über die kahle Wand zum halb verhangenen Fenster. Baumkronen! Nichts als leicht schneebedeckte Wipfel irgendwelcher Laubbäume. Vermutlich war da unten sogar ein netter zugefrorener Teich, den er vom Bett aus nicht sehen konnte.

*Josefin konnte damals den Teich hinter ihrer Klinik auch nicht sehen …*

Mit dem linken Ellenbogen drückte er seinen Oberkörper angestrengt ein paar Zentimeter aufrechter ins Kissen.

Josefin … gefangen im Bett, an der Atmungsmaschine, gelähmt vom Hals abwärts. Ein Autounfall war schuld, verursacht durch eine leichtsinnige Fahranfängerin. Im gegnerischen Auto gab es keine Überlebenden, sonst hätte er sich vielleicht in so etwas wie Rache stürzen können, aber so wurde daraus das *Haus der Verlorenen.*

Bis zum Schluss hatte seine Frau klar denken können und gerade das als das Schlimmste empfunden. Einunddreißig Jahre war sie jung gewesen, als es geschah, im fünften Monat schwanger ... ein Junge sollte es werden ...

Buchheim schloss die Augen, sah sie vor sich – wie sie weinte, schrie, nicht einmal fähig, sich selbst die Tränen abzuwischen – angewiesen auf seine Hilfe und die der Pfleger, ohne Aussicht auf ein anderes Leben, jahrelang. Angewiesen, gewaschen zu werden, gefüttert zu werden, beatmet zu werden.

Er wollte ihr die Schönheit des Lebens vermitteln, egal, wie es sich gestalten sollte. Doch sie wollte sterben, aber durfte es nicht und er musste hilflos zusehen, konnte nicht durchsetzen, dass man die Maschine abschaltete, wie sie es wünschte ... bis sie schließlich an einer Lungenentzündung verstarb ...

Er hatte versagt, hatte sie leiden lassen, anstatt zu handeln; er hätte den Stecker ziehen sollen, aber es nicht gewagt.

Ihr Tod war die Geburt seines Vereins: das *Haus der Verlorenen.* Sollte nicht jeder sterben dürfen, wie und wann er es wollte? Wenn doch ein Mensch das Leben leid war? Es nicht mehr aushalten konnte? Er, Buchheim, ermöglichte das. Das war sein bescheidener Beitrag zu einer besseren Welt, eine Art Wiedergutmachung für Josefins Leiden.

Gegen die seit einigen Jahren aufgekommenen Wettstreite, besonders seiner jüngeren Mitglieder, war er von Anfang an gewesen. Das waren nichts als Spielereien für ihn. Aber, Gott, warum denn nicht?

Es gab immer wieder Menschen, welche die Regeln des Hauses infrage stellten, die den Sinn dieser ethischen Verantwortung, der er nachkam, nicht verstanden, wenn er sie darüber aufklärte.

Mittlerweile hatte er ja ein sicheres Gespür für solche Quertreiber entwickelt, deren begrenztes Denkvermögen drohte, all das zu zerstören, was er aufgebaut hatte. Die sich einschlichen in seinen Verein und ihn betrügen wollten. Es war recht, ihnen die Zerstörung der Gemeinschaft zu vereiteln! Gestorben wären sie allesamt ohnehin. Nur den Zeitpunkt hatte er bestimmt, vorgezogen sozusagen, und dem ein oder anderen womöglich ein langes Leiden erspart. Eigentlich hätten sie ihm dankbar sein müssen. Sarah war so ein Mensch. Sie in die Gemeinschaft aufzunehmen, als Spielzeug von Jens, Alexander und Manuel – ein Fehler, den er nun bereute! Nein, diese Wettstreite durfte es nicht mehr geben!

Buchheim versuchte, sich noch weiter nach oben zu zwingen, um sitzend seine Beine zu betrachten, aber er schaffte es nicht. Verbittert fasste er nach seinem Unterleib und den Oberschenkeln und spürte auch heute nichts.

Was das bedeutete, wusste er, und er hasste sie jetzt schon – die helfenden Hände, denen er zur Last fallen würde; die jungen Menschen, die routiniert ihre Arbeit an ihm verrichten würden – es würden ja doch meist Frauen sein. Und sie würden nichts weiter in ihm sehen, als einen schlaffen alten Mann, dessen Darm ihm entweder die Peristaltik oder den Gehorsam verweigerte.

Er hörte, wie jemand die Tür aufdrückte. Von draußen drang das Klappern von rollenden Geschirrwagen in das Zimmer und er drehte den Kopf dorthin.

Eine dieser jungen Krankenpflegerinnen kam auf sein Bett zu.

Sie brachte ein Klistier mit.

-ENDE-

*Leseempfehlung!*

**DER TOD KANN MICH NICHT MEHR ÜBERRASCHEN**

Heike Vullriede

ISBN: 9783943408072

als broschiertes Taschenbuch
und E-Book erhältlich

Marvin liegt in sündhaft heißem Badewasser und übt das Sterben, indem er einfach den Atem anhält. Doch während er längst wie ein bleiches Sirenenopfer dahintreiben könnte, rekeln sich Frau und Tochter im Wohnzimmer auf dem Sofa. Gestorben wird wohl allein.

Eine schlechte Diagnose hat Marvin Abel aus seinem erfolgreichen Leben gerissen. Nun lässt er ihn nicht mehr los, der Gedanke an den Tod, den er bisher so erfolgreich verdrängte. Wäre er doch niemals wegen dieser Kopfschmerzen zum Arzt gegangen, dann hätte sein Leben so rosarot weitergehen können. Oder?
Bepackt mit neuer Unterwäsche und einer viel zu prall gefüllten Reisetasche, begibt er sich ins Krankenhaus, um sein Leben zu retten. Auf seinem Zimmer knipst er als Erstes ein Handyfoto von dem Schnarchsack im Nebenbett – und eins von sich selbst, zur Erinnerung an seine noch immer dichte Haarpracht vor der Chemotherapie.
Marvin will kämpfen. Schließlich hat er das Leben fest im Griff und bisher noch keinen Kampf verloren. Bald steht der erste Besucher vor seinem Bett: Basti, sein kleiner Bruder. Der bringt nicht nur einen Supermarkt-Blumenstrauß mit, sondern auch eine schockierende Bitte. Und er bleibt nicht der Einzige, der Marvin haarsträubende Überraschungen bereitet.

*Leseempfehlung!*

**DAS NAZARET-PROJEKT**
Heinrich Hanf

ISBN: 9783943408102

als broschiertes Taschenbuch
und E-Book erhältlich

Der deutsche Medien-Mogul und Milliardär Nathan Brock, ein christlicher Radikal-Fundamentalist und Logen-Großmeister, fühlt sich von Gott dazu berufen, die Rückkehr des Heilands auf Erden vorzubereiten. Er lässt das angebliche Grabtuch Jesu Christi aus dem Dom von Turin entwenden, um die göttliche DNS zu isolieren und mit Hilfe der Gentechnik den Messias auferstehen zu lassen. Die weltweite Ankündigung ruft mächtige Gegner auf den Plan, die umgehend ihre Agenten auf die Spur Nathan Brocks ansetzen.

Als geistigen Wegbereiter und Heilsverkünder gewinnt Brock den bekannten amerikanischen Fernsehprediger Telly ›The Truth‹ Suntide. Für den Reverend wird das Abenteuer zu einer wahrhaft spirituellen Odyssee, in deren Verlauf er zunächst vom gläubigen Paulus zurück zum Saulus verwandelt wird.

Auf der umgebauten Bohrinsel ›Nazaret‹ hat der Milliardär heimlich die Voraussetzungen für sein Projekt geschaffen. Das gentechnische Experiment gelingt und eine Nonne des Engelswerk-Ordens wird durch ›unbefleckte Empfängnis‹ zur neuen Mutter Gottes.

Das missgestaltete, menschliche Wesen, welches schließlich im Vollbesitz seiner geistigen Fähigkeiten das Licht der Welt erblickt, besitzt unheimliche telepathische Kräfte und benutzt diese von Anfang an, um unter dem Deckmantel der Göttlichkeit seine eigenen, rätselhaften Interessen zu verfolgen ...